Herança e testamento

VIGDIS HJORTH

Herança e testamento

Tradução
Kris Garrubo

Rio de Janeiro, 2022

Título original: *Arv og miljø*

NORLA

This translation has been published with the financial support of NORLA, Norwegian Literature Abroad.

Diretora editorial: *Raquel Cozer*
Gerente editorial: *Alice Mello*
Editora: *Lara Berruezo*
Editoras assistentes: *Anna Clara Gonçalves e Camila Carneiro*
Assistência editorial: *Yasmin Montebello*
Copidesque: *Bonie Santos*
Revisão: *Vanessa Sawada*
Design de capa: *Violaine Cadinot*
Imagem de capa: *Barn Study 1303 © Tracy Helgeson*
Diagramação: *Abreu's System*

CIP-Brasil. Catalogação na Publicação
Sindicato Nacional dos Editores de Livros, RJ

Hjorth, Vigdis
Herança e testamento / Vigdis Hjorth; tradução Kris Garrubo. – Rio de Janeiro: Harper Collins Brasil, 2022.

Título original: Arv og miljo.
ISBN 978-65-5511-395-2

1. Romance norueguês I. Título.

22-117653 CDD: 839.823

Eliete Marques da Silva – Bibliotecária – CRB-8/9380

Rua da Quitanda, 86, sala 218 – Centro
Rio de Janeiro, RJ – CEP 20091-005
Tel.: (21) 3175-1030
www.harpercollins.com.br

Faça o que precisa ser feito como se sempre fosse sua intenção fazê-lo.

SLAVOJ ŽIŽEK

Meu pai faleceu há cinco meses, num momento oportuno ou inoportuno, dependendo do ponto de vista. Pessoalmente, acho que ele não se importaria de ir embora assim, de repente, naquele momento. Logo que fiquei sabendo, antes de conhecer os detalhes, quase cheguei a pensar que ele mesmo tivesse provocado a queda. Parecia muito com algo tirado de uma obra de ficção para ser puro acaso.

Nas semanas que antecederam a morte dele, meus irmãos tiveram uma discussão acalorada sobre a partilha em vida: tratava-se da divisão das casas de veraneio da família, no arquipélago de Hvaler. E apenas dois dias antes da queda do meu pai, eu havia me envolvido, tomando o partido de meu irmão mais velho contra minhas duas irmãs mais novas.

Fiquei sabendo da briga de um modo curioso. Num sábado de manhã, que eu havia aguardado ansiosamente por não ter outra tarefa senão preparar uma apresentação para uma conferência de Teatro Contemporâneo em Fredrikstad naquela mesma noite, minha irmã Astrid ligou. Era uma manhã clara e bonita no final de novembro. O sol brilhava do lado de fora das janelas, parecia primavera, a não ser pelas árvores desfolhadas que se esticavam para o céu e pelo chão, que estava vermelho de folhas. Eu estava feliz, tinha feito café, estava animada com a perspectiva de ir para Fredrikstad e passear pela Cidade Antiga depois do evento, de caminhar pelos baluartes e olhar para o rio, com a cachorra que eu levaria comigo. Fui tomar banho, e ao sair vi que Astrid havia telefonado diversas vezes. Certamente tinha a ver com a coletânea de artigos que eu a estava ajudando a editar.

Ela atendeu o telefone com a voz baixa. Espera um pouco, disse Astrid, e havia um chiado no fundo, como se estivesse numa sala de aparelhos elétricos. Espere um pouco, repetiu, ainda sussurrando, e eu esperei. Estou no hospital de Diakonhjemmet, disse ela, ouvi a voz melhor daquela vez, o zunido havia acabado. É a mamãe. Mas está tudo bem. Ela está fora de perigo.

Overdose, ela disse. A mamãe teve uma overdose hoje de madrugada, mas está tudo bem, ela só está muito cansada.

Já havia acontecido antes e sempre com tantas cenas angustiantes de antemão, que eu não tinha sido pega de surpresa. Ela repetiu que estava tudo bem, minha mãe estava fora de perigo, mas o susto havia sido grande. Minha mãe ligara para ela às quatro e meia da manhã dizendo que havia tido uma overdose: tive uma overdose. Naquela noite, Astrid e o marido tinham ido a uma festa, haviam acabado de chegar e não estavam em condições de dirigir. Astrid telefonou para meu pai, que a encontrou no chão da cozinha e alertou o vizinho, que era médico. Ele chegou e não tinha certeza se havia necessidade de chamar a ambulância, mas o fez por precaução, e a ambulância veio e levou a mamãe para o Diakonhjemmet, onde ela estava naquele momento, fora de perigo, mas muito cansada.

Por quê?, perguntei, e Astrid ficou vaga e incoerente, mas aos poucos percebi que os lendários chalés da família em Hvaler haviam sido transferidos para minhas duas irmãs, Astrid e Åsa, sem que nosso irmão Bård tivesse sido informado e a valores que ele julgou baixos demais assim que descobriu o fato. De acordo com ela, Bård havia reagido mal e feito o maior escândalo. Outro dia, ela tinha escrito para ele, porque minha mãe logo faria oitenta anos, e meu pai, oitenta e cinco, o que era motivo de comemoração, portanto ela escreveu convidando-o com a família para a festa, e ele respondeu que não queria vê-la, que ela havia conseguido a casa em Hvaler por meios desonestos, que isso se encaixava na lista de injustiças financeiras que ele sofreu ao longo dos anos, que ela não procurava justiça para ninguém além de si mesma.

Horrorizada com o teor e a linguagem, Astrid havia mostrado a mensagem à mãe, que também ficara horrorizada, tivera uma overdose e, àquela altura, estava internada no Diakonhjemmet, o que de certa forma era culpa de Bård.

Quando Astrid lhe telefonou e contou sobre a overdose, Bård respondeu que ela mesma era responsável pela situação. Ele é tão frio, disse ela. Sempre usa a pior arma, as crianças. As filhas de Bård tinham excluído Astrid e Åsa no Facebook e escrito para meus pais que estavam decepcionadas com a perda das casas de veraneio. Minha mãe morria de medo de perder o contato com as filhas de Bård.

Pedi que ela desejasse melhoras à minha mãe, não podia fazer outra coisa. Vai deixá-la feliz, respondeu Astrid.

É curioso pensar em como é aleatório nosso encontro com pessoas que acabam se tornando decisivas para o rumo de nossas vidas, que acabam influenciando ou provocando diretamente escolhas que fazem mudar nossa trajetória. Ou será que não é aleatório? Será que pressentimos que a pessoa diante de nós poderá nos empurrar para um caminho que queremos, consciente ou inconscientemente, trilhar? E por isso damos continuidade aos encontros? Ou será que percebemos que a pessoa à nossa frente poderá nos desafiar ou nos forçar a sair do caminho que queremos trilhar, e por isso não queremos revê-la? É curioso pensar na importância que uma única pessoa pode ganhar na nossa atuação em situações decisivas só porque a consultamos.

Não tomei o café, estava inquieta, me vesti e saí para pegar um vento no rosto, arejar a cabeça. Não estou reagindo bem, pensei. Liguei para Søren, que entre meus filhos era quem melhor conhecia a família. Naturalmente, ele ficou surpreso com a overdose, mas já tinha visto esse filme antes e sempre dava tudo certo no final, ela sempre avisava a tempo. Quando cheguei à questão da doação dos chalés e à definição dos valores, ele ficou pensativo e disse entender a reação de Bård. Afinal, ao contrário de mim, ele não havia rompido com eles, sempre estivera ali, não tão próximo de meus pais quanto Astrid e Åsa, mas isso não deveria ser motivo de penalização financeira.

Liguei para minha amiga Klara, que ficou revoltada. Brincar com suicídio não era nada legal. Passar casas de veraneio para dois de quatro filhos, em segredo e a valores baixos demais, não era nada legal.

Eles estavam no pleno direito deles, mas nos últimos anos haviam declarado com muita frequência que tratariam os filhos em pé de igualdade no que dizia respeito à herança. Naquele momento, porém, estava evidente que a soma que Bård e eu receberíamos como compensação pelos chalés era notavelmente baixa. Entendi que foi isso que o fez reagir, e o fato de que ninguém tinha lhe contado que já haviam passado os imóveis para os nomes das irmãs. Eu também não fora informada, mas havia me mantido longe da família durante anos. De meus irmãos, nos últimos vinte anos eu só tivera contato com Astrid, minha segunda irmã mais nova, por alguns poucos telefonemas por ano. Portanto, me surpreendi quando, há alguns meses, no meu aniversário, recebi uma mensagem da minha irmã caçula, de quem não tinha notícias havia séculos. Ela escreveu que tinha me mandado parabéns por aniversários anteriores, mas havia usado o número errado. Agora fazia sentido. Até então eram duas contra um, Astrid e Åsa contra Bård, mas se eu entrasse em campo, tudo poderia mudar. No entanto, eu havia dito que não me importava com a herança. Minhas irmãs provavelmente torciam para que ainda fosse assim, mas não podiam ter certeza. Era o que eu havia dito nas conversas com Astrid quando ela queria que eu fizesse as pazes com meus pais. Ela usava chantagem emocional, era isso que eu sentia, falava sobre o quanto sofriam com meu afastamento, como já estavam velhos, que logo morreriam, será que eu não poderia dar as caras num feriado ou num aniversário? Sem dúvida era a minha mãe que colocava pressão nela. Mas a conversa sobre velhice e morte não me comovia, só me provocava e magoava. Ela não me levava a sério? Afinal, eu já havia dado minhas razões, explicado que ter contato com meus pais me deixava doente, que encontrá-los como se não fosse nada seria uma traição a mim mesma, era impossível, eu já havia tentado! Eu não me comovia, mas me sentia provocada e magoada, não na hora, mas depois, à noite, por e-mail. Escrevia que nunca mais queria vê-los, nunca mais pisaria na Bråteveien, eles que me deserdassem.

Depois do rompimento, minha mãe ligou muitas vezes, era antes do tempo dos celulares, e eu não sabia quem estava na linha. Ela alternava entre chorar e gritar comigo, e eu ficava com dor no corpo, mas não tinha escolha; se fosse sobreviver, não afundar, não me afogar, precisava manter distância. Ela indagava por que eu não queria vê-la como se não soubesse a razão, me fazia perguntas impossíveis: Por que você me odeia se é minha menina dos olhos? Inúmeras vezes eu havia dito que não a odiava, até começar a odiá-la, tinha explicado e tornado a explicar, será que teria que explicar outra vez, será que na próxima oportunidade seria como se eu não tivesse explicado nada, e eu me sentia rejeitada, será que seria rejeitada mais uma vez?

Nos primeiros anos após o rompimento, houve muito drama em função desses telefonemas. Minha mãe ligava me acusando e implorando, e eu ficava abalada e aflita. Então as ligações escassearam, e depois ela desistiu, acho eu; provavelmente ela também pensou que previsibilidade e calma eram preferíveis à inquietude angustiante causada pelas conversas irreconciliáveis. Era melhor deixar Astrid fazer algumas tentativas ocasionais.

De qualquer forma, nos últimos anos, minha mãe tinha entrado em contato diretamente. Às vezes, ela escrevia uma mensagem se estava doente, assim como ocorre com pessoas de idade de tempos em tempos. Estou doente, podemos conversar um pouco? Era tarde da noite, ela devia ter bebido, eu tinha bebido, eu respondia que ela podia ligar na manhã seguinte. Então eu escrevia para Astrid que eu poderia falar com minha mãe sobre doenças e remédios, mas que se ela começasse com acusações e dramas, eu desligaria. Não sei se o recado era passado, mas quando minha mãe telefonava na manhã seguinte, só falava de doença e remédio, e talvez ela sentisse, assim como eu, depois de desligar, que a conversa tinha sido ok. Pelo menos ela parou de me inundar com a decepção e a tristeza dela, e percebi que ela preferia recorrer a Astrid, e devia ser pesado para ela lidar com a decepção e a tristeza da minha mãe, e talvez não fosse de se estranhar que por isso tentasse me conduzir para uma reconciliação.

Por causa da decepção e da tristeza que eu havia infligido a meus pais em função do rompimento, eu estava preparada para ser deserdada. E se, contra toda a expectativa, eles não fizessem isso, seria porque não passaria uma boa impressão, e eles gostavam de passar uma boa impressão.

Mas tudo isso pertencia a um futuro distante. Os dois estavam fortes e saudáveis.

Por isso me surpreendi ao receber uma carta de meus pais no Natal três anos atrás. Como de costume, meus filhos adultos os haviam visitado na antevéspera do Natal, algo que vinham fazendo desde o rompimento, a meu pedido, pois aliviava a pressão sobre mim se meus pais pudessem ver os netos. E meus filhos achavam tudo bem encontrar os primos e as primas e voltar para casa com dinheiro e presentes e, três anos atrás, também uma carta. Abri-a com eles em volta de mim e a li em voz alta. Estava escrito que tinham feito um testamento e que os quatro filhos herdariam partes iguais. Com a exceção das casas de veraneio em Hvaler, que ficariam para Astrid e Åsa a preço de mercado. A carta dizia que estavam felizes em poder transmitir bens aos filhos. Meus próprios filhos deram um sorrisinho, eles também haviam sido preparados para a deserdação.

Era uma carta estranha para se receber. Muito generosa, levando em conta o quanto eles supostamente teriam se sentido deprimidos por minha causa. Eu me perguntei o que queriam em troca.

Alguns meses depois de eu receber a carta de Natal sobre o testamento, minha mãe ligou. Eu estava num mercado em San Sebastian com meus filhos e netos, era Páscoa, estávamos celebrando num apartamento que eu alugava lá. Eu não havia salvado o número dela. Sua voz tremia como sempre quando estava abalada: Bård fez o maior escândalo, disse ela, e não entendi a que estava se referindo.

Bård fez o maior escândalo, repetiu, a expressão que Astrid também havia usado, por causa do testamento, acrescentou, porque Astrid e Åsa vão ficar com as casas de veraneio. Mas Astrid e Åsa têm sido tão boazinhas, disse ela, tão atenciosas. Elas têm ido para os chalés conosco todos esses anos, temos passado momentos tão gostosos lá, é natural que elas fiquem com os chalés. Bård nunca visita os chalés, você nunca os visita, você quer uma casa de veraneio em Hvaler?

Eu adoraria ter uma casa de veraneio em Hvaler, na ponta do penhasco, com vista para o mar, se não fosse pelo risco de encontrar meus pais a qualquer momento.

Não, respondi.

Percebi que era o que queria escutar, e ela imediatamente se acalmou. E também entendeu que eu não tinha falado com Bård, pois nesse caso eu logo teria entendido do que ela estava falando.

Eu disse que não queria ter uma casa de veraneio em Hvaler, que tinha achado o testamento generoso, que não havia esperado nada.

Mais tarde Astrid me contou que houve muito drama a respeito dos chalés. Ao saber, durante uma visita à Bråteveien, que já haviam sido passados a Astrid e Åsa, Bård se levantou dizendo que já haviam perdido uma filha — ele se referia a mim —, e naquele momento estavam perdendo um filho, e então saiu. Pelo que entendi, ela o achou injusto. Ele não ia para os chalés havia anos; além do mais, tinha uma casa de veraneio própria, e a esposa dele nunca se dera bem com nossos pais na época em que ainda iam para Hvaler.

Estranhei a assertividade dela, mas não disse nada. Era tão bom, pensei, não estar envolvida na disputa sobre os chalés.

Àquela altura, a briga havia se intensificado. Os chalés tinham sido transferidos a Astrid e Åsa, Bård tinha reagido com raiva e minha mãe estava internada no Diakonhjemmet após uma overdose.

A PRIMEIRA VEZ QUE VI KLARA TANK, ELA DESFILAVA PELO corredor do Departamento de Literatura com um carrinho de bebê ocupado pelo filho de um pintor famoso. Quando Klara aparecia nas aulas, trazia a criança desse pintor, que pelo visto estava em meio a um divórcio. Eu era uma estudante aplicada que lia tudo que devia, mas passava pouco tempo na faculdade, estava grávida do meu segundo filho e vivia uma vida em família. Por isso, só vi Klara algumas poucas vezes no curso de literatura comparada, mas reparei nela, a estudante com o carrinho de bebê. A primeira vez que ela falou comigo foi na calçada da rua Hausmann alguns anos mais tarde, depois de uma conferência sobre crítica literária. Como redatora de uma revista literária que havia trucidado um escritor popular, ela tinha defendido a crítica, descalça e com braços agitados, quis dizer tribunal literário, mas disse retrete literária, desatou a rir, não conseguiu parar, começou a chorar, saiu correndo e não voltou. Na hora que eu estava indo embora, ela me encontrou na calçada da rua Hausmann, ainda descalça, apesar de ser outubro, abriu o botão de meu casaco, deu uma puxadinha na minha blusa de seda e disse que era bonita. Eu fui embora dali, não queria ser contaminada pela esquisitice dela.

Fiz uma caminhada mais longa do que de costume, embora tivesse que ir para Fredrikstad à noite. Entrei no bosque, que ainda estava parcialmente verde, mas não teve o habitual efeito calmante. As árvores que haviam caído nas tempestades das semanas anteriores bloqueavam as trilhas e estavam com suas raízes grandes e escuras expostas. Liguei para minhas filhas, mas não consegui falar com elas, liguei para meu namorado, sem sucesso, senti uma grande necessidade de contar o que acabava de saber, mas por quê?, não foi dramático, tudo estava bem.

Pensei na minha conversa anterior com Astrid, apenas alguns dias antes. Nos últimos seis meses, eu tinha tido mais contato com ela do que antes. Ela estava escrevendo uma coleção de artigos sobre educação em direitos humanos e queria minha opinião sobre a estrutura e a divisão dos capítulos, que eu, como editora de revista, conhecia bem. Eu lia e comentava os textos, conversávamos sobre a forma e a progressão e, na última conversa, ou seja, apenas alguns poucos dias antes, tínhamos discutido os retoques finais e as editoras. Na ocasião eu também estava caminhando, lembro que passava o celular de uma mão para a outra, pois era congelante conversar sem luva. Depois de terminar a conversa sobre livros, fiz minha habitual pergunta sobre como estava a família. Bem, tem aquela história de Bård e as casas de veraneio, respondeu ela, e pensei que estivesse se referindo ao testamento.

Fui para Fredrikstad. Só quando entrei na Cidade Antiga, escura e quase deserta foi que me senti mais calma. Encontrei um estacionamento perto da pousada onde ficaria hospedada, onde já tinha me hospedado antes, dei uma volta com a cachorra nos baluartes ao longo do rio, que brilhava vermelho-cobre ao pôr do sol, tentei pensar no debate sobre a ausência do teatro contemporâneo norueguês, mas tive dificuldade de me concentrar. Liguei outra vez para Tale e Ebba, mas elas não atenderam, liguei para Lars, ele não atendeu, liguei para Bo, antes de lembrar que ele estava em Israel. Perguntei-me por que era tão urgente contar a minhas filhas, a meu namorado e a Bo sobre minha mãe, a overdose e as casas de veraneio. Telefonei para minha melhor amiga de infância, que estava no carro e precisava ser breve. A overdose não era novidade, mas a briga sobre a herança lhe interessava, ela tinha experiência nisso. Estão no pleno direito deles, disse ela, podem dar o que quiserem para quem quiserem, mas agora já não parecem tão generosos como na carta de Natal. Além disso, ela tinha pensado sobre a questão da herança, e disse que quando o irmão dela herdou o chalé da família porque era o filho predileto, quem deveria ter herdado era ela, como compensação pela falta de carinho e atenção.

Tranquei Trofast no quarto e fui à balsa que me levaria para o outro lado do rio até o centro da cidade. De lá liguei para Tale e Ebba mais uma vez, mas elas não atenderam, liguei para Klara e perguntei por que fiquei tão perturbada, por que eu sentia tanta necessidade de falar sobre aquilo, se estava tudo bem.

É muito profundo, Bergljot, disse ela. É profundo pra caramba.

Desembarquei da balsa e fui subindo as ruas, começou a chover, fiquei molhada e pesada. Klara tinha razão, percebi como era profundo, como fui empurrada para o fundo, como fiquei pesada, como afundei.

O debate correu bem, eu me saí bem. Depois fiquei sentada no restaurante contando a meus colegas de debate tudo sobre as cotações das casas de veraneio e a overdose, embora eu não os conhecesse bem, embora pensasse, enquanto contava, que não deveria fazê-lo.

Fiquei com vergonha ao mesmo tempo que falava, fiquei com vergonha ao ver o rosto dos que estavam ouvindo e fiquei com vergonha no caminho de volta, de como havia contado sobre cotações de chalés e overdose numa voz mimada e esganiçada, de um jeito que fazia parte da infância, da estúpida adolescência; passei a noite com vergonha, não consegui dormir de vergonha por não ser adulta, por não ser capaz de falar de um modo maduro e equilibrado, por me tornar criança outra vez.

Um dia depois de Klara ter desabotoado meu casaco na rua Hausmann e dado uma puxadinha na minha blusa de seda, ela telefonou. Eu estava na entrada de casa, onde morava com meu marido e meus filhos, e não entendi quem era. Ela repetiu o nome, então lembrei, então fiquei com medo, minha imunidade estava baixa. Ela perguntou se eu queria fazer uma resenha de um livro para a revista literária de cuja redação ela fazia parte; eu não queria, não tinha coragem, não tinha coragem de dizer não. Ela perguntou se eu podia passar na casa dela na manhã seguinte para conversar sobre o assunto; eu não queria, não tinha coragem de dizer não. Quando cheguei lá na manhã seguinte, ela estava montando uma estante de livros sem conseguir, sem seguir o manual de instruções, estava bebendo gim. Eu não podia beber, estava dirigindo, encarreguei-me da estante. Enquanto eu apertava os parafusos, ela disse que a resenha não importava, a revista seria descontinuada, não dava lucro para a editora, e como ela pagaria o aluguel agora? Eu não sabia, balancei a cabeça, não queria ser contaminada por problemas financeiros. Ela disse que estava apaixonada por um homem casado, e meu coração palpitou. Estava grávida do homem casado e faria um aborto no dia seguinte; se não o fizesse, ele não ia querer mais vê-la. Eu não podia ajudar, queria voltar para casa, queria tomar gim, montei a estante e fui embora, não queria revê-la.

Domingo na Cidade Antiga de Fredrikstad. Folhas amarelas, vermelhas e apodrecidas nos paralelepípedos, chuva fria no ar. Eu andava pelas ruas me sentindo pesada. Não deveria ter falado com estranhos sobre as cotações dos chalés e a overdose. Precisava desabafar, mas não sabia como. Então me deparei com uma das pessoas que tinham estado presentes no restaurante na noite anterior, que perguntou se eu estava bem, como se não pudesse estar bem. Ela me convidou para a casa dela, uma construção amarela de madeira uns cem metros adiante na mesma rua, e me serviu torta de maçã e café, e o choro brotou em mim, a infância saiu aos borbotões, e ela foi receptiva e falou calma e serenamente sobre a própria infância, será que era possível chegar lá?

Assim que eu estava na porta, prestes a sair, ela me perguntou quando havia sido a última vez que eu falara com ele.

Com quem?

Seu irmão.

Não consigo lembrar, vinte anos ou mais.

Dê uma ligada para ele, disse ela, e eu sorri um pouco, ela não entendeu como era. Mas nos abraçamos como se tivéssemos trocado presentes, e na hora que passei pelo portão, ela gritou: Torço por Bård!

Voltando de carro para casa, eu estava cheia de sentimentos ambivalentes. Envergonhada das confidências do dia anterior no restaurante, brava comigo mesma por ser tão suscetível, grata pelo convite para tomar café com torta, por ter encontrado uma pessoa assim num dia assim, que me deu espaço e conselhos. Perguntei-me se meus pais, Astrid e Åsa procuravam o conselho de outros, pois não era preciso muito conhecimento da natureza humana para prever que um homem que reage ao tratamento preferencial num testamento reagiria à doação de imóveis em segredo a preços abaixo do valor de mercado. Se tivessem consultado outras pessoas, teriam sido avisados, não? Mas será que não queriam ser avisados? Queriam levar a cabo o que haviam decidido fazer, custasse o que custasse?

De volta à minha casa em Lier, depois de já estar escuro, enquanto caminhava sobre os prados com minha cachorra e quando começou a nevar, liguei para Tale, e ela atendeu. Eu lhe contei sobre a overdose, sobre sucessões e cotações, e minha filha me conhecia, sabia que eu estava indo para o fundo do poço e disse que eu não podia levar aquilo a sério, que não devia me envolver, que era só minha mãe fazendo drama consigo mesma no papel principal como vítima trágica de planos malignos, enquanto o objetivo era calar os críticos.

Eu não me envolvo mais com aquela família, disse ela, me recuso a fazer parte do teatro.

Ouvi o que ela disse, compreendi no nível racional.

Fiz uma caminhada mais longa que de costume para ficar cansada, para conseguir dormir, para talvez conseguir dormir a noite toda, andei muito, voltei e me sentei na frente da lareira. Astrid ligou dizendo que minha mãe estava bem, imaginou que eu talvez estivesse preocupada. Ela ainda estava internada no Diakonhjemmet e estava cansada, mas teria alta no dia seguinte, e os aniversários seriam comemorados na semana seguinte conforme os planos; ela contava com a presença de Søren e Ebba lá. Falei que não tinha ouvido nada em contrário. Então mamãe vai ficar feliz, disse ela, estava com receio que as filhas de Bård não fossem.

Ele está usando as filhas. A coisa mais feia que se pode fazer, usar os filhos! Mamãe tem tanto medo de perder o contato com as filhas de Bård. A mamãe sempre teve um relacionamento muito bom com elas, e agora isso será destruído por causa dele?

Com cuidado, eu disse que era possível que elas tivessem ficado tristes de verdade ao saber que os chalés haviam sido transferidos para ela e Åsa; foi a primeira vez que sugeri que não comprava a versão dela cegamente. Ela ficou calada. Então disse que se fosse apenas uma questão de valores, sempre poderiam pedir outra avaliação. Talvez tenha sido um processo um pouco impensado, admitiu. As cotações talvez tenham sido um pouco baixas, acrescentou. Quem sabe tivesse sido melhor fazer duas avaliações desde o início, mas não chegamos a pensar nisso.

Abri uma garrafa de vinho tinto. Depois de bebê-la, fiquei mais calma e saí outra vez com a cachorra. A neve ainda caía, flocos grandes e pesados que derretiam em contato com o rosto, e logo eu estava encharcada. O céu era grande, e as estrelas reluziam com uma intensidade surreal, mas talvez fosse o vinho. Voltei para casa, já tinha tomado minha decisão.

Não encontrei o número de Bård na internet e liguei para Astrid. Ela disse que não o tinha. Mas você falou com ele ontem, não? Åsa tinha o número, disse ela, perguntei se ela podia falar com Åsa e me ligar de volta, é tarde, disse ela, relutante, mas encontrou o número afinal.

Quando eu disse meu nome, Bergljot, ele ficou calado. Depois falou que tinha pensado muito em mim ultimamente, e eu fiquei calada. Então lhe contei sobre as conversas com Astrid, e ele me explicou como via a situação. Achei que ele parecia triste. Mencionou um livro que eu lhe enviara lá atrás, um romance de perdição sobre uma família que, de acordo comigo, era parecida com a nossa, sobre uma infância que se parecia com a nossa.

Afinal, era assim mesmo, disse ele.

Voltei da casa de Klara dirigindo com o coração disparado. Será que ela havia me contado que estava apaixonada por um homem casado porque tinha percebido que eu estava apaixonada por um homem casado? Será que dava para ver? Será que alguém sabia? Eu era casada com um homem gentil e decente e tinha três filhos com ele, mas ainda assim estava apaixonada por outro homem casado e não pensava em outra coisa senão no outro homem casado. Era monstruoso, repulsivo, o que eu deveria fazer? Era impossível, eu era impossível. Eu não tinha emprego fixo nem renda fixa, mas três crianças pequenas e um marido gentil e abastado, e estava loucamente apaixonada por outro homem; era terrível, vergonhoso, imperdoável, como eu ousava? O que tinha de errado comigo se eu fui capaz de uma coisa dessas?

Klara me ligou na semana seguinte, eu não teria atendido se soubesse que era ela. Perguntou se eu queria visitá-la outra vez, tinha comprado uma nova estante de livros que não conseguia montar. Eu não queria; fui lá, montei a estante e contei sobre o homem casado. Ela disse que já havia percebido isso em mim. Ela percebia esse tipo de coisa, disse, passando a mão no meu rosto, e comecei a chorar, o que eu devia fazer?

O que percebi, pensei mais tarde, depois de começar a refletir, foi que o momento da verdade estava se aproximando, o terremoto estava se aproximando, eu o pressentia assim como os animais pressentem. Eu estava cheia de pavor e tremia diante do momento doloroso da verdade que me chacoalharia até a alma e me abalaria de forma violenta; talvez eu estivesse trabalhando inconscientemente para acelerá-lo, para acabar logo com aquilo já que era inevitável.

Dezembro e neblina. A neve do dia anterior já derretera, água-neve e lama preta cobriam os gramados e as ruas, fazia frio lá fora, fazia frio dentro de casa porque a calefação estava quebrada.

Eu deveria editar resenhas de teatro e escrever o editorial do próximo número da revista *No palco*, mas não fiz nada disso. Fiz chá e enchi a garrafa térmica, vesti roupa de lã, botas de borracha e a grande parca com capuz, se agasalhar bem sempre ajuda. Fui ao bosque, onde nunca havia ninguém àquela hora do dia, sentei-me num tronco derrubado e deixei a cachorra correr livremente. Às vezes, na primavera e no verão, eu via cervos ali, pássaros e esquilos e rãs, mas nesse dia éramos só nós. Trofast farejava e abanava o rabo , saltava sobre galhos e rochas, não sabia nada sobre heranças e infâncias. Será que eu escreveria ironicamente sobre *A estrela de Natal* e *O Quebra-nozes*, os espetáculos meigos de família que os teatros levavam ao palco na época de Natal? Não, seria estúpido demais, afinal, me faziam sentir um nó na garganta.

Depois caiu a escuridão e fomos para casa, acendi a lareira, abri o vinho tinto e peguei as anotações para o editorial. Tinha acabado de começar quando Bård mandou uma mensagem dizendo que seria legal conversar embora a ocasião não fosse a mais feliz. Você quer almoçar um dia desses?

Concordo e quero, sim, respondi.

Tão logo mandei a mensagem, Astrid ligou querendo saber se eu tinha falado com Bård. Eu disse que ia encontrá-lo na semana seguinte. Tive a impressão de que isso lhe causou inquietação.

Fechei o Mac e estava me preparando para ir para a cama quando Klara me ligou e disse que Rolf Sandberg tinha morrido.

Rolf Sandberg. O grande amor extraconjugal da minha mãe. Professor da faculdade de Pedagogia, onde ela ingressara na meia-idade. Por quem se apaixonara perdidamente, com quem iniciara um caso apesar de ele ser casado. O intenso caso amoroso de mamãe com Rolf Sandberg durou alguns anos, até meu pai encontrar uma carta de amor debaixo de uma toalhinha sobre uma cômoda em Hvaler. Talvez tenha sido intencional por parte dela. Talvez desejasse que ele descobrisse o caso, talvez pensasse que se ficasse sabendo, ia querer se divorciar e ela poderia se casar com Rolf Sandberg. Mas meu pai não reagiu da maneira idealizada por minha mãe, senão como sempre, com fúria e agressões, e Rolf Sandberg também não reagiu da maneira idealizada por minha mãe. Quando ela lhe contou que meu pai havia encontrado a carta, ele disse que um divórcio era melhor que dois. Minha mãe se trancou num quarto com comprimidos e álcool, meu pai arrombou a porta e chamou a ambulância, e minha mãe foi levada ao hospital de Fredrikstad e submetida a lavagem gástrica.

Minha mãe tentou morar sozinha, mas não deu certo. Meu pai alugou um apartamento de modo que ela pudesse tentar morar sozinha, mas, depois de uma semana e meia, ela estava de volta com ele na Bråteveien, à mercê dele. No entanto, ela não parou de falar e de se encontrar com Rolf Sandberg, provavelmente nunca parou de amá-lo. Ela me fez confidências sobre o relacionamento. Não as fez a Astrid ou Åsa, porque elas teriam ficado indignadas ao saber que mamãe ainda mantinha contato com Rolf Sandberg e teriam contado ao papai, tomando partido dele. Enquanto eu, minha mãe sabia disso, não tomaria as dores dele e não diria nada. Essa era a diferença entre mim, Astrid e Åsa: o relacionamento com nosso pai.

~

Depois rompi com a família e não ouvi mais nada de Rolf Sandberg, mas estava convencida de que, durante todos aqueles anos, minha mãe nutria a esperança de que um dia ficariam juntos. Quando a esposa dele faleceu, pensei que minha mãe provavelmente desejava a morte do meu pai para poder morar com Rolf Sandberg. Então Rolf Sandberg morreu, e ao saber que ele estava à beira da morte, minha mãe teve uma overdose, talvez por entender que o sonho dela se frustrara.

Embora já tivesse passado da meia-noite, liguei para Astrid e lhe contei que Rolf Sandberg morrera, que a overdose da minha mãe provavelmente não estava ligada à mensagem de Bård, mas à morte de Rolf Sandberg. Senti que ela ficou preocupada.

Escrevi para Bård que Rolf Sandberg morrera, que a overdose da minha mãe pelo visto tinha a ver com o falecimento, não com a mensagem de Bård.

Klara e eu amávamos homens casados que não queriam se divorciar, que não nos queriam, que queriam fazer sexo conosco em quartos de hotel, homens de quem não conseguíamos desapegar, éramos infelizes. Klara morava sozinha, o que tinha certas desvantagens, eu morava com meu marido e nossos filhos, o que também tinha suas desvantagens. Eu me casei e tive filhos cedo para não ser mais filha, e sim mãe, percebi quando comecei a refletir sobre minha vida, e agora eu traía meu marido e meus filhos e me enchia de vergonha. Klara não traía ninguém, mas estava sem dinheiro e precisava trabalhar como garçonete até altas horas da noite no bar Renna para sobreviver. Meu marido ganhava bem, por isso eu podia estudar sem depender do crédito estudantil, eu era uma fraude e uma parasita. Sempre que podia, eu ia à casa de Klara e bebia com seus amigos do Renna, que eram mentalmente instáveis e dados à bebida, talentosos, pobres e perdidos, desajustados e marginalizados. Criaturas estranhas e trêmulas, sem capacidade de sobrevivência, que constantemente batiam à porta de Klara, à qual eu também batia com frequência para ser contaminada por marginalização e miséria, por que será? Eu procurava a ruína como que por instinto, o que tinha de errado comigo? Eu ia à casa de Klara e bebia na companhia de indivíduos esquisitos e inaptos para a vida, passava a noite na casa de Klara e acordava de manhã à forte luz do dia, cercada de pessoas surradas e sujas, e corria para casa, abraçava meus filhos e meu marido, querendo viver para sempre na casa arejada e limpa, prometendo a mim mesma que nunca a deixaria, mas logo voltava para Klara, atraída pela perdição.

QUATRO DIAS DEPOIS DA OVERDOSE, NO MESMO DIA EM QUE O obituário de Rolf Sandberg saiu no jornal, minha mãe e meu pai comemorariam o aniversário na Bråteveien. Ao saber que Søren e Ebba iam, Tale ficou indignada. Por que iam fazer uma cara boa e entrar no jogo, aceitar o esquema da casa da Bråteveien, fingindo que não havia nada e sendo desonestos? Segundo ela, era por isso que o mundo estava indo por água abaixo, porque as pessoas não diziam o que pensavam, não eram honestas, mas mantinham a falsa paz para evitar dissabores. Por que Søren e Ebba iam para a Bråteveien a fim de participar de uma farsa? Ela mesma nunca mais iria à Bråteveien, algo que ela informaria às pessoas de lá imediatamente.

Eu a desaconselhei a fazer isso. Eles só pensariam que ela estava se inscrevendo na disputa da herança, que ela queria uma casa de veraneio em Hvaler.

No dia da festa eu estava tensa. Fora de perigo, mas não importava. As portas estavam trancadas, Søren e Ebba eram adultos e sabiam se virar sozinhos, e ainda assim senti a mesma preocupação que sempre sentia durante as visitas de meus filhos à casa da Bråteveien. Quando estava chegando perto da hora, olhei para o relógio como se algo pudesse explodir. Visualizei Søren e Ebba passando pela soleira, visualizei-os abraçando minha mãe e meu pai, que eu não via havia anos e cujo aspecto eu desconhecia, visualizei-os abraçando ou apertando a mão de Astrid, do marido e dos filhos, de Åsa, do marido e dos filhos, visualizei os rostos de Søren e de Ebba e senti pena dos dois, ou projetei a pena que sentia de mim mesma. Imaginei o que era dito, frases inocentes e felicitações, nada sobre as questões prementes, a herança, a overdose, o obituário de Rolf Sandberg ou o inominável: os que não estavam presentes, Bård e eu, as filhas de Bård.

O tempo passou devagar, esperei impaciente sem saber pelo quê. Sabia o que me diriam, que tudo tinha corrido bem, que haviam conversado sobre coisas inócuas, passado atualizações sobre estudos e trabalho, e ainda assim parecia dramático. Era como na antevéspera de Natal, quando meus filhos visitavam a casa da Bråteveien e ganhavam presentes, e eu ficava com os nervos à flor da pele até eles voltarem. Meu pavor era irracional, tratava-se da minha herança não financeira. Um sentimento irracional de culpa por eu ter me alienado, ter rompido com eles, por eu ter feito o que não se fazia, recusar-se a ver os pais idosos, por eu ser uma pessoa assim, desumana. A festa começara às seis da tarde, já eram oito da noite e eles não haviam ligado, e eu não queria ligar caso eles ainda estivessem lá. Às oito e meia, Søren telefonou dizendo que tinha corrido tudo bem, embora minha mãe tivesse se embebedado logo e meu pai tivesse ficado pensativo na poltrona, mais calado que de costume. Bård e as filhas não tinham comparecido, mas Astrid e Åsa tinham ido com os filhos, naturalmente, e Astrid fez um discurso dizendo que ela e Åsa estavam felizes por estarem tão próximas de mamãe e papai, por passarem momentos tão agradáveis com eles, por se encontrarem com tanta frequência, várias vezes por semana, para não falar das longas e deliciosas temporadas de verão em Hvaler.

Søren comentou, com um tom um tanto cabisbaixo, achei, que talvez não fosse de se estranhar que Astrid e Åsa fossem herdar mais do que "a gente", já que passavam tanto tempo com os pais e os amavam tanto.

Quem não soubesse que havia mais dois filhos, disse ele, pensaria que era uma família normal e harmoniosa.

A primeira vez que vi Bo Schjerven foi num domingo, no Dia do Livro no Teatro Norueguês. Em todas as salas havia recitais da safra outonal de livros, e as revistas culturais do país tinham estandes no saguão, incluindo a recém-criada *Publicações incompreensíveis*, iniciada e desenvolvida durante as altas horas da noite no apartamento de Klara por seus amigos literários do Renna. Klara ficaria no estande da uma às três da tarde, e eu havia prometido passar por lá. Ao chegar, a vi debaixo de um guarda--sol fincado num dos grandes vasos de plantas do teatro, o letreiro dizia *Publicações incompreensíveis*. Ela parecia desconfortável, tinha recebido vários comentários desagradáveis dos autores das referidas publicações, um escritor de romances policiais a tinha ameaçado com uma faca. Tinha sido mais divertido escrever os textos do que publicá-los, disse ela, estava precisando de uma cerveja. Ela foi ao café, e assim que assumi o lugar dela debaixo do guarda-sol, um homem veio na minha direção, agarrou um exemplar da revista e sentou-se no patamar da escada, começou a ler e soltou um suspiro alto, eu torcia para que Klara voltasse logo. O homem se levantou, foi até mim e disse que quem traduzira a coleção de poemas que a revista *Publicações incompreensíveis* tinha considerado uma publicação especialmente incompreensível fora ele. Eu falei que não tinha nada a ver com a revista. O pequeno homem de óculos olhou para mim por cima das lentes e perguntou se a redação da *Publicações incompreensíveis* conhecia a situação política da Rússia na década de 1920. Respondi que não sabia, que não tinha nada a ver com a *Publicações incompreensíveis*, ele perguntou por que então eu estava no estande daquela revista estúpida. Perguntou se a redação conhecia as ideias revolucionárias que circulavam nas rodas literárias de São Petersburgo na década de 1920, falei que não sabia, minha suspeita era que não. O homem pálido e severo perguntou se a redação conhecia o ensaísta Ivan Yegoriev. Eu não sabia, torcia para que Klara logo estivesse de volta. Perguntou se a redação da revista pueril *Publicações incompreensíveis* sequer havia lido história russa ou poetas russos, se conhecia a tradição na qual *Høstepler* se inscrevia. Eu não sabia, minha suspeita era que não, eu torcia para que Klara voltasse logo. O homem intenso se inclinou para a frente e disse que os versos que a imbecil crítica da *Publicações incompreensíveis* havia achado especialmente incompreensíveis eram os mais essenciais, uma paráfrase do discurso do político V. G. Korolenko no IV Congresso do Partido Comunista. O pequeno homem, que a essa altura já estava um tanto ruidoso, disse que quem fosse escrever uma crítica sobre uma coleção de poemas como a que ele havia traduzido tinha a obrigação de se inteirar dos assuntos citados, esse era o dever do literato, pois se o literato não levasse a poesia a sério, quem levaria? Ao ver dele, se a mulher evidentemente jovem e irremediavelmente arrogante que tinha escrito sobre *Maçãs de outono* na *Publicações incompreensíveis* tivesse se inteirado de tais assuntos, teria tirado muito proveito da coleção, a ponto de poder mudar a vida dela. Ele estudou meu rosto. A ponto de mudar a vida dela, disse ele, e senti um aperto no coração.

Felizmente chegou algum conhecido dele, ele largou a revista e foi embora. Eu procurava por Klara, não queria mais ficar sentada ali. Então o homem de repente voltou, perguntando se eu poderia lhe emprestar cem coroas. O irmão dele havia chegado e estava com vontade de tomar um café no restaurante, mas ele estava sem dinheiro, o que não queria deixar transparecer, pois não queria ser motivo de preocupação para o irmão. Dei as cem coroas, e ele insistiu comigo para que lhe passasse o número da minha conta; na semana seguinte entraram cento e dez coroas na minha conta, as dez coroas eram os juros.

Íamos nos encontrar no Grand Hotel. Tinha sido minha sugestão. Era tão raro eu sair, simplesmente soltei o nome sem pensar. Grand Hotel, escrevi, ele reservaria a mesa.

No caminho lembrei que o Grand Hotel era onde minha mãe costumava encontrar as amigas antigamente, quando iam passear na cidade e comer canapés; minha mãe havia me levado algumas vezes para passear na cidade e lanchar no Grand, será que foi a lembrança dela que me fez escolhê-lo? Eu esperava que a infância não estivesse retornando, esperava não estar voltando para ela, esperava que essa não fosse a razão para eu estar tremendo. Abri a porta, havia uma fila na entrada do restaurante, época pré-natalina e muitas pessoas de idade bem-vestidas, eu não deveria ter escolhido o Grand. Talvez eu encontrasse minha mãe com as amigas, será que não havia uma mulher que se parecia com ela, assim como eu me lembrava dela, ali no canto? Eu me virei, quis ir embora, então vi alguém que se parecia com ele, assim como me lembrava dele, as costas e a parte de trás da cabeça, "Bård?", perguntei, e ele se virou, e era ele, vinte anos mais velho. Ele me reconheceu, vinte anos mais velha, nós nos abraçamos, assim como fazem irmãos que não têm conta alguma a ajustar, até onde sabíamos. Passou uma mulher que conhecia meu irmão, eles se cumprimentaram e se abraçaram, e ele me apresentou como a irmã mais nova dele, "a mais velha das minhas irmãs mais novas", disse ele. Então ficamos calados. Não podíamos iniciar a conversa na fila, não tínhamos compartilhado qualquer coisa havia mais de vinte e três anos. A última vez que tínhamos nos visto fora na Crisma da filha mais velha dele. Na época, fazia dez anos desde a vez anterior, eu tinha calculado no caminho, e em ambas as vezes a ocasião havia sido formal e o lugar, um local público, um restaurante, não muito diferente do Grand. Pelas minhas contas, não tínhamos tido uma conversa particular desde a época do ensino médio, e olhe lá. Nós dois nos retiramos da família, mas não juntos, não em sintonia, nos retiramos cada um por si e sozinhos. Eu recebia notícias sobre Bård de Astrid, as duas vezes por ano que conversava com ela, mas minha impressão era que havia pouco a relatar, as filhas dele iam bem na escola. Eu não sabia que ele não morava mais numa casa em Nordstrand, mas sim num apartamento em Fagerborg. Astrid não havia me contado isso, fiquei sabendo no Grand, depois de levar nossos casacos à chapelaria enquanto Bård ia encontrar a mesa reservada. Ele me deu o casaco dele confiando em mim, porque no passado tínhamos nos espremido no banco de trás de um carro com nossas irmãs. Pendurei nossos casacos na chapelaria e o encontrei no restaurante, onde ele estava sentado à mesa, parecendo meu pai, do jeito que ele tinha sido lá atrás, Bård disse que agora o pai já estava bem velho. Pedimos café, ele disse que tinha ido de bonde quando perguntei se estava de carro, e contou que não morava mais em Nordstrand, mas em Fagerborg, ficando surpreso, essa foi minha impressão, com minha ignorância desse fato — já fazia oito anos — e por Astrid, com quem ele sabia que eu mantinha contato, não me ter contado. Ele se serviu primeiro, dirigindo-se ao bufê com um andar de que eu não me lembrava, e voltou com um canapé. Fui até o bufê e voltei com um canapé. Ali estávamos nós, no Grand.

A disputa em relação aos chalés havia durado muito mais tempo do que eu sabia. Vários anos antes, nossos pais tinham decidido que Astrid e Åsa os herdariam. Bård ficou sabendo por meio da filha dele. Ela foi visitá-los na Bråteveien, e nossos pais lhe contaram que Astrid e Åsa iam herdar as casas de veraneio em Hvaler. A filha de Bård ficou pasma; o que ela diria? Uma neta que tinha passado boa parte de sua infância em Hvaler, mas era jovem e tímida demais para manifestar a surpresa e a decepção dela. Será que foi por isso que deram a notícia a ela, uma neta jovem e educada que não protestaria, para que mais tarde pudessem dizer que ela não havia reclamado? A filha de Bård voltou para casa e contou ao pai o que haviam falado, e Bård foi à Bråteveien, e eles confirmaram que Astrid e Åsa herdariam os chalés. Será que entendiam o que estavam dizendo? Que era uma coisa chocante para se dizer ao filho mais velho, que tinha passado todos os verões da juventude em Hvaler e todos os verões com a família lá até o relacionamento com nossos pais se tornar complicado, que havia imaginado e esperado que os irmãos estreitassem os laços outra vez assim que eles se fossem? Ele pediu que refletissem bem, eles responderam que a decisão já estava tomada. Algumas semanas depois, ele recebeu uma cópia de um testamento pelo correio, no qual constava que Astrid e Åsa herdariam as casas de veraneio, e se, contrariando as expectativas, não as quisessem, elas seriam vendidas a quem oferecesse o maior lance. Não deveriam deixar que Bård e eu as herdássemos.

Eles não querem que a gente fique lá, disse ele.

Pelo visto, era o que já tínhamos percebido, e consequentemente havíamos deixado de ir lá.

Mais ou menos um ano depois, Bård havia escrito uma carta a nossos pais — ele a mostrou para mim, tinha levado todos os documentos —, uma carta gentil, na qual argumentava a favor de que todos os quatro irmãos compartilhassem as casas de veraneio. Porque todos tinham um vínculo forte com Hvaler, porque assim poderíamos dividir os custos e a manutenção, porque assim mais pessoas poderiam aproveitar os chalés, os lotes eram grandes, novos chalés talvez pudessem ser construídos no futuro.

Eles responderam que já tinham tomado a decisão.

Ele escreveu para Astrid e Åsa, apresentando os mesmos argumentos, e elas responderam que nossos pais tinham o poder de decisão sobre o patrimônio. No último e-mail que Bård havia escrito a respeito do assunto, ele dissera que Hvaler era o lugar de onde tinha mais lembranças boas. Por que nós, os quatro irmãos, não poderíamos ser donos de meio chalé cada um? Não precisava ser complicado, observou. Vários de seus amigos haviam herdado casas de veraneio com os irmãos, o que em geral dava certo. *Peço, por gentileza, que reconsiderem. Quando vocês não estiverem mais aqui, a possibilidade de sermos donos da metade de um dos chalés significará muito para mim e para minhas filhas.* Em conclusão, ele escreveu que não entendia por que nossos pais preferiam ver seus genros em Hvaler a ver o próprio filho e as filhas dele.

Não recebeu nenhuma resposta. E não pôde fazer nada. Eles estavam no pleno direito deles. Mas será que entendiam o que estavam fazendo? Que estavam causando destruição, desferindo facadas? Será que Astrid e Åsa compreendiam as consequências às quais a conduta de nossos pais levaria, com a bênção deles? Será que achavam que o relacionamento com Bård permaneceria intacto? Será que nossos pais achavam que o relacionamento entre os irmãos permaneceria inalterado? Eles não *desejavam* que Bård e as filhas dele ou eu e meus filhos fôssemos donos de metade de uma casa de veraneio em Hvaler. Bård pediu e argumentou educadamente, pois não sabia que se tratava de uma conspiração. Nossos pais preferiam passar as férias na companhia dos genros a passá-las com o filho e a família dele. Eles não queriam nos ver em Hvaler. Queriam ver Bård e suas filhas, a mim e meus filhos em dias de festa e aniversários, mas não nos queriam ter por perto em Hvaler. Podiam muito bem ter Astrid e Åsa com os maridos e filhos por perto, em Hvaler e em outros lugares, porque Astrid e Åsa não vinham com a bagagem do passado.

Nossos pais, Astrid e Åsa planejaram que os chalés passariam aos nomes de Astrid e Åsa e cumpriram o plano. Eram cúmplices. Bård achava que era algo passível de mudança e implorou, em vão. Algumas pessoas sabiam o que ia acontecer, outras não. Era um jogo desigual, mas nossos pais, Astrid e Åsa se comportaram como se tudo estivesse perfeitamente bem, não era de se estranhar que Astrid nunca houvesse mencionado o assunto para mim?

Era uma catástrofe anunciada, a que viria, mas será que não perceberam, ou será que perceberam, mas não se importavam e esperavam conseguir vencer a tempestade?

Bård não ganhou um chalé em Hvaler, isso ele teria de aguentar, e ele o suportou, mas algo fora destruído.

Em agosto, Bård passou na Bråteveien para dar um alô a nossos pais depois das férias, e minha mãe disse que meu pai tinha envelhecido muito, que não aguentava tanto quanto antes a manutenção das casas de veraneio, os cuidados com o jardim, e por isso haviam passado o chalé antigo a Astrid e o chalé novo a Åsa. Bård, que havia se conformado com o fato de que não ganharia nenhum chalé, perguntou a que preço. Quando ela falou o valor, ele se levantou e foi embora. Foi a gota d'água. O valor irrisório. Eles *queriam* discriminar. *Queriam* que Bård e eu recebêssemos a menor compensação possível. Era *intencional*, e Astrid e Åsa achavam que estava tudo bem. Como será que elas teriam se sentido se fosse o contrário? Será que um dia fariam algo semelhante com os próprios filhos? Elas tinham dois cada uma. Dariam os chalés que agora eram delas a apenas um dos filhos? Óbvio que não. Porque seria horrível para aquele que não herdasse um chalé, ou seja, aquele com quem os pais menos se importavam.

Bård saiu da casa da Bråteveien. Minha mãe gritou para ele que deveria ficar contente por não ser deserdado.

Deveríamos ficar contentes por não sermos deserdados. O testamento que havia sido anunciado no Natal alguns anos antes, que Bård havia pedido que lhe mandassem e que ele havia lido, poderia ser alterado a qualquer momento, provavelmente já fora alterado, se é que ainda existia, talvez nem existisse um testamento válido, e nesse caso o chalé antigo tinha sido uma doação para Astrid, e o chalé novo, uma doação para Åsa, e nós, Bård e Bergljot, nomes que soavam tão bem juntos na boca, arriscávamos não receber qualquer compensação.

Vi que aquilo o abalara, a injustiça descarada de nossos pais, o fato de Astrid e Åsa, aparentemente sem dor na consciência, aceitarem a injustiça, não tentarem chamar nossos pais à razão, para que o relacionamento entre os irmãos não fosse destruído, para que Bård não se sentisse deixado de lado, para que Bård não ficasse triste, assim como ficou, assim como estava, porque era tão óbvio que não se importavam com o que ele pensava, não se importavam o suficiente com ele para se comportarem de maneira decente em relação a ele. Bård tinha levado bofetadas ao longo do caminho e naquele momento levava a bofetada final, ele se encontrava no momento da ruptura, pelo que entendi. Eu tinha levado bofetadas ao longo do caminho e a bofetada final quinze anos antes, foi naquele momento que rompi com eles.

Aconteceu perto da banca da Narvesen na Bogstadveien, no dia 13 de março de 1999.

Por alguns anos antes disso, eu havia tentado manter um mínimo de contato com a família, por causa das crianças, porque elas eram pequenas e dependiam de mim para ter uma relação com os avós, as tias e os tios, os primos e as primas, para que minha mãe não reclamasse, fizesse pressão, apelasse à minha consciência; era difícil se comportar de maneira fria com uma pessoa que se apresentava como amorosa. Escrevi um cartão-postal neutro de Roma, e logo recebi uma carta dizendo que ela estava contando os dias para me ver no Natal e para comemorar a data como uma família normal. E eu não consegui me controlar, fiquei histérica e me senti ofendida e ignorada, porque não podia ser normal, não era normal, eu havia explicado isso inúmeras vezes, mas eles não escutavam, não queriam escutar, e comemorar o Natal como uma família normal? A ideia me fez passar mal; telefonei, e já que não atenderam, deixei uma mensagem desagradável dizendo que não estava contando os dias para o Natal, não estava contando os dias para vê-los, a perspectiva de vê-los me enchia de angústia e nojo, para mim era fisicamente impossível vê-los. Na manhã seguinte, porém, tive vergonha de minha raiva, minha agressão, meus sentimentos infantis e incontroláveis que eram fortes demais, liguei para Astrid e lhe pedi que fosse à casa da Bråteveien e deletasse a mensagem raivosa; mas eles já a ouviram, disse ela com lágrimas na voz, para eu perceber que eles tinham ficado tristes e indignados e que Astrid me achara malvada por ter deixado meus velhos pais tristes e indignados. E eu me senti malvada, mas fiquei triste, porque queria que Astrid também olhasse para mim, só que ela não me via.

No mesmo dia e em prantos, encontrei Klara do lado de fora da banca da Narvesen e descarreguei tudo sobre ela, e ela disse que eu precisava romper com eles. Você precisa romper o relacionamento.

É admissível?, solucei. Sim, respondeu ela, muita gente faz isso. E aquela ideia, a de nunca mais precisar vê-los, me aliviou imediatamente. Deixar de me envolver, me livrar de lágrimas, recriminações e ameaças, não ter que inventar desculpas, constantemente me defender e explicar e, ainda assim, não ser compreendida, romper o contato, será que era possível? Sim, disse ela. Eu não precisava comunicar ou escrever nada, só tomar a decisão, e a decisão já havia sido tomada, estou rompendo com eles, decidi, ao lado da banca da Narvesen na Bogstadveien, e pronto.

Minha mãe tentou. Astrid tentou, mas eu me mantive calada. Então desistiram, os anos se passaram, então Astrid tentava de vez em quando, se havia algum acontecimento especial. Quando minha mãe ia ser operada. A mamãe vai fazer uma cirurgia. Só queria te avisar. Como se mudasse alguma coisa. Como se eu então fosse telefonar. Como se eu tivesse outra atitude diante da doença, diante da morte. Será que eu teria? Evidentemente não, porque esqueci a mensagem. No dia seguinte, ao ver a mensagem de novo por acaso, fiquei feliz por ter me esquecido dela, mas refleti sobre a alegria. Algo em mim tinha receado que uma mensagem assim me abalasse, certo? No entanto, não foi o caso, e por isso eu estava feliz, eu havia sido bem-sucedida em meu trabalho de destruição, apagando as vozes repreensivas, ameaçadoras e decepcionadas deles que viveram tão fortes dentro de mim por mais de quarenta anos. Mandei uma mensagem de volta dizendo que era uma notícia triste, que eu esperava que a cirurgia corresse bem e que desejava uma boa recuperação. Logo percebi que Astrid achava isso pouco, mas o que eu ia fazer? Ligar e dizer o quê? Ir ao hospital e abraçar minha mãe? Eu me imaginei indo até o hospital, entrando no quarto onde ela estava, e tudo dentro de mim se revoltou. Imaginei a mesma coisa mais uma vez para sentir aquilo de novo, que tudo dentro de mim se revoltava. Era impossível. Eu não tinha um rosto com que encontrar, o rosto certamente faminto, choroso dela. Eu não era capaz de me sentar à cabeceira, colocar a mão dela na minha e dizer que a amava, porque não a amava. Já havia amado, já havia sido muito próxima e dependente dela, ela já tinha sido a única para mim, minha mãe, mas o sentimento pertencia ao passado e não podia ser evocado, pois tudo que acontecera depois tinha assumido um efeito retroativo. Não sentia nenhum amor por minha mãe, nenhuma saudade dela, e eu sabia que, para a família, essa falta de amor por ela e de saudade dela era considerada um defeito meu, algo que eu precisava explicar e defender. Eu me explicava e defendia quando Astrid mandava mensagens do tipo "só queria te avisar". Eu já tinha chegado a mandar respostas furiosas a tais mensagens, porque Astrid se dirigia a mim como se fosse uma questão de vontade, como se eu pudesse tomar a decisão de aparecer, de ser gentil, de conversar. Mas Astrid deletava os e-mails furiosos sem lê-los, era o que ela escrevia na manhã seguinte, quando eu, envergonhada, me desculpava pelas mensagens bravas. Astrid escrevia que apagava as mensagens furiosas sem lê-las, e era o direito dela, era compreensível, mas isso não impedia de me sentir rejeitada e decepcionada porque Astrid não levava em consideração o conteúdo das mensagens, nunca comentava o assunto nem minhas razões, sobre as quais eu me estendia, não parecia refletir sobre a origem de minha grande fúria. Só queria te avisar. Para que eu pensasse bem e telefonasse ou aparecesse no hospital. Então eu não liguei, não apareci, e mais uma vez confirmei que eu era a pessoa que eles haviam decidido que eu era, a insensível, a egoísta, a destruidora. Só queria te avisar e te fazer pensar na sua maldade. Me empurrando para o papel de malvada mais uma vez, e fiquei triste porque não consegui! Minhas pernas se recusaram a me carregar! Eu dava um sobressalto toda vez que o telefone tocava e era número desconhecido, por medo de ser minha mãe. Procurei o número dela e o salvei para poder ver se fosse ela e não atender. Será que ela seria capaz de ligar quando estava doente, pois eu não seria malvada a ponto de rejeitar uma enferma, uma possível moribunda?

Além do mais, se eu tivesse sido capaz de caminhar até o hospital, se minhas pernas tivessem sido capazes de me carregar até lá, tudo que eu dissesse lá, ao lado da cama hospitalar, se não fosse algo furioso, inapropriado à cabeceira do leito de uma doente, seria interpretado como remorso e uma admissão de minha parte de que as exigências haviam sido razoáveis, e meu comportamento, impróprio, vil; então era impossível, para que ir lá e trair a mim mesma?

Mas se eu tivesse conseguido eliminar as vozes deles de dentro de mim, se não exercessem mais nenhum poder sobre mim, eu poderia ir ao hospital e fingir um pouco, não? Fazer conversinha de hospital com minha mãe e pronto. O que importava, se minha mãe não tinha qualquer importância? Por que eu seria sincera com alguém sem importância? Por que eu não podia dar à minha mãe o que ela queria, dar à família o que eles queriam, deixar minha mãe acreditar que eu me arrependia, negar a mim mesma nessa única situação e pronto? Por que eu seria orgulhosa com alguém sem importância? Havia tanta mentira em minha vida, que diferença faria mais uma? Por que eu não podia ir ao hospital, recitar umas palavras gentis e sair de lá com o dilema resolvido? Será que eu tinha um dilema, então? Não! Porque não era uma alternativa, eu não seria capaz disso. Eu era tão fraca, tão presa.

Será que eu podia ir ao hospital e ser franca, será que isso era uma possibilidade? Ir lá e dizer que eu não me arrependia de nada, que só tinha ido me despedir? Não! Impossível! Por quê? Não consegui matar a charada. Filósofos, onde estão vocês na hora da necessidade? Tentei romper com eles de novo por uma decisão interna como a que tinha tomado ao lado da banca da Narvesen na Bogstadveien, de não querer vê-los mais, de não me deixar pressionar, mas não senti o consolo e o alívio que havia sentido com o rompimento final ao lado da banca da Narvesen em 1999.

Será que fora apenas um adiamento, uma pausa de algo insolúvel? Porque, mesmo que minha mãe não indicasse um desejo de me ver antes de morrer, Astrid me ligaria para contar do falecimento e eu precisaria vê-los no enterro ou antes. Não podia deixar de fazer isso, certo? E eles me receberiam com desdém e desgosto por causa de minha longa ausência. E meu pai, que eu não via havia anos, cujo aspecto eu desconhecia, que tinha passado mal de alguma forma que eu ignorava, estaria ali, de luto, e eu não poderia consolá-lo, não poderia ser uma participante, seria apenas uma ave rara. Eu mesma o havia escolhido, embora não tivesse escolha, e agora eu pagaria o preço por essa escolha. Afinal, seria desconfortável para eles também, não? Por que insistiam? Por que a vontade deles aparentemente era tão grande? Era porque, mesmo se lhes fosse incômodo, seria pior para mim, e era isso que gostariam de ver? Ter a oportunidade de me ver incomodada e isolada, expressar a agressão reprimida contra mim por eu ter causado um desalento em meus pais com quem tiveram de lidar?

Ou será que meus irmãos estavam furiosos comigo e me odiavam porque, consciente ou inconscientemente, haviam tido vontade de fazer a mesma coisa que eu, libertar-se, fugir, será que tinham inveja de mim por eu ter escapado do poderio parental e assim dificultado que eles fizessem o mesmo?

Eu deveria ter emigrado para os Estados Unidos, pensei, deveria ter embarcado numa viagem ao redor do mundo, estar num oceano quando acontecesse, então eu teria recebido um e-mail em algum porto no meio do caminho, depois de tudo já ter passado, e o oceano colocaria nossas pequenas vidas, nossas pequenas mortes em perspectiva.

Mas de que possibilidade de crescimento e resolução eu teria fugido, então? E se eu estivesse próxima de algo decisivo, perguntei a mim mesma, talvez esse fosse o momento, talvez esse fosse o desafio? Se eu não resolvesse isso, não aprenderia a lição mais importante, teria feito apenas tentativas vãs e me contentado com respostas simples.

~

Mas não foi simples, protestei, foram lutas e provações! Mas talvez ainda não tenha acabado, falei, talvez falte uma última curva na corrida, não posso desistir agora.

Na noite seguinte à minha redescoberta da mensagem de "só queria te avisar" de Astrid, não dormi. Reconciliação, perdão? Não é possível perdoar aquilo que não foi admitido! Eu acreditava que seriam capazes de admitir qualquer coisa? Falar a verdade sobre algo que haviam dispendido tantos esforços para reprimir e negar? Eu acreditava que arriscariam uma condenação universal para se reconciliar comigo? Não, eu não valia tanto, isso eles já tinham me mostrado repetidas vezes. Mas se apenas admitissem o fato para mim? Se eu escrevesse para meus pais que podiam admiti-lo apenas para mim, e eu prometeria nunca dizer nada a ninguém? Não, nem assim, eu estava convencida disso, porque aquilo era inexistente entre eles, não falavam daquilo, haviam entrado num acordo implícito para salvar a reputação deles, uma espécie de respeito próprio, haviam feito um pacto tácito muito tempo antes, inquebrável, de que eram vítimas da traição e da insensibilidade da filha mais velha, e enquanto essa narrativa prevalecesse, receberiam compaixão e atenção, algo que não podiam dispensar; nutriam-se disso, e seria mais difícil recebê-lo se admitissem qualquer coisa para mim, mesmo que fosse a sós, mais difícil fazer o teatrinho deles de sempre na frente dos outros, ser os coitados, depois. Eles eram os coitados. E às vezes eu sentia pena deles porque haviam se metido nessa encrenca, porque estavam velhos e doentes e provavelmente morreriam em breve, enquanto eu tinha boa saúde, deus o ouça e o diabo seja surdo, e estava no auge da vida. Você também vai morrer, consolei a mim mesma. Pode acontecer amanhã, falei, para me animar. Por que se importam?, gritei para o céu. O que querem comigo?, gritei para a escuridão. Mas na verdade eles não se importavam, não se importavam havia anos.

~

Dois dias depois, recebi uma mensagem de Astrid dizendo que todos os exames da mamãe estavam ótimos. Ela se recuperaria totalmente e já estava muito melhor. O papai também. Respondi que era uma boa notícia e pedi que mandasse lembranças. Retomei minha vida normal.

Um mês depois, Astrid me ligou. Ela logo completaria cinquenta anos e faria uma festa com muitas pessoas que ela achava que eu gostaria de conhecer. Ela me passou a data, e eu tinha disponibilidade, o que a deixou muito feliz, disse ela, fazendo uma pausa para depois dizer que nossos pais também estariam lá. Queriam tanto participar de uma grande festa, disse ela, sem falar "uma última", mas estava no ar.

Era evidente que ela achava que algo havia mudado. Que, embora eu não tivesse aparecido no hospital quando minha mãe fora operada, eu lhe havia desejado melhoras e certamente entendido que nossa mãe a qualquer momento poderia desaparecer para sempre, e por isso eu tinha mudado de atitude. Para ela era abstrato, pensei. Mas para mim era concreto. Ter de entrar numa sala com eles e cumprimentá-los com um aperto de mão? Um abraço? Dizer o quê? Eles haviam se visto regularmente durante todos esses anos, estavam acostumados a socializar entre si, eu era uma excluída por opção e uma rejeitada. Será que eu entraria sorridente com um "olá"? Como se não tivéssemos percepções da realidade mutuamente excludentes, como se não negassem a própria matéria de que eu era feita? Será que Astrid não tinha qualquer compreensão da razão por que eu fizera o que fizera, de como calava fundo? Ela falava como se fosse um capricho, uma ideia fixa, o resultado de uma rebeldia imatura que eu facilmente podia deixar de lado se algo realmente sério acontecesse. Que eu podia "fazer um esforço", decidir, em nível intelectual, mudar de ponto de vista. Será que ela não entendia o pavor físico que eu sentia com a ideia de entrar na casa dela, que eu não visitava havia anos, que minha mãe e meu pai frequentavam regularmente, e vê-los, meus pais? Para Astrid, para a maioria das outras pessoas, eles sem dúvida pareciam dois idosos inofensivos e frágeis, mas para mim eram figuras poderosas, de cujas garras eu havia levado anos de terapia para me livrar, será que era assim? Astrid não entendia como eu podia ter medo de uns corpos velhos curvados e grisalhos a ponto de não ser capaz de chegar a um aeroporto sem tremer de medo de encontrá-los sem querer. O que você teme?, perguntei-me no trem indo para o aeroporto. Forcei-me a visualizá-los, confrontando-me com eles assim como se faz para superar fobias. O que aconteceria se eu chegasse ao aeroporto e eles estivessem ali na fila do check-in? O pavor me inundou! Bem, e daí? Será que eu teria passado direto por eles? Não. Ridículo demais, imaturo demais, uma mulher de mais de cinquenta anos não ter coragem, não conseguir cumprimentar os pais numa fila de check-in. Eu imaginava que teria parado e perguntado para onde iam, e eles teriam respondido e me perguntado para onde eu ia, e eu teria respondido, dando um sorriso forçado e desejando uma boa viagem. Palavras bem comuns, e talvez fosse fácil se comportar quase como uma "família normal", mas não! Porque depois eu teria ido ao banheiro, me trancado num cubículo e me sentado tremendo no vaso sanitário, esperando até ter certeza de que eles tivessem saído, mesmo que isso significasse que eu perderia meu próprio voo. Era desesperador. Que eu tivesse progredido tão pouco que aquilo pudesse me encurralar a qualquer momento, e eu não queria ser encurralada, não queria entrar naquela de novo, e agora já tinha entrado! Eu queria tanto ser adulta, calma e serena. Decidir não ir à festa de cinquenta anos, encontrar uma desculpa e esquecer tudo. Mas não consegui. Porque, se meus pais não tivessem sido convidados, eu iria à festa de cinquenta anos de minha irmã, para conhecer as pessoas com quem ela trabalhava, sem dúvida pessoas cativantes e interessantes e quem sabe úteis para mim. Essa era a derrota. Que eu fosse tão inibida e paralisada que precisava abrir mão de coisas que podiam me fazer bem. Presa à estúpida infância. A epígrafe de minha obra no mundo: presa à infância. Mais de cinquenta anos de idade, mas ainda sofrendo da mesma ansiedade diante da autoridade parental que as crianças têm. Que meus irmãos não tinham mais? Será que Astrid nos convidara juntos porque pensou que eu havia me libertado da infância, que eu havia elaborado os traumas e a fobia parental? Quem sabe ela pensasse que havia sido por força do hábito que eu não tinha aparecido no hospital, mas que agora estava na hora de mudar velhos hábitos. Ou seja, o convite podia ser visto como um elogio por parte da Astrid, que pensava que eu tinha progredido mais do que tinha. Astrid achava que eu era capaz de chegar sorridente e imperturbada pela presença de meus pais e que não mais me importava com como interpretavam a minha.

Falei que pensaria a respeito. Não pensava em mais nada. Fazia longas caminhadas no bosque vazio, imaginando que estava em outro continente, onde ninguém podia me alcançar. Ninguém pode te alcançar, dizia a mim mesma, se você não estiver alcançável. Quem é você?, perguntei a mim mesma. Quem você quer ser e com que régua você se medirá?

A maior?

Imaginei-me andando pelas ruas outrora tão conhecidas, indo para o aniversário de cinquenta anos de Astrid numa tarde de sábado tranquila, sob uma clara luz de outono: as maçãs pendendo maduras das árvores, os ramos das groselheiras pesados sobre as cercas, os abelhões zunindo e o aroma de grama recém-cortada. Tomo grandes tragos, grata, a terra é rica. Calmamente, toco a campainha e entro na casa de minha irmã.

Será que eu em algum momento chegaria lá? Não. Gostaria muito de ser livre assim, mas era presa. Gostaria muito de ser assim forte, mas era fraca. Meu coração tremia e eu não sabia como acalmá-lo. Sentei-me no musgo, encostei o rosto nos joelhos e chorei.

Fazia três anos.

O caminho era tão longo.

Eu queria saber onde Bård estava naquele caminho, e quão diferente o caminho dele era do meu.

Não podia fazer essa pergunta enquanto estávamos sentados ali, dois estranhos em silêncio, no bizarro Grand.

Contei a história sobre aquela vez que Klara e eu fomos para o chalé antigo em Hvaler com Tale e as amigas dela, muitos anos antes, na época em que eu ainda mantinha um mínimo de contato com a família por causa das crianças. Estávamos tocando música e dançando, quando minha mãe de repente apareceu na porta e me perguntou se eu tinha dado ecstasy pra elas.

Bård riu, eu ri com ele, mas não tinha dado risada naquele dia. Será que ela achou que eu tinha dado ecstasy às meninas? Fiquei sem palavras de tamanha indignação, mas Klara entendeu a situação e a ofereceu uma cadeira e uma taça de vinho. Klara entendeu que minha mãe queria participar. Ela estava no chalé novo escutando que estávamos nos divertindo e subiu para poder participar. Provavelmente, ela mesma nem percebeu, mas era o que queria. Klara ofereceu uma cadeira e uma taça de vinho para minha mamãe, e ela ficou sentada por alguns minutos antes de voltar cambaleando ao chalé novo no escuro. Coitada da minha mãe. Presa no chalé novo com meu pai. Ouviu os sons agradáveis vindo do chalé antigo e subiu lá para participar, mas não compreendeu a si mesma e transformou o sentimento sedutor em censura: você deu ecstasy pra elas?

E eu não percebi, pois estava em estado de alerta.

Perguntei se ele tinha ido ao aniversário de cinquenta anos de Astrid. Não tinha. Tinha sido convidado, mas estava no exterior. Eu disse que tinha sido convidada, mas não fui porque nossos pais estariam lá. Tenho medo deles, falei, observando que pensar em nossos pais me dava angústia. Não angústia, emendou Bård, um forte desgosto.

Angústia e forte desgosto, falei, e sorrimos.

Comentei com ele que Tale não queria mais ver a família na Bråteveien, não queria fazer parte do teatro. Contei-lhe sobre aquela vez no verão em que ela e a família passaram um fim de semana com um casal de amigos no chalé antigo em Hvaler. Os homens tinham ido fazer um passeio de barco, e nossos pais subiram para cumprimentá--los e perguntaram onde estavam os homens. Saíram de barco, disse Tale, e minha mãe ficou histérica porque estava chovendo, havia ondas e era de noite, havia neblina e a água estava fria, se caíssem na água, se afogariam, talvez já estivessem mortos. E Tale ficou insegura e confusa, contaminada pela ansiedade da minha mãe, o estado de alerta da mamãe. Meu pai estava indignado por outros motivos, porque os homens tinham pegado o barco sem sequer consultá-lo, ele que era o dono do barco, o dono do chalé, haviam tomado liberdades sem lhe mostrar respeito. Tale ficou muda diante dos donos escandalizados dos chalés, a cuja mercê ela estava. Minha mãe a mandou descer ao cais com ela, refém da própria ansiedade, controlada pela imensa ansiedade que contaminava o ambiente, que durante a infância havia me contaminado, me deixado com tanto medo quanto ela das coisas que ela temia, álcool e rock. Tale estava com minha mãe na ponta do cais olhando para o mar. Já fiquei aqui muitas vezes, ela disse. Muitas noites e madrugadas fiquei aqui, olhando e rezando, disse ela: Salvei vidas aqui!

Imitei o jeito melodramático da minha mãe, e Bård riu. Nossa mãe era assim. Imitei o jeito repreensor do papai, e Bård riu. Nosso pai era assim.

Mas não foi por isso que Tale adiantou a volta para casa e achava difícil ficar em Hvaler e na Bråteveien. Foi porque à noite, depois de os homens terem voltado sãos e salvos do passeio de barco, a amiga perguntou por que a mãe dela, eu, não tinha contato com os pais, e ela teve de explicar e viu a reação da amiga. E foi porque no dia seguinte minha mãe subiu de manhã e perguntou se ela cuidava bem da filha. Durante a noite, minha mãe tinha tido um sonho muito ruim em que Tale não cuidava direito da filha: Tive um sonho tão ruim em que você não cuidava de Emma, você está cuidando bem de Emma, não está?

Minha mãe tinha pesadelos em que Tale não cuidava bem da filha e se dirigiu descaradamente à Tale com a ansiedade dela, sem capacidade ou coragem de refletir sobre os pesadelos de que Tale não cuidava bem da filha. Pois quem é que não havia cuidado bem da filha? Por que minha mãe sonhava com uma mãe que não cuidava bem da filha? Ela não tinha capacidade ou coragem de fazer a pergunta a si mesma, porque se a fizesse, um abismo se abriria.

Foi Bo Schjerven que me lembrou disso, certa vez em que eu estava angustiada, com um peso na consciência, por ter cortado o contato com meus pais e não querer vê-los.

Eles logo vão morrer, chorei.

Você também vai morrer, disse ele.

Eu tinha me esquecido disso.

Ao sair do Grand e subir a rua Karl Johans em direção ao metrô, eu estava mais leve do que na chegada. Era bom sorrir por causa da minha mãe com alguém que a conhecia, rir da família com alguém que a conhecia. Eu nunca tinha dado risada da minha mãe e da família com Astrid. Quando conversava com ela, eu sempre me sentia pesada, sempre me sentia sozinha.

Liguei para Klara e contei como tínhamos dado risada dos meus pais no Grand. Ela perguntou: Se tivesse que escolher, o que você ia querer? Uma casa de veraneio em Hvaler *e* sua mãe e seu pai ou nada?

Nada.

À tarde, Bård escreveu que há males que vêm para o bem. Abraços, seu irmão.

O bem era que nós havíamos nos reencontrado.

Dezembro e advento na casa de veraneio de Lars, na floresta perto do rio que estava parcialmente congelado e incomumente mudo. Um leve murmúrio para quem ouvisse com atenção. Escuro, frio e calmo, as árvores escuras e de luto pelo verão que lhes fora tirado, os galhos se esticando para o céu, desejosas de neve, de serem vestidas pela neve. Eu costumava trabalhar bem ali, longe da cidade e das pessoas, onde Trofast corria livre.

Escuridão dezembrina e neve no ar à noite, de manhã, os gramados estavam verdes e o sol, forte como se não fosse dezembro. Dezembro com frio úmido, escuridão repentina e vinho tinto à noite, sonhos desagradáveis, névoa baixa de manhã; depois, luz repentina e sol como na primavera, não fazia sentido. Eu estava desconcentrada e inquieta, resenhas de teatro ainda não editadas se acumulavam. Eu queria escrever sobre o perigo de converter romances populares em teatro, mas lutei por horas sem encontrar um ângulo, então recebi um e-mail de Bård, que por sua vez havia recebido um e-mail de Åsa. Ela tinha escrito que iam pedir novas avaliações. A última talvez tivesse sido um pouco baixa. Ficava a critério dos testadores decidir qual seria o valor a ser deduzido por doações em vida, mas, ao obter mais cotações e avaliações, minha mãe e meu pai teriam um fundamento para fazer uma estimativa. Se conseguíssemos chegar a um acordo sobre como lidar com a questão, ela achava que nossos pais levariam isso em consideração.

~

Cabia a eles decidirem, mas se chegássemos a um consenso, ela achava que levariam as novas cotações em conta. Subentendia-se que, caso Bård continuasse a discordar, eles não as considerariam.

Uma hora depois, recebi um e-mail que ele havia enviado ao meu pai; ele estava no fundo do poço naquela hora, eu conhecia bem aquele fundo de poço. Ele havia lembrado ao meu pai como, ao longo dos anos, ele havia dito que trataria os filhos em pé de igualdade no que dizia respeito à herança. Mas será que era justo doar em vida a duas irmãs os chalés em Hvaler sem uma avaliação? E provavelmente muitos anos antes de os outros dois, Bergljot e eu, escrevera ele, ali estava meu nome, herdarem qualquer coisa?

Nunca fui um problema para vocês, escreveu ele; estava pensando em mim, que havia sido um problema e um pesar. Vocês dizem que gostam tanto de mim e de minhas filhas, a isso lhes digo: ouvimos o que dizem, mas vemos o que fazem.

Eu estava na floresta sem sossego. Imaginei como eles teriam se reunido na Bråteveien para continuar a narrativa sobre Bård como encrenqueiro, e a esposa de Bård como alguém que gostava de criar intrigas, a ela fora dado o papel de quem havia convencido Bård a se afastar. Eu sabia como era, eu mesma havia contribuído lá atrás, completamente enredada na autonarrativa da família. Somente ao romper, somente ao tomar distância, comecei a enxergar tudo de forma diferente, mas, ainda assim, lentamente e com passinhos de bebê; tal é o poder da narrativa dos pais sobre a compreensão da realidade dos filhos que é quase impossível se soltar dela.

E será que agora eu tinha me soltado? Ou ainda estava presa, tendo somente invertido a narrativa?

Fechei o Mac, me agasalhei e desci até o rio com minha cachorra. Trofast não fugiu, era fiel, como significava o nome dela. Contei as pedras do leito do rio, no verão e na primavera nenhuma delas era visível, visualizei o curso inverso do rio, até o lago de onde vinha, a nascente, caminhei ao longo da margem por mais ou menos uma hora e voltei no escuro, sozinha na trilha, tão distante como era possível estar sem estar no exterior. Entrei e liguei o Mac, havia mais um e-mail de Bård, ele tinha entrado nessa agora, estava seguindo o rio até a nascente. Tinha recebido um e-mail de Åsa garantindo a existência de um testamento, no qual constava que Bård e eu seríamos compensados pelos chalés, e a obtenção de novas cotações. A seguir, havia algumas linhas em branco, e depois ela escrevera que seria mais fácil se comunicar com ele se usasse uma linguagem menos dura: é quase assustador receber um e-mail seu.

Ele respondera dizendo que ela não deveria se esquecer de que o desejo original dele era que os quatro irmãos dividissem os chalés. Assim teríamos um ponto de encontro natural com nossos filhos. Era triste, escreveu ele, que Astrid e ela fossem contra tal solução. Acrescentou que se ela achava assustador receber os e-mails dele, a razão devia ser que a incomodava ler sobre como ela e Astrid se comportavam em relação a nós. Ele nunca compreenderia por que elas negavam a ele e às filhas dele a metade de uma casa de veraneio em Hvaler.

Lars veio para a casa na floresta. Fizemos comida, bebemos vinho, eu contei a ele sobre os e-mails de Bård. Fomos para a cama e fizemos amor, e eu contei o que Åsa tinha escrito para Bård e o que Bård tinha escrito para Åsa. Ele soltou um suspiro, virou-se para o outro lado querendo dormir e disse que, pelo que havia entendido, eu não estava interessada num chalé em Hvaler. Não quero um chalé em Hvaler, exclamei, mas entendo a reação de Bård! Você não entende a reação de Bård? Você não entende que Bård está frustrado? Ele me olhou surpreso e suspirou: frustrado, sim.

Como era ser uma pessoa sã?

Eu não sabia como era ser uma pessoa sã, uma pessoa ilesa, eu não tinha outra experiência além da minha própria. Se sonhos angustiantes me acordavam durante a noite, eu me aconchegava em Lars, abraçava as costas dele com o braço direito e tentava me apropriar dos sonhos que ele tinha, certamente tranquilos. Tentava abrir minha mente para Lars de forma que os sonhos inofensivos dele pudessem entrar na minha cabeça, tentava sugar os sonhos do corpo adormecido, mas não funcionava, não havia abertura, eu estava trancada dentro de mim.

No dia seguinte, um pouco depois do meio-dia, na hora que eu ia começar a escrever sobre os perigos de transformar romances em teatro, enquanto Lars estava no jardim de inverno com café e jornais, recebi um e-mail de Bård com um anexo. Ele disse que tinha passado a noite em claro, mas agora sentia que havia escrito o que precisava escrever. Disse que havia sido um alívio redigir e enviar aquilo que chamava de o último ato do nosso pequeno drama familiar.

Pai,

Gostaria de lhe contar como eu teria me comportado como pai se tivesse um filho homem.

Teria tentado ter uma relação boa e próxima com meu filho.

Teria tentado direcioná-lo para atividades que fizessem com que ele e eu pudéssemos nos divertir fazendo coisas juntos, tanto na infância quanto mais tarde.

Demonstraria interesse e envolvimento nas atividades que ele praticava.

Eu o apoiaria nessas atividades, mesmo que não me interessassem inicialmente, pelo fato de serem importantes para meu filho.

Sentiria verdadeira alegria, satisfação e orgulho ao ver meu filho ter êxito nas atividades em que eu o tivesse acompanhado, ciente de que ele havia trabalhado duro para realizá-las. Teria sentido e manifestado o mesmo sentimento no que dissesse respeito aos estudos e à carreira.

Depois de ele se tornar adulto, com uma boa formação e experiência profissional adquirida, eu pediria o conselho dele quando se tratasse de negócios nas áreas em que ele fosse mais competente do que eu.

Teria passado alguns dos meus momentos mais bonitos como pai e como pessoa compartilhando experiências com meu filho.

Tanto eu quanto você sabemos que não é assim que você tem se comportado em relação a seu único filho homem.

Joguei centenas de partidas de hóquei e handebol. Você foi assistir a uma dessas partidas.

Você não me introduziu a atividades que pudessem ter se tornado uma fonte de prazer para nós dois juntos.

Conheço vários dos pais de amigos meus melhor do que conheço você. Fiz mais passeios de esqui com os pais de Trond e Helge do que com você.

Tenho três cursos superiores e fui muito bem-sucedido em minha vida profissional. Mesmo assim, você nunca disse ou demonstrou estar orgulhoso de mim ou feliz por mim.

Eu me destaquei em vários esportes ao longo da vida, mas você nunca manifestou qualquer interesse ou apoio.

Não é possível viver a vida de novo, e é preciso viver com as decisões que foram tomadas.

Nunca exigi muito de você como pai; no entanto, exijo que dispense tratamento igual aos quatro filhos no que diz respeito à partilha da herança. Nós dois sabemos que até agora não tem sido assim, nem de longe.

Bård

Saí para o jardim de inverno. Lars estava com o enorme casaco de neve, sentado na cadeira virada para o gramado, a floresta, o rio, não estava lendo os jornais, não estava fumando, estava olhando para a grama, a floresta e o rio, e pensei que ele sentia orgulho de ser dono daquilo, é possível sentir prazer em ser dono de algo, um orgulho curioso, um sentimento bom de plenitude, embora não politicamente correto, assim como os massais no Quênia ou os inuítes na Groenlândia certamente se sentem ao olhar para a paisagem que consideram deles, mesmo que ela não o seja no sentido jurídico. Assim como eu, algumas vezes, há muito tempo, estando sozinha em Hvaler, quando nova ou com as crianças quando eram pequenas, no final do outono ou em março, fora da alta temporada, quando a maioria dos chalés estava fechada e as pessoas, ausentes, havia olhado para o arquipélago costeiro, o mar e os rochedos que conhecia tão bem e sentido uma comunhão e algo que poderia ser chamado de orgulho. Não poder visitar Hvaler era uma grande perda, uma consequência de meu afastamento, mas não tive escolha, e em comparação com a paz de espírito que ganhei ao romper com eles, Hvaler significava pouco.

Dei uma cutucada no ombro de Lars e perguntei se podia ler algo para ele. Ele olhou para mim, torcendo para que não tivesse nada a ver com a herança. Eu me sentei, e começou a nevar. Olha, disse ele. Grandes flocos rodopiavam no ar feito pétalas caindo das macieiras e cerejeiras no meio de junho, não queriam pousar. Cada um escolheu um floco e o seguiu até pousar e derreter. Falta pouco para o Natal, disse ele. Olhei para o relógio, dia 10 de dezembro.

Trofast correu atrás dos flocos de neve para abocanhá-los, a infância era irreal. Partidas de *bandy* e aulas de piano eram irreais. Eu relutava em me recordar. Lembrei que havia pensado, indo para a escola na terceira série e usando um vestido novo cor de laranja, que sentia tanto orgulho, que poderia ser feliz se não fosse por *aquilo*.

Quem sabe meu pai estivesse lendo naquele exato momento o e-mail de Bård, que havia sido enviado sete minutos antes. Tentei visualizá-lo, mas fazia tanto tempo que não o via, nunca o tinha visto na frente do computador, não fazia ideia de que tipo de computador ele tinha, onde estava, no escritório, na sala, na cozinha. Devia ser horrível para um pai receber um texto assim de um filho, o único filho homem, o primogênito. Coitado de meu velho pai, grisalho e curvado, provavelmente com óculos na ponta do nariz, apertando os olhos na frente da tela enquanto abria a caixa de entrada. "Para o pai, de Bård". Uma forte compaixão por meu pai me inundou. O homem idoso que não pôde escapar do passado, que precisava carregar a estupidez do passado pela vida inteira, e um sentimento de culpa surgiu dentro de mim pelo que eu tinha feito, rompendo com o coitado do velho.

Então lembrei a mim mesma que o pai por quem sentia compaixão não era meu pai, senão a ideia do pai, o arquétipo do pai, o mito do pai, meu pai perdido. Lembrei a mim mesma que meu verdadeiro pai, assim como eu o conhecia, não se comoveria com o texto de Bård, mas, sim, entraria na defensiva como que por instinto. A última coisa que meu pai me disse, a última coisa que ouvi dele, num telefonema há sete anos, foi: olhe-se no espelho e verá uma psicopata.

Foi em uma manhã ensolarada de sábado no início de junho, eu estava sentada no peitoril da janela de um salão de festas com um dos homens do comitê organizador depois de uma festa de encerramento de semestre, tínhamos acabado a arrumação e estávamos tomando uma cerveja.

Ele me contou que tinha estudado com minha irmã, Åsa, em Trondheim. Eu não sabia, era divertido, ele contou uma história engraçada da época de faculdade com Åsa em Trondheim. Eu estava tonta, não parava de rir e liguei para Åsa, com quem eu não falava havia anos, e disse: Adivinhe com quem estou tomando uma cerveja? Passei o telefone para o homem, e ele conversou com ela, e correu bem, foi divertido. Então liguei para Bård, com quem tampouco falava havia anos, e disse algo parecido para ele, e ele deu risada, tudo correu bem, talvez uma parte de mim estivesse com saudades de Bård e Åsa, já que liguei para eles embriagada e com a guarda baixa. Telefonei para Astrid e disse algo parecido, o que correu bem apesar de ela estar mais reservada, ela me conhecia melhor, sabia que meu humor oscilava e com certeza percebeu que eu havia bebido, aí aproveitei e liguei para meus pais, eu não devo ter pensado direito, só agi por impulso e achei que fosse dar certo assim como quando liguei para os outros. Minha mãe atendeu o telefone, e eu ia dizer algo engraçado sobre o homem que fez faculdade com Åsa em Trondheim, ouvi-a sussurrar, deve ter sido para o meu pai: é Bergljot. E talvez ela tenha ativado o viva-voz, pensei mais tarde, depois de a conversa ter acabado e ter tido o fim que teve, ela certamente deve ter ligado o viva-voz para mostrá--lo que estava do lado dele e que não cochicharia comigo sem que ele ouvisse o que estava sendo dito, ou ele exigiu que ela ligasse o viva-voz. Minha mãe não me deixou dizer nada sobre o homem que fez faculdade com Åsa em Trondheim: foi direto ao ponto, agressiva, perguntando como eu poderia me comportar tão mal com ela e com meu pai, ser tão ingrata, se eles sempre haviam feito o melhor por mim, sempre haviam me ajudado de todas as maneiras possíveis, o que eles tinham feito para eu ser tão malvada? Eu estava totalmente despreparada, em retrospectiva é incompreensível que eu estivesse tão despreparada, o que eu tinha pensado? Que eles trocariam gracinhas com o homem que fizera faculdade com Åsa em Trondheim? Eu era ingênua, caí na realidade feito pedra. Quando meu pai estiver morto, falei, você não vai mais perguntar, então você vai acordar, mas aí será tarde demais, falei, e meu pai entrou na linha porque minha mãe deve ter ligado o viva-voz: olhe-se no espelho e verá uma psicopata.

~

Muitas vezes eu já havia pensado que, se meu pai falecesse, minha mãe viria a meu encontro, mas também que seria tarde demais. Agora estava dito. Era tarde demais. Eu tinha ficado assim, tinha escolhido ser assim, impiedosa. Olhe-se no espelho e verá uma psicopata! Meu pai tinha ficado assim, tinha escolhido ser assim, ou não tivera o que entendia como uma escolha real, fora obrigado a ser impiedoso. A meu ver, o que Bård queria que meu pai sentisse, ele não era capaz de sentir, o e-mail de Bård não teria o efeito que Bård esperava. Para o meu pai, o e-mail de Bård seria a prova de ingratidão, a palavra que ele usava em relação a mim e Bård. E minha mãe e Astrid e Åsa sacudiriam a cabeça com o e-mail de Bård, se tivessem oportunidade de lê-lo. Um homem adulto, quase sexagenário, que repreende o velho pai por insignificâncias.

Para outros além de Astrid e Åsa, o e-mail não seria mostrado. Se fosse necessário contar e explicar a situação na família, a narrativa seria que Bård, beirando os sessenta anos, era tão imaturo que acusava o velho pai de não ter assistido a mais partidas de handebol na infância dele.

O e-mail não os impressionaria nem um pouco, e Bård devia estar ciente disso, provavelmente não tinha esperanças de ser compreendido, mas necessidade de dizer a dura verdade, antes que fosse tarde demais, para o próprio bem dele.

Li o e-mail para Lars. Ele escutou atentamente. Uau, disse quando terminei, e ficou calado. Lars era pai, tinha um filho. Uau, repetiu ele e ficou pensativo. A neve caía. Queremos ser vistos por nossos pais, né?, disse ele. Tudo gira em torno disso. A neve caía, e a cachorra corria na neve para pegar os flocos. É o mais importante para um menino, disse ele, ser visto pelo pai. Por isso Bård escreveu ao pai, disse ele.

~

Ficamos um pouco em silêncio. Então ele disse que o próprio pai também havia sido um pouco distante. Muitos pais naquela geração eram um tanto distantes, na época eles não participavam das partidas de hóquei e handebol como hoje. Será que meu pai simplesmente tinha sido um pouco distante? Não, respondi. Porque até os pais comuns e distantes ficavam orgulhosos se os filhos ganhavam regatas e competições de esqui e se gabavam dos filhos campeões para outros pais, mas meu pai era incapaz de oferecer uma única palavra de elogio a Bård, de proferir um único adjetivo positivo sobre ele. Meu pai tinha medo. Quem não tem coragem de tremer está com muito medo, e meu pai não tinha coragem de tremer, de mostrar qualquer sinal de fraqueza, era isso que ele acreditava que um elogio a Bård representaria. O regime do meu pai era sustentado pelo medo. Se demonstrasse qualquer sinal de fraqueza, o regime poderia desmoronar, era o que ele temia. Meu pai somente aceitaria Bård se ele fosse servil e submisso, o que Bård não queria ser. Meu pai não gostou que Bård tivesse enriquecido, embora o dinheiro fosse a régua dele, porque quando Bård ficou rico, meu papai perdeu o poder sobre ele que residia no dinheiro.

Ainda bem que não sou rico, disse Lars.

Meu pai deve ter amansado com o passar dos anos, comentei, essa era minha impressão, mas ele se travou em relação a Bård e não tem capacidade ou vontade de se destravar.

Bård não incluiu a pior parte, falei. Ele apenas listou os sintomas. A pior parte provavelmente é difícil demais para abordar e formular, porque ele teria de se tornar pequeno outra vez.

Dia 10 de dezembro e neve. Desisti de trabalhar, fizemos uma caminhada silenciosa na neve, o mundo era calmo e branco. À noitinha, Lars foi embora na nevasca, eu estava sozinha outra vez. A escuridão caiu, e mais neve. Eu estava no jardim de inverno fumando, embora não fumasse. Não havia aquecedor ali, eu me embrulhei, estava completamente embrulhada, fumando, tomando vinho e olhando para a neve que caía. Eu deveria escrever, editar artigos, eu fumava e bebia na escuridão, olhando para a neve que aumentava.

Assim que entrei na casa, um pouco depois da meia-noite, vi que havia uma ligação da minha mãe. Eu tinha salvado o número dela por causa da situação, para evitar atender caso ela ligasse. Ela tinha deixado uma mensagem. Pediu que lhe telefonasse. Era a história de Bård e as casas de veraneio. A voz dela estava trêmula, do jeito que ficava sempre que queria me comover, assim como na infância, quando ela se sentava na beira da cama e me contava o quanto estava sofrendo, o quanto doía o peito se eu desobedecia às ordens dela, e ela derramava o sofrimento sobre mim e saía outra vez, fechando a porta, provavelmente com o coração aliviado, enquanto o meu disparava. Todas as vezes que ela ligou desesperada por causa do relacionamento com Rolf Sandberg, todas as vezes que ligou dizendo que queria se matar, de modo que eu gastasse horas a consolando e implorando que não fizesse isso, pois a amávamos muito e precisávamos dela, ela havia me desgastado com aquela voz trêmula que sofria tanto por si mesma.

Ela me ligou porque achava que eu ia dizer a mesma coisa de quando ela ligara três anos antes, pouco tempo depois de eu ter recebido a carta de Natal sobre o testamento, dizer o que ela precisava ouvir: que eu não queria um chalé em Hvaler, que achava o testamento generoso, se é que ainda era o mesmo testamento que fora apresentado na carta de Natal. Pois era possível que tivesse sido alterado e, de qualquer forma, a situação havia mudado, sendo diferente agora do que havia sido três anos antes, quando me ligou e eu estava em San Sebastian. Fui me deitar e dormi mal, fiquei pensando no e-mail de Bård. Na manhã seguinte, escrevi para ele perguntando se ele queria que eu informasse a família de que concordava com o ponto de vista dele sobre o conflito. Ele demorou um pouco para responder. Escreveu que achava que eu deveria ficar muda ou deixar claro que eu também me sentia injustiçada.

Entendi o que ele queria dizer, qual era o ponto dele. Eu estava lhe oferecendo meu apoio, mas não estava disposta a me expor aos holofotes como eu mesma e manifestar minha própria opinião.

Mas eu não queria brigar por chalés e heranças! Sempre havia dito que não ligava para essas coisas. Não podia chegar agora com exigências, seria indigno de mim!

Só que eu tinha o mesmo sentimento que ele de ter sido traída por meu pai e por minha mãe, cuja lealdade era ao meu pai; minha posição era a mesma que a dele quanto à palhaçada das cotações, eu concordava com ele que o comportamento de Åsa e Astrid era deplorável. Será que eu o deixaria sozinho no palco como vilão, para entrar o mais discretamente possível e me esconder na sombra dele?

Liguei para Klara.

Ela disse que eu havia ficado muito tempo sem fazer alarde, que era isso que meus pais queriam quando anunciaram o testamento no Natal há três anos, que eu não fizesse alarde. A qualquer momento eles poderiam rasgar o testamento ou redigir um novo, enquanto eu ficava calada, considerando-os generosos.

Escrevi para Bård que eu queria escrever para Astrid e Åsa.

A REVISTA *PUBLICAÇÕES INCOMPREENSÍVEIS* FOI DESCONTINUADA depois de um número, e Klara teve de trabalhar até altas horas da noite no Renna por necessidade financeira. Klara estava farta e cansada dos fregueses e dos empregados do Renna, que consideravam o apartamento dela um local para continuar a farra, cansada de ser tratada como lixo pelo homem casado. O homem casado finalmente terminou com Klara, e Klara caiu no fundo do poço, ela estava afundando cada vez mais. Preciso de outros ares, suspirava.

Trabalhei no editorial enquanto o e-mail que havia prometido a Bård se formulava na minha cabeça. Depois de mandar o editorial, tarde da noite, criei um arquivo e tomei uma taça de vinho para me fortificar, então, de repente, mal podia esperar, senti um impulso irresistível ou temi perder a coragem, escrevi como que em transe e mandei o texto para Bård, embora fosse tarde, querendo saber se ele o achava longo demais.

Para Astrid e Åsa
Assunto: Os chalés em Hvaler

Escrevi que, já que não havia esperado qualquer herança, ficara positivamente surpresa com a carta de Natal três anos antes, na qual estava escrito que todos herdariam partes iguais. Por isso, eu havia dito para minha mãe, quando ela ligou dizendo que Bård havia feito um escândalo por causa dos chalés, que achava o testamento generoso. No entanto, agora eu me arrependia, escrevi, de não ter telefonado para Bård na época, agora que eu sabia que ele apenas havia pedido a nossos pais que considerassem uma solução mais justa, a divisão dos chalés entre os quatro filhos para que todos os netos pudessem usufruir deles. A proposta fora rejeitada sem justificativa, e não achei estranho que ele tivesse reagido ou que tivesse ficado chateado com a transferência secreta dos chalés a preços irrisórios. Ao contrário de mim, ele nunca havia se afastado da família, por que então ele receberia um tratamento tão diferente das irmãs mais novas?

Escrevi que a transferência dos chalés em segredo e a valores tão baixos indicava uma intenção de minimizar tanto quanto possível a compensação pelos chalés para Bård e para mim na partilha final. Em outras palavras, dois ramos da família receberiam mais e os outros dois, menos. Claro que via isso como uma injustiça e uma traição. O fato de que ainda por cima queriam culpar Bård pela overdose da minha mãe era especialmente feio, escrevi, querendo transformá-lo num vilão enquanto elas mesmas faziam boa figura como cuidadoras no Diakonhjemmet. Com raiva, escrevi que a responsabilidade pela situação na verdade residia nelas; se tivessem tido vontade, poderiam ter usado a influência delas para dissuadir nossos pais de fazer o que haviam feito.

Eu me acalmei, tomei mais uma taça de vinho e prossegui dizendo que numa das minhas conversas mais recentes com Astrid, ela quisera saber se Bård estaria com inveja dela e de Åsa. Não, não estávamos com inveja, escrevi, mas tivemos uma infância muito diferente da que elas tiveram, uma experiência com nossos pais que se distinguia da delas. As duas tinham formações que focavam na justiça e na igualdade perante a lei, na importância de ver os dois lados de uma questão, e era desanimador ver a absoluta falta de vontade delas de compreender o ponto de vista da situação de Bård e da minha. Então acrescentei: *O fato de que nenhuma de vocês em momento algum me perguntou sobre minha história tem sido e continua sendo uma grande tristeza para mim.* Achei que precisava ser dito. Em conclusão, escrevi que Bård e eu, na infância e na vida adulta, havíamos recebido menos que elas, material e emocionalmente, e a discriminação tão intencional a que agora estávamos sujeitos era uma decepção para nós e nossas famílias, sobretudo por elas terem dado o aval delas a esse tipo de tratamento desigual. *Atenciosamente, Bergljot*

Bård respondeu imediatamente que não estava longo demais, que tudo precisava constar, e me avisou sobre alguns erros de digitação. Respondi que faria as correções na manhã seguinte, não queria enviar o e-mail naquele momento, tarde da noite, para evitar que Astrid o desconsiderasse assim como fazia com meus e-mails noturnos. Pelo que dizia, ela os excluía sem lê-los.

~

Percebi que ela estava numa situação difícil, que corria o risco de se tornar a lata de lixo de todo mundo, que minha mãe provavelmente a usava como lata de lixo, porque ela era a única a ter contato comigo e, sem dúvida, alternava entre ser culpada por ter contato comigo e pressionada a me empurrar na direção de uma reconciliação. Percebi que Astrid estava numa posição de espacate, era injusto que ela, a única de meus irmãos que entrava em contato comigo, fosse a pessoa em quem eu jogava a raiva. Eu percebia isso, dizia a ela que entendia, me desculpava e tornava a me desculpar na manhã seguinte, e ela respondia que aceitava as desculpas e que havia apagado os e-mails da noite anterior sem lê-los. Talvez ela o dissesse para me tranquilizar? Astrid achava que os e-mails noturnos eram tão horríveis que entendia que eu me arrependia, e ela fingia não os ter lido, por minha causa. Ao acordar de manhã, eu me arrependia dos raivosos e-mails noturnos, tinha uma sensação de remorso entrava em pânico sempre que pensava no que havia escrito durante a noite, mas, ao mesmo tempo, ficava magoada porque Astrid os ignorava, lidos ou não lidos, porque os furiosos e-mails noturnos eram os mais verdadeiros, e eu só me arrependia deles por ter aprendido que falar a verdade não era permitido, falar a verdade era algo digno de ser punido.

Klara tinha levado um pé na bunda, ela estava no fundo do poço, quase não tinha dinheiro, ela precisava de novos ares.

Comecei a fazer meu mestrado em teatro sem pedir o empréstimo estudantil, era casada com um homem abastado, gentil e decente, mas estava perdidamente apaixonada por um professor universitário casado, que continuaria casado, pelo que entendi, embora tivesse um caso comigo, embora tivesse casos com muitas outras mulheres, toda hora eu ouvia histórias sobre como o homem que eu amava ficava com outras, e aquilo me doía tanto como se ele fosse meu marido, me cortava o coração como uma faca, pois o amor é um cirurgião que opera em torno do coração, como diz o poeta Gunnar Ekelöf.* Eu não suportava a infidelidade do homem casado e não podia ser casada com o homem bonzinho e decente se tinha sentimentos assim pelo outro, eu precisava me divorciar, embora minha mãe dissesse que eu deveria pensar nas crianças. Pensei nas crianças, que tinham sete, seis e três anos de idade, mas tinha que me divorciar, porque não podia ficar deitada na cama com o homem bonzinho se pensava incessantemente no outro e ansiava por ir para a cama com ele, se sofria com a infidelidade do homem casado à esposa e com nosso amor. Como eu podia fazer isso, o que havia de errado comigo, que amava um mulherengo notório em vez de meu próprio marido fiel e gentil? O que havia de errado comigo, que gritava com meu marido gentil e confiável e o destruía, essa era

* "[...] pois o amor é um cirurgião que opera em torno do coração" tem por base o poema "Kärleken är en kirurg" ["O amor é um cirurgião"], do livro *Sagan om Fatumeh* [A história de Fatumeh], de Gunnar Ekelöf, Bonnier, 1966. [N.T.]

minha sensação, que era malvada e pensava coisas ruins sobre ele, imaginando que ele entrava no quarto de nossa filha mais velha de noite, enquanto ele apenas tinha adormecido na frente da televisão, o que havia de errado comigo para eu pensar assim?

Eu precisava me divorciar, não tinha escolha. Havia perdido o homem casado que não conseguia deixar e perderia o homem gentil que precisava deixar por ele merecer algo melhor do que eu. Eu me preparava para a perda e fui para a casa de Klara, que estava trêmula na cama, tendo descoberto que o pai dela cometera suicídio. De repente ela entendeu que o pai não havia morrido afogado, mas havia *se* afogado. Quanta diferença uma palavrinha de duas letras fazia. Klara tinha ido a uma festa de família e por acaso ouvira as irmãs do pai cochicharem enquanto ela estava atrás de uma porta ajeitando a roupa: se Nils Ole não tivesse se matado afogado. As palavras atingiram Klara como facadas, no coração, na garganta, todas as peças se encaixaram. Tudo que havia sido névoa e confusão ficou claro, dolorosamente, como uma faca na carne, como vidro cortante no olho, como jatos penetrantes de água gelada. Ele havia se matado. Entrara no mar de propósito e continuara indo até se afogar, não tinha caído de píer nenhum, não estava bêbado. Estava sóbrio, entrou no mar intencionalmente, para morrer. Embora Klara só tivesse sete anos de idade, ele a abandonara se afogando, o que ele teria pensado quando abandonou Klara se afogando. Quando entrou no mar para nunca mais vê-la? Qual não seria o desespero dele? Mas como ele poderia estar tão desesperado se Klara existia e era feliz e o amava e só tinha sete anos de idade?

Todos já sabiam disso, só ela que não. Era o segredo da família, uma vergonha que nunca era mencionada, que não queriam contar a ela, à filha. De certa forma, foi uma libertação sabê-lo, pois ela sempre percebera que havia algo muito errado, mas achava que era com ela que havia algo de errado. E não era o caso. Ele havia se matado.

Ela disse que não aguentava mais ficar ali, precisava de outros ares.

Madrugada de segunda-feira, dia 14 de dezembro, eu não conseguia dormir. O relógio deu duas horas, deu três horas, reli meu próprio texto repetidas vezes, no dia seguinte ele seria enviado, no dia seguinte eu entraria no campo de batalha.

Segunda-feira, dia 14 de dezembro. Tudo banhado em silêncio e luz quando acordei às onze da manhã, a neve calma, grossa e branca cobria o gramado lá fora, as árvores, o carro, todos os contornos angulares haviam sumido, lá fora tudo era curvilíneo e aveludado.

Liguei a cafeteira com mãos trêmulas, liguei o Mac, me sentei, mas não aguentei reler o texto mais uma vez, dei uma passada rápida de olhos e o enviei, com os erros de digitação mesmo, para acabar logo com aquilo.

O e-mail tinha sido enviado. Podia ser lido. Eu havia dado o passo para entrar no campo de batalha. Gostaria de poder continuar na floresta branca e silenciosa, onde me sentia mais inatingível que no carro, na estrada, e sobretudo mais que em casa, onde o ônibus passava a cinquenta metros de distância, de modo que os passageiros do ônibus, os transeuntes na calçada e os vizinhos podiam saber se eu estava em casa, se havia luz nas janelas, se o carro estava na garagem, se a cachorra estava presa no quintal, se havia ruídos vindo da casa, e, no inverno, com a neve, se havia pegadas nela. Eu podia deixar de atender o telefone, deixar de estar on-line, me enfiar debaixo do cobertor e fingir que estava longe dali, mas se alguém aparecesse no meu endereço e visse minhas pegadas na neve, entenderia que eu estava ali dentro. Talvez alguém aparecesse, tocasse a campainha, batesse forte à porta, desse a volta na casa até a porta da varanda, batesse com força nela e chamasse meu nome num tom mandão e furioso: Bergljot!

Eu gostaria de ter ficado na casa de Lars, na floresta, longe de tudo, gostaria de evitar estragar a superfície lindamente ondulada da neve com minhas pegadas nervosas, mas o manuscrito que eu precisava editar estava em casa, eu precisava ir para casa.

A mensagem tinha sido enviada, a mensagem podia ser lida, quem sabe estivesse sendo lida naquele exato momento. Eu havia escrito o que pensava, esse não era o problema, qual era o problema?

Limpei a casa e fiz minhas malas, temendo o toque do telefone. Entrei no carro, agitada e inquieta, por quê? Por quê? Por causa do que estava por vir. Dez minutos mais tarde, quando eu já estava na estrada andando a cem quilômetros por hora, ouvi o som de e-mail do iPhone no banco ao lado, com certeza um ato de guerra. Não arrisquei abri-lo enquanto dirigia, mas mal podia esperar para ver o que Astrid havia escrito, procurei uma parada ou saída, mas não havia nada, o que ela tinha escrito? Qual seria a resposta? Havia uma placa anunciando um posto de gasolina da Statoil dali a um quilômetro, acelerei a cento e vinte quilômetros por hora, peguei a saída, parei, minha mão tremia e esqueci a senha, merda, qual era a senha mesmo? O que ela tinha escrito?

Escrevera que vira que eu tinha enviado um e-mail sobre a situação. Que ela também havia feito um registro sobre a situação, o qual mandaria já, antes de ler meu e-mail. Sentia, escreveu ela, que a exposição dela esclarecia muitos fatos do caso. Lamentou não ter enviado um e-mail antes, mas estivera fora. Ela também o mandaria a Bård, à tarde, naquele momento estava indo para uma reunião. Ia ler meu e-mail em breve, depois da reunião.

~

Atordoada, liguei para Klara. Liguei com a mesma sensação que tantas vezes tivera no contato com Astrid, de que eu detonava uma bomba, enquanto ela reagia como se eu tivesse dito "Bu!". Senti que eu a estava ameaçando com um machado e ela reagia como se eu estivesse agitando uma faquinha de plástico. Ela não tinha medo algum de mim, ou não me respeitava, ou não me levava a sério. Astrid quer estar no controle da situação, disse Klara. Quer que a discussão gire em torno do que ela escreve, não do que você escreve.

Fui para casa e subi a rampa coberta de neve, revelando que estava em casa. Não abri o e-mail de Astrid, queria apagá-lo sem ler, assim como ela fazia com os meus e-mails. Mas talvez ela mentisse, provavelmente mentia, eu também era capaz de mentir.

Olá, pessoal, escreveu ela, se desculpando pela demora em se manifestar, mas tinha estado fora. Já que não havia comunicado nada antes, ela decidira pôr o preto no branco. Achava importante escutar o que todos tinham a dizer, por isso queria expressar a opinião dela.

A situação havia se tornado muito desagradável, escreveu, ela havia se sentido muito nervosa e chateada. A seu ver, o conflito inicialmente dizia respeito a uma cotação baixa demais, mas então os mal-entendidos e a desconfiança, em combinação com a falta de comunicação, levaram a acusações e explosões emocionais, e o caso tomou outra dimensão. Para encontrar uma solução, precisávamos voltar ao ponto de partida: a cotação dos chalés. Mas antes de sugerir como lidar com isso, ela gostaria de comentar as alegações de Bård sobre nossos pais.

Ela escreveu que discordava da alegação de que nossos pais estavam sendo injustos e não queriam fazer uma divisão igualitária. Pelo contrário, ela estava convencida de que era exatamente o que eles queriam. Nos últimos anos, havia passado muito tempo com eles, e eles tinham repetido a mesma coisa com frequência. Também era a intenção expressa do testamento. Muitas vezes haviam dito que estavam felizes por serem capazes de deixar uma herança aos filhos. Aliás, ela achava que deveríamos ser gratos e conscientes de nossa boa sorte. Portanto, ela ficava indignada com tamanha raiva e agressão direcionada aos nossos pais. Ninguém é perfeito, escreveu ela, todos podem cometer erros, incluindo, sem dúvida, nossos pais. Ela já havia cometido erros na vida, escreveu, o que certamente era o caso de todos nós. Achava triste ver nossos pais ficarem deprimidos com uma briga por bens que não havíamos conquistado, mas que eram o resultado do trabalho deles durante toda uma vida.

A justiça matemática era simples quando se tratava de dinheiro, disse ela, mas era mais difícil no que dizia respeito às casas de veraneio. No entanto, as pessoas haviam solucionado esse tipo de questão antes, e o normal era obter um valor de mercado correto e então compensar com dinheiro os que não herdassem os chalés. Portanto, o fato de que nossos pais haviam decidido que ela e Åsa herdariam os chalés não era motivo para dizer que estavam sendo injustos, desde que Bård e eu recebêssemos a devida compensação. O desafio consistia em obter o valor de mercado correto. Muito indicava que a primeira cotação havia sido baixa demais, embora tivesse sido feita por um avaliador certificado. Em retrospectiva, era lamentável que não tivesse havido duas cotações, já que a que fora obtida levara à desconfiança em relação aos motivos de nossos pais e a acusações de tratamento injusto.

Astrid tinha certa compreensão, pelo ponto de vista de Bård, de que eu e ele havíamos sofrido prejuízo, escreveu; no entanto, achava que deveríamos entender a decisão de nossos pais, que, ao ver dela, era bem natural. Tratava-se simplesmente de uma continuação da situação das casas de veraneio nos últimos doze a treze anos, com a qual nossos pais haviam ficado contentes. Esse é um ponto extremamente importante, escreveu. Em anos recentes, ela e Åsa tinham passado muito tempo em Hvaler com eles, o que fora apreciado por todos. Já que ela e Åsa agora assumiam os chalés, a situação seria mantida, e nossos pais poderiam veranear em Hvaler também no futuro. Visto que queriam isso, e os chalés eram deles, ela era da opinião de que a vontade deles deveria ser respeitada. Não era surpreendente nem incoerente que ela e Åsa herdassem os chalés enquanto nós receberíamos uma compensação monetária, era resultado do rumo que nossas vidas haviam tomado. Muitos anos antes, quando o usufruto do chalé antigo passara aos quatro filhos, havíamos feito um acordo sobre o uso e o pagamento das despesas fixas. Mas há cerca de treze anos, Bård parou de ir para lá, e nós, as irmãs, assumimos o usufruto e a responsabilidade financeira. Então Bergljot parou de frequentar o chalé antigo, embora ela às vezes tivesse ficado no chalé de nossos pais, e os filhos dela, um pouco no chalé antigo. A essa altura, ela e Åsa assumiram as despesas e a manutenção, e, nos últimos anos, Åsa e a família tinham ficado mais no chalé novo, sozinhos ou com nossos pais, e ela havia assumido grande parte da responsabilidade pela parte prática. Quanto ao chalé antigo, fora ela que havia pagado as despesas fixas e sido responsável pela manutenção. Ebba e Tale e a família dela haviam passado uma ou duas semanas no chalé antigo a cada verão, escreveu, mas não era verdade, ela estava exagerando. E Søren havia passado lá por causa do trabalho, o que todos tinham achado ótimo. Se as filhas de Bård quisessem visitar os chalés, seria um prazer recebê-las.

Ela escreveu que naturalmente se podia argumentar que nossos pais deveriam ter esperado para transferir os chalés, mas a decisão era compreensível, pois os chalés estavam velhos, a manutenção precisava ser feita e as contas, pagas. Afinal, eles tinham oitenta e oitenta e cinco anos de idade. Como também eram donos da casa na Bråteveien, era demais. Além disso, para ela e Åsa havia sido bom resolver a questão da posse, algo que tinha a ver com os recursos que dedicariam à manutenção etc. E para nossos pais era bom saber que os chalés não seriam vendidos, mas que poderiam continuar a passar temporadas com elas lá até o final da vida. Esses eram sentimentos humanos, escreveu. Assim como nós estávamos preocupados com nossos próprios sentimentos no caso, deveríamos respeitar os sentimentos de nossos pais. Afinal, tratava-se de bens que eles haviam construído e sobre os quais tinham pleno poder de decisão, repetiu. Talvez pudessem ter se comunicado melhor a respeito da questão e consultado dois avaliadores, mas não se tratava de injustiça.

Na opinião dela, o assunto devia ser resolvido usando duas novas cotações como base, vindas de dois corretores. Para nossa informação, ela podia revelar que o novo avaliador havia cotado ambos os chalés a preços mais altos do que o primeiro. Tendo quatro novas cotações, seria o mais próximo que poderíamos chegar de um preço real de mercado. Então, esse mesmo valor seria diminuído da herança dela e de Åsa. Constava que éramos bem-vindos a contribuir para o processo, e se os quatro irmãos chegassem a um acordo sobre o procedimento, sugerindo a nossos pais as novas cotações como base, eles haviam dito que as usariam. Assim, a questão encontraria a solução. Ela achava que era muito importante resolver o conflito. Além de ser difícil para nossos pais e para nós como irmãos, o conflito também era capaz de prejudicar nossos filhos. Os filhos dela gostavam muito dos primos e primas, disse ela, e já haviam comentado que gostariam de vê-los mais, sempre achavam os encontros legais. Todos os nossos filhos tinham muito a perder se o contato entre eles se dificultasse por nossa causa. Ela também sabia que nossos pais receavam perder o contato com Mari e Siri.

Ela e Jens haviam dito aos filhos que as divergências entre nós nesse assunto não tinham nada a ver com eles e que não deveriam afetar o bom relacionamento entre primos e primas.

Embora nem todos fossem ficar cem por cento satisfeitos, concluiu ela, a esperança dela era que então fizéssemos nossa parte para acabar com o conflito. Conforme disse, ela e Åsa entrariam imediatamente em contato com corretores de Fredrikstad. *Atenciosamente, Astrid*

O assunto mais incômodo não havia sido mencionado, a razão pela qual eu havia parado de visitar Hvaler e a casa da Bråteveien, e logo era como se eu não existisse, como se minha história não existisse.

~

Então, você acha que sua história deve ser misturada com o assunto da herança, eu me perguntei , com a disputa sobre as casas de veraneio em Hvaler?

Sim, respondi, não completamente convencida.

Tudo está conectado com tudo. Nenhuma frase é inocente para quem aguça os ouvidos em busca da compreensão.

Uma hora depois de eu receber o e-mail de Astrid, ela me mandou um SMS.

Ela devia ter lido meu e-mail nesse entretempo, percebendo que não era tão fácil como ela imaginava na apresentação dela dos fatos do caso. Por coincidência, ela estava na vizinhança, escreveu, e adoraria dar uma passada.

Mas eu não queria vê-la, não queria receber uma lição, não queria ser encurralada por linguagem terapêutica de reconciliação dela agora que finalmente tivera coragem de verbalizar minha experiência. Escrevi que não estava em casa, que estava na casa de Lars, na floresta. Desliguei o telefone, fechei o Mac e me deitei na cama com tampões de ouvido e o cobertor puxado sobre a cabeça para não escutar se ela mesmo assim viesse e visse minhas pegadas recentes e comprometedoras na neve, além das pegadas da cachorra, e entendesse que eu estava em casa, para não ouvir se ela batesse nas janelas e portas; rezei a Deus, pedindo que começasse a nevar e nossas pegadas se apagassem.

No último dia em que Klara viu o pai, ele a havia levado para a escola. Ela estava na primeira série. A mãe tinha lhe dado uma grande maçã-verde com o lanche, era a época em que grandes maçãs-verdes eram uma raridade. Ela mal podia esperar para levá-la à escola, deixá-la sobre a carteira, comê-la.

Quando o pai parou na frente da escola e ia se despedir dela, assim que ela estava saindo do carro, ele pediu que ela lhe desse a maçã. Klara ficou confusa e triste, mas deu a maçã ao pai. Imagine se não o tivesse feito.

Fiquei debaixo do cobertor até a escuridão adensar, até o mundo estar quieto, os ônibus terem parado de circular e as luzes estarem apagadas nas janelas dos vizinhos, até o momento menos angustiante do dia, quando todos estavam dormindo, inclusive os defensores dos direitos humanos. Acendi a lareira e bebi até me acalmar, reli o e-mail de Astrid. Ela escrevera que Tale havia passado duas semanas em Hvaler todo verão, mas Tale só tinha passado dois dias em dois verões, precisando pedir com insistência para poder ficar no chalé antigo naqueles dois dias daqueles dois verões, pois havia sido difícil para Astrid encontrar dias vagos, ela tinha planejado o verão fazia tempo, como se fosse dona exclusiva e pudesse dispor do chalé como bem entendesse. Astrid havia deixado Tale se sentindo inconveniente, e a estada em Hvaler não fora agradável, Astrid não estivera lá e nossos pais tinham sido histéricos.

Além disso, havia o tom professoral de Astrid querendo nos dar um sermão sobre a natureza do conflito, como se ela não fizesse parte dele.

E havia a postura de mediadora da paz, o fato de ela, ao modo indireto e delicado dela, nos pedir que fizéssemos um esforço, mostrássemos gratidão. Embora nem todos fossem ficar cem por cento satisfeitos, ela esperava que fizéssemos a nossa parte para terminar o conflito, escrevera ela, que tinha bons motivos para estar contente.

Mas a pior parte foi aquela dos erros. Que todos podemos cometer erros. Que nossos pais certamente haviam cometido erros. Que ela mesma tinha cometido erros. Tal era a magnanimidade dela, tão profundo era o autoconhecimento de Astrid, que ela, ao contrário de nós, Bård e eu, podia admitir os erros e, dessa forma, ao admitir a falibilidade, se tornara a mais infalível de todos. Se nós apenas examinássemos nossa consciência e pensássemos bem, disse ela indiretamente, descobriríamos que havíamos cometido um erro e, portanto, deveríamos ser capazes de perdoar os erros cometidos por nossos pais. Ela nos exortara a fazer uma autoanálise, assumindo o papel de pedagoga, o papel de adulta em relação a nós, os irmãos mais velhos, como se fôssemos crianças rebeldes e irrefletidas, reféns de nossas emoções, que precisavam de aulas de Civilização e Psicologia. Bebi mais, me exaltei, fiquei refém de minhas emoções e quis continuar refém de minhas emoções, não consegui deixar de escrever e não quis deixar de escrever, todos podem cometer erros, está brincando comigo, escrevi enfurecida. Estava numa fúria absolutamente lúcida e mandei o texto no dia 15 de dezembro, dez minutos depois da meia-noite, mesmo que algo me dissesse que não deveria fazer aquilo.

Você diz que todos podem cometer erros, escrevi, que você mesma já cometeu erros, que você supõe que todos nós já cometemos erros e assim por diante, numa toada politicamente correta e sem compromisso, assim fazendo pouco caso do que aconteceu comigo. Ou será que ainda não caiu a ficha depois de todos esses anos? Você não me levou a sério? Evidentemente não. E isso me parece um abuso. É assim que você lida com as vítimas de violações dos direitos humanos? Todos podem cometer erros?

Continuei enfurecida, martelando o teclado. Quando eu tinha cinco anos, quando você tinha pouco mais de dois e Åsa era recém-nascida, nossa mãe levou vocês para nossos avós em Volda para carregar as baterias, e nosso pai ficou sozinho comigo e Bård na casa da avenida Skaus, número 22. Na ocasião aconteceram coisas nada boas no andar de cima. Nosso pai passava grande parte do tempo bêbado, Bård tinha seis anos de idade e provavelmente entendia pouco, apenas que havia algo muito errado. Você quer saber os detalhes?

~

Mandei o e-mail para Astrid, com cópia para Bård e Åsa, e não recebi nenhuma resposta, claro, eles estavam dormindo, e todos são crianças quando dormem, como diz o poeta Rolf Jacobsen, mas que não estão em guerra é falso e um embelezamento, pois travamos guerras enquanto dormimos, essa é a regra e não a exceção, por isso resisti ao sono, bebi até dormir, li e reli meu próprio texto inúmeras vezes, li e bebi até dormir. Acordei à tarde no dia seguinte, o relógio marcava cinco horas, mas não estava certo, havia luz. Fui até o Mac, ele mostrava meio-dia e dez, meu relógio tinha parado, devia ser a bateria. Eu não tinha recebido nenhum e-mail de Åsa ou Astrid, não esperava nenhum e-mail delas, pelo menos não de Åsa, o que ela diria? Eu nunca havia escrito assim para ela antes. Se ela tivesse ouvido a história, o que sem dúvida tinha acontecido, de nossos pais, que precisavam explicar minha ausência, era a versão deles que ela tinha ouvido, eu não fazia ideia de como era, mas supunha que se referisse à imaginação desmedida que eu tivera desde criança, ao meu dom de inventar e criar histórias, além de que eu com certeza queria ter alguém a quem culpar por minha desgraça, meus excessos emocionais, meu divórcio, ou se tratava de algo que algum terapeuta havia plantado em mim, as possibilidades eram muitas. Quem sabe ela tivesse apagado meu e-mail sem lê-lo, seguindo o conselho de Astrid, que certamente o havia apagado sem ler. Astrid aguardava uma desculpa, mas dessa vez a desculpa não viria, não chegaria, porque eu também estava indignada no dia seguinte, mesmo de ressaca. Não, eu não queria que Astrid rompesse com nossos pais, pois eu tirava proveito do fato de que podiam contar com ela, isso me libertava, se Åsa e Astrid não tivessem estado ali para nossos pais, o rompimento teria sido muito mais difícil, meu sentimento de culpa teria sido muito maior, e ele já era grande o suficiente, mas o que me provocou foi que Astrid nunca se abrira para a possibilidade de que o que eu lhe havia contado fosse realidade e, portanto, grave, e que ela escreveu que nossos pais podiam cometer erros, assim como qualquer outra pessoa. Esse era o erro, o erro de Astrid. Que ela alegasse ser tão neutra, mas na realidade não o fosse, pois se uma das partes abusou da outra, apaziguar todo mundo não significa ser neutra, só que ela não levava isso em conta ou não acreditava nisso. Que ela não parecesse compreender ou estar disposta a aceitar que havia conflitos que não podiam ser solucionados da maneira como ela gostaria, que existem divergências que não podem ser eliminadas, emudecidas ou contornadas, entre as quais é preciso escolher.

Klara precisava de novos ares. Anton Vindskev tinha uma solução. Klara conhecera Anton Vindskev no Renna. Anton Vindskev pediu espeto de cordeiro, mas os espetos de cordeiro haviam acabado, e a namorada de Anton Vindskev se exaltou, exigindo que servissem espeto de cordeiro a Anton Vindskev, pois ele era o maior poeta da Noruega. Klara duvidou. Então, quem é o maior poeta da Noruega, em sua opinião?, perguntou ele. Stein Mehren, disse Klara, Jan Erik Vold, disse ela, pelo menos não você. Assim Klara se tornou amiga de Anton Vindskev. Ele se mudou para Copenhague, escrevia poemas bons lá. Quando Klara entendeu que o pai havia se matado e caiu no fundo do poço e precisou de novos ares, Anton lhe ofereceu um quarto de aluguel no apartamento dele em Copenhague. Klara foi a Copenhague para respirar novos ares.

Eu me divorciei do homem gentil e decente. Saí da casa grande e arejada e me mudei para uma casa menor, carregando mesas e cadeiras e pratos, toda a metade de um conjunto de bens, para dentro do carro, levando tudo da casa grande para a menor. Eu estava penando. Estava perdendo o homem decente e gentil, e antes disso já havia perdido minha grande paixão, o professor universitário casado; eu sofria com a perda de dois homens, mas sabia que estava fazendo algo certo, que era o primeiro passo em direção a um destino inevitável. Eu precisava fazer aquilo, eu carregava mesas e cadeiras, não parava de carregar coisas, com a convicção de que era certo, embora não fosse capaz de explicar essa convicção a alguém, nem a mim mesma, muito menos a mim mesma. Eu estava sofrendo perdas, era minha própria culpa, será que eu queria sofrer perdas?

Por quê? Era minha culpa que as crianças estivessem perdendo a base delas. Minha mãe havia pedido que eu não me divorciasse, implorou que eu pensasse nas crianças, minhas pobres crianças, mas eu me divorciei.

Klara estava em Copenhague. Eu estava divorciada, estava sozinha, eu mesma tinha feito a escolha, eu que me virasse.

O homem casado tinha uma amante nova, eu não podia culpá-lo. O ex-marido logo arranjou uma nova namorada, outra com quem ser gentil, eu não podia culpá-lo. Eu precisava aguentar a situação, eu mesma a escolhera. Não reclamei para a família, eles haviam me avisado, pedido que eu pensasse nas crianças, e eu tinha pensado nas crianças, mas não da maneira como queriam que eu pensasse nelas, eu me divorciei. Meu pai me ajudou a reformar o banheiro da casa nova, às vezes eu chegava lá de carro, eu via o carro dele do lado de fora e entrava em pânico. Ele não podia ter a chave da minha casa nova, não dava, não podia ir e vir conforme quisesse e de repente estar ali, não dava, fiquei angustiada com a possibilidade de ele aparecer sem avisar no meio da noite. Eu não tinha coragem de dizer isso a ele, mas precisava dizê-lo, que ele não podia ficar com a chave, eu esperava que o banheiro logo estivesse pronto. O banheiro ficou pronto, eu não tive coragem de pedir que meu pai me devolvesse a chave, mas, enquanto estivesse com a chave, ele podia aparecer do nada ali, na minha casa nova.

Eu andava como que desnorteada por ansiedade, por perda, tudo era névoa e confusão, eu lavava roupa. A roupa suja, que me fizera sentir afogada, que eu havia odiado, que eu tinha visto como a coisa mais chata, mais desgastante, naquela época em que a vida era normal, quer dizer, apática, a obrigação de lavar a roupa suja que não tinha fim. Tudo que estava no cesto de roupa suja e todas as pilhas de roupa que estavam ao lado do cesto abarrotado, lençóis enormes, capas de edredons, toalhas de mesa e às vezes cortinas, montes de calcinhas, meias e panos de prato sujos, toda a roupa suja que eu amaldiçoava quando minha vida cotidiana era simples e sem drama. Se não fosse pelos enormes montes de roupa para lavar, eu pensava na época, eu estaria mais contente, poderia ter lido os livros que devia ler e desejava ler, mas em vez de ler, eu era obrigada a ligar a máquina de lavar roupa e, quando ela terminava, tinha que pendurar os lençóis enormes e impossíveis de pendurar para secar, e estava chovendo ou era inverno, então precisava pendurá-los sobre portas e cadeiras, porque os varais eram pequenos demais e já estavam cheios de meias, calcinhas, blusas, camisas, eu amaldiçoava a roupa suja. Mas agora que o mundo havia desabado, que eu estava em meio à derrocada e à perda, a roupa suja era o que me segurava, todo aquele tempo que eu gastava lavando e estendendo a roupa e, quando finalmente estava seca, dobrando e guardando-a nos armários depois de as crianças terem ido dormir à noite, e depois eu adormecia porque a roupa tinha sido lavada, secada e dobrada e estava pronta e limpa nos guarda-roupas, estou sobrevivendo em função da roupa para lavar, pensei.

Eu lavava roupa, limpava a casa, trabalhava na dissertação de mestrado sobre o teatro alemão moderno e escrevia resenhas de teatro para jornais pequenos, estava escrevendo uma peça de um ato, tentava viver uma vida normal, parecer normal, tentava reprimir a sensação vertiginosa de estar caindo. Numa luminosa manhã de domingo em maio, enquanto as crianças brincavam no jardim, fui dominada por uma dor total e indescritível. Não era localizada em um lugar específico do corpo, mas era física, não mental, eu não conseguia me mexer, nem ficar em pé, nem falar, nada além de ficar encolhida na cama. Durou três horas, depois foi passando e lentamente voltei ao normal, apenas com muita dormência. Três dias mais tarde, uma quarta-feira ensolarada de maio, enquanto as crianças estavam na escola, aconteceu outra vez, veio de novo, uma crise de três horas de dor total. E na sexta-feira, e na terça-feira da semana seguinte. Depois de acontecer pela quinta vez, conferi, tendo me recuperado, a agenda, onde eu havia anotado as datas e os horários dos ataques, para ver o que eu havia feito nas horas anteriores. Eu tinha trabalhado na peça de um ato. O que eu tinha escrito? Abri o Mac para ler, e ali estava escrito, escondido entre as outras palavras, e entrei em choque, fiquei sem chão, num instante me tornei outra, para sempre diferente de antes daquilo, o momento da verdade. Eu estava vivendo uma vida caracterizada pela rotina, sustentada pela rotina, e de repente aconteceu: um encontro brutal com a verdade que rasgou minha existência.

Eu não conseguia carregar a dor que se seguiu, não podia suportar a descoberta, a terrível percepção, não podia lidar com aquilo sozinha, mas tampouco era capaz de falar sobre. Li o último poema de dor de Gunnar Ekelöf, li o poema de Gunvor Hofmo sobre limites, os quais atenuavam a dor, não a atenuaram, orei a Deus, ele não respondeu, queria me entregar a ele em quem eu não acreditava, qualquer coisa desde que me ajudasse, eu precisava de ajuda, preciso de ajuda!, subiu meu grito das profundezas. Depois varei as noites escrevendo cartas suplicantes para os psicanalistas do país. Eu tinha lido bastante psicanálise, numa tentativa de me compreender e curar a mim mesma, naturalmente conhecia Freud, tinha lido Freud, tinha lido Jung, conhecia alguns psicólogos da minha idade que eu jamais procuraria, porque, a meu ver, não eram mais sábios do que eu. Eu sabia que se eu fosse me abrir, confiando em outro ser humano, teria de ser um psicanalista.

Não contei sobre as cartas a ninguém, esqueci as cartas, porque as crianças precisavam ir para a escola, levar os lanches, ter fitas de lapela nas cores da bandeira para a festa de Dezessete de maio* e chuteiras novas, tinham de ir à natação e ao treino de basquete, e eu era obrigada a lavar a roupa, comprar comida, fazer a janta e pôr as crianças para dormir, e de alguma forma fui indo. Então, numa quinta à tarde no início de junho, um homem ligou, na hora que eu ia levar Søren para o treino de futebol, e disse que havia recebido minha carta; não entendi a que ele se referia. Depois entendi, e a dor veio e desmoronei no chão sem conseguir falar, ouvi como ele estava compreendendo, entendeu que eu havia reprimido minha

* Dia em que se comemora a assinatura da Constituição Norueguesa. [N.E.]

carta, que ele estava falando com uma pessoa experiente na arte da repressão. Ele me ofereceu uma consulta, e quando eu estava diante dele no consultório, trêmula de culpa e vergonha, ele disse com uma expressão grave que havia interpretado minha carta como um grito de socorro. Ele entendeu. Ele me levou a sério.

Fui encaminhada ao Hospital Universitário de Oslo para fazer exames estranhos, e no final a pessoa que aplicava os testes disse que uma análise poderia mudar minha vida, que eu corria o risco de romper laços e arruinar relacionamentos, entendi que estava me alertando, mas tudo já estava estragado, não havia mais nada a perder. Dois dias depois fiquei sabendo que havia me qualificado para tratamento psicanalítico por conta do Estado quatro vezes por semana, pelo tempo que fosse necessário.

A situação era nova, o estado de calamidade desesperadora, o mesmo, mas um passo fora dado em direção à mudança.

Quatro dias por semana, eu ficava no divã sem ver meu ouvinte, sem saber se ele escutava o que eu estava dizendo. Não podia procurar reações no rosto ou corpo dele, sinais de reconhecimento, compreensão, surpresa, compaixão, não adiantava gesticular, sorrir, baixar os olhos, dar uma de gostosa, acrescentar caretas ou trejeitos, havia apenas as palavras e minha voz que as produzia, e por isso elas muitas vezes ficavam suspensas no ar, e eu ouvia o que eu dizia, como eu mentia. Minha primeira frase no divã foi: éramos em quatro irmãos, eu era a filha predileta.

Assim que eu a dissera, no silêncio constrangedor que se seguiu, pois não recebi nenhuma reação e não consegui prosseguir, um raio passou por meu corpo da cabeça aos pés. As palavras com as quais eu tantas vezes havia iniciado a história sobre mim mesma me desmascararam em sua completa mentira. Não era verdade, era o contrário! Mas esse fato instantaneamente óbvio não me havia ocorrido até aquele momento. Como era possível que eu tivesse me iludido assim? O resto da minha história era igualmente enganoso?

~

Quatro vezes por semana. Antes de chegar para uma sessão, eu pensava no que diria assim que chegasse lá. Ao sair de lá, pensava no que havia dito antes de começar a pensar no que diria na vez seguinte. Eu existia incessantemente em um estado doloroso, vergonhoso, que não podia ser desfeito, mas que eu não podia deixar de processar.

Quando eu era pequena, costumava ficar sozinha com meu pai, ia com ele à loja de doces, e meu pai comprava balas para mim. Não me lembro muito do que acontecia antes ou depois de irmos à loja, mas me lembro bem das idas à loja de doces, era o máximo quando meu pai comprava balas só para mim. Certa vez em que eu estava na loja com meu pai, entrou um menino de quem eu gostava, comecei a me apaixonar por meninos desde cedo, tinha um interesse excepcional por eles, o garoto por quem eu estava apaixonada entrou, e fiquei vermelha e muito envergonhada por ele me ver sozinha na loja de doces com meu pai.

Depois que cresci, eu raramente ficava sozinha com meu pai, mas acontecia do meu pai e eu ficarmos a sós na casa da Bråteveien, e nessas ocasiões havia um clima tenso entre nós. Em uma dessas vezes, meu pai me contou um sonho que tivera. Meu pai se interessava por sonhos, por Jung. Ele havia sonhado com uma mulher alcoolizada que passava pelos quartos da casa da Bråteveien num roupão gasto, havia sido uma visão assustadora, um pesadelo. Imediatamente pensei em como era curioso que ele tivesse sonhado comigo, meu futuro eu, que o assustou. Meu pai se interessava por Jung e por sonhos, ele sabia que não podiam ser controlados.

Dia 15 de dezembro. O relógio tinha parado, marcava cinco da manhã embora a hora certa fosse meio-dia e dez. Conferi a caixa de entrada, não tinha recebido nenhum e-mail. Não aguentei ficar em casa conferindo o e-mail o tempo todo, me agasalhei bem, levei o artigo sobre Elfriede Jelinek na bolsa, caminhei os sete quilômetros até o relojoeiro e consegui uma nova bateria para o relógio. Fui ao café perto da estação de trem, tomei café e li o artigo com a caneta na mão, sem o Mac, para não ficar conferindo o e-mail o tempo todo, chequei o e-mail no celular, e tinha recebido uma resposta de Bård, ele escrevera que queria muito ouvir minha história. Eu disse que ele a conheceria no momento oportuno. Não tinha vontade de contar minha história, queria que ele a conhecesse, queria que eles a conhecessem, mas preferia ser poupada de contá-la, porque era revoltante e contá-la me deixava doente. Conferi o e-mail no celular, à uma e cinquenta Bård respondera ao e-mail de Astrid do dia anterior, me copiando. Deixei o artigo sobre Elfriede Jelinek de lado, não estava conseguindo me concentrar de qualquer forma.

Bård começava frisando que, se nossos pais quisessem nos tratar em pé de igualdade, não precisavam fazer um testamento, pois a Lei das Sucessões cuidaria da justiça.

Ele listava fatos que eu desconhecia por ter ficado afastada da família durante todos aqueles anos, enquanto Bård havia prestado atenção. Tratava-se de transferências de apartamentos e ajuda financeira de diversos tipos, fatos que ele havia comentado com nosso pai várias vezes, e meu pai havia dito que tudo estava sendo anotado, que seria levado em conta e estaria sujeito a juros numa futura partilha, algo que agora se mostrava ser uma mentira contada para que Bård se conformasse com aquilo que ele pensara ser um favoritismo temporário, para que não fizesse onda, disse ele usando a expressão de Klara.

Ele deixou claro que se Astrid havia tido despesas com a casa de veraneio em Hvaler, isso era nada mais que justo, pois ela usufruíra da casa durante todos aqueles anos. Observou que nossos pais recentemente haviam ligado os chalés à rede pública de água e esgoto, assim os transferindo apenas depois de ter arcado com essa grande despesa, que meu pai havia pagado o imposto de transmissão de bens imóveis, que a nova cotação era quarenta por cento mais alta que a primeira, então, qual foi o mandato dado ao primeiro avaliador? Estipular uma avaliação mínima para que Astrid recebesse o chalé ao menor custo possível, em detrimento de Bergljot, ali estava meu nome outra vez, e dele mesmo?

No que dizia respeito aos netos, concluía ele, eles já eram adultos e não precisavam de uma explicação sobre a natureza do conflito, já haviam tirado as próprias conclusões.

Somente uma hora mais tarde, às duas e cinquenta, Astrid respondeu, eu estava no café ferroviário com uma nova bateria no relógio de pulso. Ela escreveu que Bård se enganara, ele respondeu imediatamente que não havia se enganado, tiveram uma troca acalorada sobre questões financeiras e práticas por mim desconhecidas. Para mim, Astrid escreveu que naturalmente me levava a sério, que sempre me levara a sério, ou seja, afinal de contas não havia apagado o e-mail noturno sem ler, o que era uma coisa boa, embora provavelmente fosse pelo fato de que fora enviado para outras pessoas além dela. Ela queria me encontrar cara a cara, tinha me perguntado fazia apenas um dia, frisou ela, se poderíamos nos ver pessoalmente, ela se dispunha a ir até a minha casa.

Foi uma iniciativa louvável, mas eu não estava a fim, tudo dentro de mim protestava. Porque não daria em nada, nunca tinha dado em nada, era sempre eu quem devia compreender e ouvir como todos estavam sofrendo, como nossos pais estavam sofrendo por minha causa, afinal, eu conhecia o discurso dela, ele normalmente me deixava triste e aflita. Astrid queria o bem, mas o bem que ela queria não era bom para mim. Ela agia de boa-fé, eu não pensava outra coisa, com certeza tinha as melhores intenções, buscando reconciliação e cooperação, mas há divergências que não podem ser anuladas, às vezes é preciso escolher.

A segunda vez que encontrei Bo Schjerven foi no balcão de check-in no aeroporto de Fornebu. Bo Schjerven e eu íamos para a Eslováquia apresentar o modelo norueguês às recém-estabelecidas associações de escritores. Bo representava a Associação Norueguesa de Escritores, eu, a Associação Norueguesa dos Editores de Revistas, para cujo conselho eu havia sido eleita por indicação de Klara, que era suplente da comissão eleitoral, a última coisa que ela fez antes de se mudar para Copenhague. O convite para ir à Eslováquia foi apresentado na minha primeira reunião de conselho, ninguém mais podia viajar e eu não me incomodava em ir, queria fugir.

Nos sete meses que haviam se passado desde que eu conhecera Bo Schjerven no saguão do Teatro Norueguês, minha vida havia mudado completamente. Eu já morava sozinha, tinha a guarda compartilhada dos filhos, tivera meu chocante momento de epifania, havia confrontado meus pais e perdido minha família primária, tinha começado a fazer psicanálise. Cheguei direto da sessão de psicanálise ao Fornebu, tensa e agitada, fiz o check-in com Bo Schjerven, e, no café lá dentro, no saguão de embarque, deixei tudo escapar, e Bo foi receptivo.

Eu estava num estado de profunda e infeliz tormenta, em choque e de luto, mas havia começado a fazer psicanálise, havia dado um passo em direção à mudança, iniciado um processo, embora fosse doloroso e arriscado. Consegui me levantar, tomar banho, escovar os dentes e fazer a mala, lembrei do passaporte e do dinheiro, era incrível, era como lavar roupa. Consegui fazer o check-in com

Bo Schjerven no Fornebu e embarcar no voo com ele, o avião era branco. As nuvens eram brancas e o céu acima das nuvens, branco-azulado, bebemos vinho branco e ficamos leves e quase transparentes como o ar. Pousamos e fomos apanhados por um ônibus branco e levados a um palácio branco cercado de cerejeiras em flor. O quarto era branco, a cama, branca, a manhã, branca, e o pão e as noites, brancos, os poetas eslovacos, pálidos. O que aconteceria com eles? O que aconteceria com todos nós? Bebemos aguardente translúcida e deitamos acordados na grama branca com as pétalas de cerejeira enquanto os poetas eslovacos recitavam poemas incompreensíveis, sem dúvida também em verso branco. Bo dançava debaixo das árvores, Bo havia se tornado um anjo, completamente branco. Quando acordávamos no final da manhã, havia queijo branco e leite com pão branco sobre a toalha de mesa branca na transluzente sala de jantar pintada de branco. Era possível estar em dois estados de espírito ao mesmo tempo. Estar profundamente infeliz, perturbada e abalada na sua essência e ainda assim sentir momentos de felicidade, talvez mais intensamente em função da profunda infelicidade, e não apenas por alguns momentos, mas por horas, ou, como na Eslováquia, durante dois dias inteiros.

Quarta-feira, 16 de dezembro, manhã. A neve tinha derretido, novamente estava escuro, havia chuva, água-neve, um tempo cinzento, eu estava tomando café e editando o artigo sobre Elfriede Jelinek enquanto pensava que devia enviar uma resposta a Astrid. Afinal de contas, ela estava estendendo uma mão, ela mesma achava que estava estendendo uma mão e não tinha como saber a minha percepção da mão estendida, mais prepotente do que aberta, seria injusto de minha parte não explicar minha percepção da mão estendida dela. Deixei o artigo sobre Elfriede Jelinek de lado e escrevi para Astrid que poderíamos muito bem conversar e manter contato, mas era difícil quando ela não levava em consideração aquilo que era mais importante para mim, que ela nunca comentava ou abordava, algo que ficava muito evidente em situações como a que naquele momento havia surgido. Não se tratava, escrevi, de eu querer que ela escolhesse entre nossos pais e eu, ela sempre tivera um relacionamento com eles diferente do meu, tivera uma infância diferente da minha. Mas ela não podia fingir que o que eu lhe tinha contado não tivesse acontecido, embora achasse desagradável ou impossível lidar com aquilo. Esse era o desafio dela, escrevi. Se ela quisesse uma relação comigo, o que eu havia contado, minha história, deveria ser levada em consideração.

Concluí que poderíamos nos falar de novo quando a disputa sobre os chalés tivesse passado, mas nesse caso o que acabei de mencionar era uma condição. Feliz Natal e Feliz Ano-Novo.

~

Achei que havia me expressado com clareza suficiente para esperar um Natal tranquilo. Li o texto para Klara, que, como sempre, me achou gentil demais, mas pediu que eu o mandasse para poder ter paz. Mandei a mensagem enquanto ainda estava com Klara ao telefone, ouvi que alguém estava me ligando, mas afinal eu estava conversando com Klara; assim que desliguei, vi que era Astrid e fiquei feliz por não ter conseguido atender, mas ter enviado uma mensagem que me fazia jus.

Então Søren ligou. Astrid havia telefonado para ele, porque meu pai sofrera uma queda na escada da casa da Bråteveien e estava na UTI do hospital de Ullevål.

Pai?, perguntou Klara à noite em Copenhague, mas ele não respondeu. Pai!, exclamou Klara num tom acusatório na escuridão da noite, mas ele não escutou. Se você não tivesse feito aquilo, como eu estaria agora? Certamente, muito melhor, reclamou Klara antes de pedir desculpas. Desculpe, pai, me perdoe, pediu ela, por eu pensar em mim, não nos horrores que você deve ter sofrido ao entrar naquela água gelada.

Liguei para Astrid na hora. A voz dela estava séria, diferente de quando telefonara do Diakonhjemmet. Por volta das oito da manhã, papai ia abrir a porta para dois encanadores, mas deve ter caído ao descer a escada e batido a cabeça na parede de concreto, e nunca chegou a abrir a porta. Mamãe, que ainda estava na cama, achou estranho não estar escutando nenhum barulho, a voz do papai, as vozes dos encanadores, os ruídos dos encanadores, então se levantou e encontrou papai contorcido e ensanguentado, aparentemente inerte no patamar da escada. Ela correu até a entrada e abriu a porta para os encanadores, gritando que achava que o marido estava morto. Os encanadores entraram, correram escada acima e conseguiram colocar papai na posição lateral de segurança, fizeram tentativas de ressuscitação, respiração boca a boca, um deles, fisicamente, o outro consultava um aplicativo que dava instruções, depois de vinte minutos conseguiram fazer o coração do papai bater. A ambulância fora chamada, os encanadores tinham ligado para a ambulância, e mamãe conseguiu ligar para Åsa, que por sorte estava indo de carro ao trabalho naquele dia e imediatamente deu meia-volta, chegando à Bråteveien antes da ambulância, que levou o papai ao Ullevål, em cuja UTI ele estava a essa altura, conectado a um respirador.

Parecia grave. Ao mesmo tempo, os alarmes falsos tinham sido tantos, os alarmes falsos na família, que eu não sabia como reagir. Elas estavam no Ullevål com o papai, disse Astrid, ela, Åsa e mamãe. Os médicos não sabiam se havia danos cerebrais, fariam uma ressonância magnética dali a algumas horas, então saberiam mais, por enquanto não podiam fazer mais nada além de esperar.

~

Liguei para Klara. Estão exagerando, disse ela, estão se aproveitando da queda para abafar e parar você e Bård, disse ela, mas as horas se passavam e não recebia nenhuma notícia de Astrid. Se fossem exageros e dramas vazios, ela não sairia do telefone, teria explorado a situação ao máximo, não teria perdido a oportunidade. Mas ela não ligou, tinha coisas mais importantes do que eu com que se preocupar.

Avisei meus filhos, não sabíamos o que pensar. Eu tinha várias reuniões, estava numa correria o dia inteiro, e à noite ia com Lars assistir a *Peer Gynt*, de Ibsen, no Teatro Nacional. Depois das reuniões, eu ainda não havia tido notícias de Astrid, o que significava que era sério, que as preocupações dela agora eram outras e mais importantes que eu. Escrevi perguntando como estava indo, ela respondeu que estava indo mal, que era muito grave, papai estivera sem atividade cardíaca durante vinte minutos. Bem objetivo para ser ela, era sério. Eu estava na escuridão dezembrina da estação de metrô de Storo após uma reunião editorial lutando para comprar um bilhete quando recebi um telefonema da Associação Estudantil de Bergen, que queria saber se eu teria disponibilidade para dar uma palestra sobre Peter Handke no dia 22 de março no ano seguinte, e, para minha surpresa, me ouvi dizer com voz hesitante que não podia avaliar aquilo no momento, pois meu pai estava internado em estado grave. O metrô chegou, embarquei sem bilhete, me sentindo prestes a chorar. Nos dias anteriores, meu pai estivera tão presente para mim, por causa da disputa sobre os chalés, por causa do encontro com Bård, por causa das mensagens de Bård, o regresso à infância, as lembranças de Hvaler, o banheiro que agora estava conectado à rede pública de esgoto, o poço que não estava mais em uso, eu havia imaginado meu pai com o avaliador passando pelos quartos do chalé antigo e pelos cômodos do chalé novo para apontar falhas, tinha imaginado meu pai lendo a mensagem de Bård enquanto eu lia a mensagem de Bård.

Desci no Teatro Nacional e liguei para Ebba, minha filha mais nova, dizendo que achava que era grave. Eu estava à beira das lágrimas, e ela escutou e quase chorou, estávamos quase chorando sem saber por quê. Faltavam quarenta e cinco minutos para *Peer Gynt* começar, eu queria tomar uma cerveja no Burns antes de ir ao teatro, escrevi a Lars que ia tomar uma cerveja no Burns, ele respondeu que já estava lá, com uma cerveja e um cigarro debaixo de um aquecedor externo. Comprei uma cerveja e estava com muita pressa para tomá-la, queria logo comprar outra, e Lars não podia me negar uma cerveja, ou duas ou três ou mais, já que meu pai estava na UTI do Ullevål e talvez fosse morrer.

Fui visitar Klara em Copenhague. Eu havia me tornado crítica de teatro de um jornal nacional e pedi que me deixassem resenhar uma aclamada versão da peça *Espectros*, de Ibsen, no Teatro Real de Copenhague, e meu pedido foi aceito. A montagem era impiedosa com o falecido capitão Alving e com a ainda viva senhora Alving; escrevi uma resenha febril e a mandei via fax para casa, angustiada pelo fato de que minhas frases seriam publicadas num jornal norueguês e poderiam ser lidas por muita gente, talvez pela família. Mas eu estava longe, em Copenhague, e bebia com Klara no Eiffel, o bar predileto de Anton Vindskev, grata por Klara existir e por haver bares escuros onde era possível entrar e encher a cara, porque se tudo fosse iluminado o tempo todo, seríamos obrigadas a carregar a escuridão por dentro, o que seria intolerável. Anton Vindskev nos brindava com histórias engraçadas, fazendo-nos esquecer nosso infortúnio. Anton contou sobre aquela vez em que ele e Harald Sverdrup haviam estado na Suécia a serviço da poesia e foram hospedados num palácio nos arredores de Estocolmo, dentro de um imenso jardim palaciano, e acabaram indo para a farra em Estocolmo, e Harald Sverdrup ficou tão bêbado que precisou ser mandado de volta ao palácio, enquanto Anton arranjou uma mulher que colecionava forquilhas para estilingues e levava um serrote dentro de uma sacola para cortar as forquilhas. Ao entrar no jardim palaciano, a mulher viu muitas belas forquilhas para estilingues: Olha, que beleza! Olha, que beleza! Ela abriu a sacola e cortou as forquilhas. Anton finalmente conseguiu levar a mulher para dentro do palácio e até o quarto, então Harald Sverdrup bateu à porta, apenas de camiseta e com o pênis de fora, ele queria participar da diversão, mas Anton tinha acabado de enfiar a sacola com o serrote debaixo da cama e não estava a fim de compartilhar a diversão com Harald Sverdrup, optando por lhe dar uma garrafa de vodca, e Harald Sverdrup saiu dali com o pênis balançando debaixo da camiseta e a garrafa de vodca na mão, e na manhã seguinte o encontraram deitado no jardim palaciano ao lado de um garfo que ele tinha enfiado num pedaço de papel onde estava escrito: Me ajude! Halald. Ele tinha errado a grafia do próprio nome.

Era bom dar risada.

No domingo pegamos o trem para o Museu de Arte Moderna de Louisiana, onde estava exposta a obra *Rhythm 0*, de Marina Abramović, de 1974. Numa mesa retangular, havia setenta e dois objetos diferentes, uma pena, uma pistola, uma corrente, uma rosa, e na parede atrás da mesa, o vídeo da performance era exibido, com seis horas de duração. Os espectadores podiam usar os objetos em Marina Abramović, que estava na frente da mesa, podiam fazer o que quisessem com ela, ela apenas ficaria ali durante seis horas, aceitando e aguentando o que quer que fosse, essa era a experiência, ela queria ver o que eles fariam. Primeiro, os espectadores ficaram parados e tímidos, esperando como se *ela* fosse começar, mas ela não começou. Então uma pessoa se aproximou como tentativa, depois outra chegou perto, então uma terceira rompeu a barreira de intimidade, aí outra chegou ainda mais perto, então a próxima a tocou, depois ficaram desinibidas e puxaram sua blusa, rasgaram sua blusa, incitando-se mutuamente, incendiando a ousadia umas nas outras, competindo entre si em intrepidez, e se tornaram hostis, arrancaram a blusa rasgada, humilharam-na e ficaram agressivas, como se a presença passiva dela, e talvez por isso especialmente forte, as provocasse. Um homem colocou a pistola na mão dela e a ergueu de modo que o cano apontasse para a cabeça dela, será que ele também sussurrou "atire!"? Quando a performance terminou, quando o relógio tocou, quando ela se mexeu, finalmente, dando um passo em direção à plateia, todos recuaram com horror e repugnância: "Eles não conseguiam nem me encarar por causa do que fizeram a mim".

Na peça, Peer usava terno branco, Peer tomava champanhe e se embriagava consigo mesmo, Peer não mostrava moderação, Peer era presunçoso, orgulhoso e sem limites e se refestelava com mulheres e aventuras, poder e prazeres sensuais, Peer queria subir na vida, queria ser imperador, não focava nas restrições, mas nas possibilidades, Peer se convencia de que tudo lhe era possível, de que ele sempre podia sair impune, um homem com a índole do meu pai, um homem que queria ser rico, que se tornou rico e que soube usar a riqueza a favor dele sempre que necessário. Quando a mãe dele, Aase, estava moribunda, quando Aase estava num quarto de hospital moderno, conectada a uma máquina de ECG, tal qual a máquina e o respirador aos quais eu sabia que meu pai naquele momento, naquele exato momento, estava conectado, comecei a chorar. Naquele momento meu pai estava num quarto de hospital parecido com aquele onde estava a velha Aase, naquele exato momento, se já não estivesse morto, mas então Astrid teria ligado e eu teria visto a ligação no celular, eu olhava para o celular o tempo todo. Se meu pai tivesse morrido, Astrid teria ligado e eu teria saído da sala de teatro e ligado de volta. Ou seja, papai estava vivo, conectado a aparelhos como aqueles aos quais a velha Aase estava conectada no palco; desatei a chorar, chorei incontrolavelmente durante toda a cena da morte dela.

Na última cena, quando Peer retorna a Solveig e espera ser calorosamente recebido como de costume, ela sai, deixando Peer com as palavras de Nora, com as palavras de uma mulher moderna. Ela vai embora, abandona Peer, faz o que minha mãe nunca fez, o que minha mãe foi incapaz de fazer, uma mulher dependente e impotente que nunca pagou uma conta na vida. Solveig deixa Peer, e me passou pela cabeça, ao ver Peer ali sozinho, incrédulo e cansado, que não havia sido uma vida fácil a vida do meu pai. Senti uma imensa compaixão surgir em mim ao pensar nele, na vida do meu pai, coitado, meu pobre pai, que fez algumas coisas estúpidas quando jovem que não podiam ser desfeitas, não podiam ser consertadas, e ele não sabia como suportá-las, viver com elas. Tentou esquecer e reprimi-las, e por muito tempo pareceu como se a vítima as tivesse esquecido, as tivesse reprimido, e qualquer um que talvez tivesse captado o que tinha sido feito e a quem tinha sido feito também parecia ter esquecido aquilo, reprimido aquilo, mas a qualquer momento o que havia sido reprimido e esquecido poderia voltar, surgir do esquecimento, da repressão, e então? Deve ter sido uma vida difícil, uma vida de ansiedade, uma vida de pavor. Meu pai evitava e temia os dois filhos mais velhos porque o lembravam do próprio crime, *ele não conseguia nem encará-los por causa do que fizera a eles.*

Peer não entendeu que estava passando dos limites, Peer não entendeu quando estava passando dos limites, Peer não viu onde estava o limite e o ultrapassou, mas, mesmo se tivesse visto onde estava o limite, ele certamente o ultrapassaria, escolheria ultrapassá-lo, pela aventura, pela transgressão excitante e porque achava que podia sair impune, achava que seria perdoado, porque não levava a sério as consequências de seus atos para outras pessoas, achava que sempre daria certo para ele, mas dessa vez não deu certo para Peer.

É tarde demais, Peer, disse Solveig, o que foi um momento libertador. É tarde demais, Peer, disse Solveig. Às vezes é tarde demais. Às vezes é impossível redimir o que foi feito, é irreparável.

Ao chegar em casa depois de ter visitado Klara em Copenhague, encontrei um cartão enigmático do homem casado na caixa de correio. Ele queria me manter fisgada. Não respondi, mas já estava fisgada. O outono inteiro, o inverno inteiro, o ano todo e durante o ano seguinte, recebi cartões-postais e sinais enigmáticos do homem casado, não respondi, mas estava fisgada. Elegante ou elefante, escreveu ele, elefante elegante, eu queria responder, mas não respondi, me entreguei à psicanálise, que não quer provar nada em si, mas que quer mudar algo. No entanto, pressupunha que eu me entregava ao psicanalista, a *ele*, completa e devotamente, como numa espécie de relação amorosa. Enquanto eu já estava apaixonada por um homem casado eu tinha meu objetivo, embora fosse inatingível.

Sonhei com uma guerra: eu estava com outro soldado numa mata à margem de uma planície aberta que éramos obrigados a atravessar. Era arriscado, ficaríamos visíveis ao inimigo, que estava por perto. Era de noite, e precisávamos fazê-lo já, antes de o dia clarear, passei os olhos pela planície, estremecendo de medo, tentei tomar coragem para dar o salto enquanto meu colega havia se acomodado perto de uma árvore. Conferi o relógio, tinha que acontecer logo, me virei para o colega, que continuava sentado ao lado da árvore. Ele não presta para a guerra, pensei e saí correndo.

Contei o sonho ao psicanalista, achando que o companheiro soldado era o homem casado que não tinha coragem de se divorciar, que tinha uma atitude passiva enquanto eu enfrentava a guerra e o divórcio, falei muito sobre o homem casado. Mas, de acordo com o psicanalista, o colega soldado era ele mesmo, imóvel na cadeira atrás da mesa, enquanto eu travava guerras no divã. Como é presunçoso, pensei na época, mas agora que os sentimentos pelo homem casado já são história, enquanto os sentimentos da análise ainda estão vivos dentro de mim, talvez eu possa lhe dar razão. E, não importando se fosse esse ou aquele, ou os dois que se haviam fundido, muitas vezes a sensação era essa, de estar sozinha na guerra. Não deixei, ou não fui capaz de deixar, o psicanalista ocupar o lugar em mim de que ele precisava para otimizar a atuação dele, a transferência não aconteceu, embora em alguns momentos tenha sido lindo e tenha faltado pouco, como naquela vez em que ele, depois de eu sem dúvida ter reclamado dele, disse que nós dois estávamos naquele espaço juntos para me ajudar, reunidos em seu nome.

Ao chegarmos em casa depois do teatro, bebemos, bebi. Astrid escreveu que o hospital as mandara para casa, voltariam na manhã seguinte, Astrid e Åsa dormiriam na casa da minha mãe. Agradeci--lhes a dedicação.

Eu estava bebendo e falando freneticamente, não tinha sossego algum e continuei acordada depois de Lars ir se deitar, enchendo e esvaziando a taça de vinho tinto. Se fosse grave, Klara me acalmou, eu tinha ligado para Klara, o hospital não as teria mandado para casa. Dei voltas na sala, engolindo vinho para me acalmar, para conseguir dormir, mas fiquei mais inquieta e enjoada, vomitei e atravessei a noite debruçada sobre o vaso sanitário. Liguei para Astrid de manhã. Elas estavam indo para o hospital. Era quinta--feira, eu não tinha nenhum compromisso, na agenda estava escrito que eu devia levar as garrafas para reciclagem, buscar a bisteca de porco para a ceia de Natal e fazer as camas, Tale e a família chegariam de Estocolmo em breve, mas não fui para casa, continuei na casa de Lars, dando voltas em torno de mim mesma. Astrid ligou ao meio-dia. Haviam tido uma reunião com os médicos, minha mãe, Astrid, Åsa, tia Unni, que era médica, e tia Sidsel, que era médica. Não me chamaram, o que achei bom, pois não teria ido, mas tudo ficou claro. Agora era sério, e quando era sério, não me queriam por perto, minha presença teria um efeito desconcertante na sensação de comunhão e compreensão mútua, não convidariam um elemento disruptivo como eu para uma situação como aquela, embora eu fosse a filha dele, do moribundo, elas não me chamaram para ir lá, para participar, graças a Deus, pois o que eu diria se tivessem insistido para eu ir? Tudo ficou muito claro. Era assim. Aquilo que Astrid em outras situações fingia não ser o caso, que ela em outras situações ignorava e descartava. Na hora da verdade, como naquele momento, quando era sério, como naquele momento, ficava claro que Astrid, Åsa e nossa mãe compartilhavam a compreensão da situação comigo e com Bård, estávamos a anos-luz da harmonia, não éramos uma família "normal".

Os médicos do hospital informaram que meu pai não podia ficar sem o respirador. O pescoço estava danificado. Mais provavelmente, ele estava paralisado do pescoço para baixo; se recobrasse a consciência, algo que era improvável, tudo indicava que estaria tetraplégico e sem fala. A questão era se o respirador seria desligado. De maneira profissional e discreta, os médicos haviam sugerido, pelo que entendi, que isso seria melhor para ele, que era o que eles fariam se fosse um dos entes queridos. Tia Unni e tia Sidsel, que eram médicas, tinham concordado com os médicos do Ullevål, e Åsa e minha mãe tinham concordado com os médicos; a única que hesitou, conforme eu saberia mais tarde, foi Astrid. No entanto, decidiram, em conjunto, que o respirador seria desligado. Foi para me dizer isso que ela ligou. Eu não tinha objeções, e ela tampouco perguntou se eu tinha objeções, tinha ligado só para avisar. Aconteceria dentro de uma hora.

Telefonei para meus filhos e expliquei a situação, o que aconteceria dentro de uma hora. Liguei para Klara, escrevi para meus amigos mais próximos. Quarenta e cinco minutos mais tarde recebi a ligação de Astrid, que disse: agora papai está morto.

Quatro vezes por semana eu estava no divã, falando alternadamente sobre o que era doloroso, vergonhoso e sobre as trivialidades do cotidiano, e às vezes tínhamos súbitas descobertas. Sonhei que dava carona a um sujeito que ia para Drøbak, eu também ia para Drøbak. Aí errei o caminho, saí da estrada que levava a Drøbak, me perdi, não encontrei o caminho de volta à estrada para Drøbak e me senti culpada por causa do caroneiro que estava sofrendo com minha inutilidade e ia chegar atrasado a Drøbak. Então achei que tinha visto a estrada mesmo assim, as luzes da estrada; se eu só passasse por baixo do portão da garagem à minha frente, estaria de volta à estrada. Acelerei para passar por baixo do portão da garagem, então ele começou a descer, pisei fundo para conseguir passar antes de se fechar, mas não consegui, desceu rápido demais e nos atingiu, destruindo o carro, e ali estávamos nós, assustados e petrificados, mas pelo menos não mortos, o caroneiro pálido e de bolsos revirados, o carro uma perda total. Naquele momento, minha mãe apareceu e disse, à maneira caracteristicamente otimista dela, que com certeza podia ser consertado, mas todos viam que era impossível.

Então vi uma moeda de cinco centavos na rua e me abaixei para pegá-la, pois encontrar uma moeda significa sorte, e disse a mim mesma, para me consolar, que talvez fosse meu dia de sorte, afinal. Peguei a moeda e vi que era apenas um botão.

Cinco anos?, perguntou ele.

Cinco centavos, falei.

Você disse cinco anos, insistiu ele.

Quis dizer cinco centavos, falei e recontei o sonho: quando o portão da garagem me acertou, foi como se eu estivesse sendo destruída.

Quase destruída aos cinco anos de idade, disse ele, e um choque elétrico atravessou meu corpo.

Åsa, Astrid, tia Unni e tia Sidsel cuidavam da minha mãe. Criaram um sistema de rodízio de passar a noite na casa da Bråteveien para ela não ficar sozinha. Agradeci a Astrid pela dedicação e lhe pedi que mandasse lembranças. Ela respondeu que estava na Bråteveien, que eu podia dar uma passada lá. Não cogitei isso. Logo senti um alívio. Logo pensei que a náusea e o vômito da noite entre o dia da queda e o dia do falecimento se deviam ao medo inconsciente de um longo período de enfermidade. Meu pai tetraplégico numa instituição para idosos durante vários anos, como eu teria lidado com aquilo? Meu pai me chamando do seu leito de doente e eu forçada a escolher entre não ir e decepcioná-lo ou ir e me decepcionar. Porque eu não acreditava na possibilidade de ele me dar o que eu queria, uma confissão e um pedido de desculpas. Se eu fosse ao leito de enfermo do meu pai com esperanças, eu me decepcionaria, assim como tantas vezes me decepcionei em meus encontros com ele. Eu tivera esperanças por tanto tempo, tão em vão, havia batido tantas vezes à porta imaginária de meus pais torcendo para que ela se abrisse, para que minha história fosse aceita, para que eu fosse aceita, recebida, mas não aconteceu, não abriram, a porta permaneceu fechada, e eu fiquei decepcionada, triste, eu estava no limiar batendo à porta, depois parei de bater, de esperar, depois me virei, saí de lá e de certa forma me tornei livre. Eu não teria ido ao leito de enfermo do meu pai, eu esperava ter sido forte como Solveig e dito: É tarde demais. Mas Astrid e minha mãe teriam insistido, me pressionado e me acusado de atormentar um doente, um homem paralisado e desamparado cujo maior desejo era se reconciliar com a filha mais velha, de modo que a filha fingisse que o que ele havia feito com ela não tinha acontecido, será que eu realmente lhe teria negado isso? Como se eu aplicasse rigidamente alguns princípios, como se não fosse uma questão de sentimentos, os mais profundos. Elas me acusariam, o que seria desagradável, e se ele ficasse acamado por muito tempo, haveria pressão para ajudar mamãe, Astrid e Åsa com o duro trabalho de cuidados, e eu me recusaria, e elas ficariam indignadas e falariam ao entorno e aos funcionários da instituição sobre minha insensibilidade, meu egocentrismo, minha falta de carinho, mas isso não aconteceu, pois meu pai morreu, meu pai se foi. O que eu estava sentindo era alívio, percebi que eu tivera tanto medo do meu pai, era o medo que estava desaparecendo, o medo de algo desconfortante que podia vir dele a qualquer momento, mas não mais. Ele estava morto. Recriminações, acusações e farpas, olhe-se no espelho e verá uma psicopata, não mais, meu pai morreu. Meu pai não podia fazer nada comigo. Estritamente falando, ele não fora capaz de fazer nada comigo nos últimos anos, eu não passava os dias temendo meu pai, mas talvez o fizesse, sim, apesar de tudo, talvez o medo de que meu pai estivesse arraigado em meu corpo. É difícil se livrar do medo de um leão agressivo e imprevisível, mas agora o leão estava morto.

Segundo Freud, é lamentável que nenhuma descrição da psicanálise possa reproduzir as impressões de uma pessoa durante o momento em que ela ocorre, que o convencimento definitivo nunca possa ser transmitido por meio da leitura, apenas por meio da experiência; concordo, é impossível explicar. Igualmente impossível, acho eu, é explicar por que você encerra uma psicanálise, por que você chega à conclusão de que está na hora de terminar.

Depois de mais de três anos com várias sessões de terapia por semana, cheguei apressada um dia, especialmente ansiosa pelo encontro. Tinha enchido a cara na noite anterior, ficado com um homem com quem não devia ter ficado, não estava usando minhas próprias roupas, havia perdido minhas lentes de contato, precisava me deitar no divã, me esvaziar, chorar e me desesperar, mas o psicanalista não me chamou na hora marcada. Depois de meia hora, fui até a porta e bati, mas ele não atendeu, ele não veio, tentei a maçaneta, mas a porta estava trancada, dei um tranco nela, acho que gritei e reparei vagamente como os estudantes de Psicologia que às vezes enchiam a sala de espera no departamento de psicanálise notaram meu desespero: é assim que eles chegam. Um deles cutucou meu ombro e me mostrou um comunicado no quadro de avisos, em que estava escrito que meu psicanalista estava de férias por três semanas. Ele certamente havia me avisado, e eu o havia reprimido, assim como ainda fazia com muitas coisas desagradáveis. O que eu faria agora? Sempre tive a sensação de que um dia iria enlouquecer, e agora havia chegado a hora. Minhas pernas murcharam, desmoronei no chão, vagamente notando como os estudantes estudavam meu colapso. Aguardei a psicose, que não veio, me levantei um tanto surpresa, olhei em volta e saí, o que mais faria? Era um dia claro e brilhante de agosto, o que eu não havia percebido até então. O ar estava quente, o que eu não havia sentido até então. Desci pela Bogstadveien, o que mais faria? Eu estava surpreendentemente calma. Em suma, era outono, estava calor, o tempo estava bom, o que eu não havia notado até então, três semanas sem análise pela frente, peguei outra rua, o que mais faria? Passei por uma vitrine e vi uma figura que se parecia comigo na janela, mas não podia ser eu, pois ela parecia estar bem. Parei, voltei e olhei para mim mesma, uma mulher aparentemente funcional. Será que podia me enxergar com olhos assim? Você é inteligente, disse a ela, você não é feia, disse a ela. Será que você não seria capaz de atuar no mundo?

Sobrevivi àquelas semanas e parei a análise, embora tenha percebido que o analista achava que eu deveria continuar, me aprofundar mais nas questões dolorosas para me sentir melhor no longo prazo. Em retrospecto, é fácil lhe dar razão, mas naquela altura achei que tinha sofrido o bastante, havia permanecido na dor por tempo o bastante, o homem casado havia se divorciado e seria meu, eu queria ser feliz!

Durante as vinte e quatro horas em que papai esteve doente, as vinte e quatro horas que ele passou no hospital, respondi a todas as mensagens de Astrid. Ela manteve contato comigo, Åsa manteve contato com Bård. Girava em torno de assuntos práticos, informações sobre a situação extraordinária com a qual Astrid e Åsa estavam lidando na linha de frente. Astrid escreveu que estava na Bråteveien com minha mãe e Åsa, e eu era muito bem-vinda. Perguntei se minha mãe passava as noites sozinha, ela disse que não, elas se revezavam para dormir com ela, inclusive tia Unni e tia Sidsel, minha mãe estava com medo de cair da escada. Agradeci os esforços que estavam fazendo e pedi que Astrid mandasse lembranças a todas, em especial à minha mãe. Astrid mandou muitas lembranças e beijos de volta. Você pode vir aqui quando quiser, escreveu ela. Talvez fosse um modo de falar, ou talvez elas, Astrid, Åsa e minha mãe, pensassem que tudo havia mudado, que era possível haver uma reconciliação agora que meu pai estava morto. Mas, na realidade, eu não achava que elas me queriam ali, a não ser que eu me desfizesse em lágrimas e de repente tivesse descoberto meu amor indescritível por meu pai e proferisse o quanto me arrependia de meu comportamento. Eu não achava que queriam que eu fizesse parte da intimidade delas, certamente estavam mais desarmadas e vulneráveis naquele momento do que de costume e preferiam a companhia de pessoas da convivência e confiança delas; seria natural, mas quem sabe quisessem um gesto, quisessem que eu fizesse uma visita simbólica, que eu sinalizasse um bom tempo e um futuro pacífico. Àquela altura, muitas pessoas deviam dar uma passada na Bråteveien, parentes mais distantes, vizinhos e amigos, com flores, afeto e compaixão, eu poderia ir como uma amiga ou vizinha. Elas estavam planejando o Natal que estava logo ali, escreveu Astrid, tinham decidido fazer uma grande festa, todo mundo junto, comemorar o Natal em grande estilo na casa de nossos pais na Bråteveien, que agora era só de nossa mãe e, de certa forma, de minhas irmãs. Åsa e Astrid com os maridos e os filhos, haveria muita gente, talvez tia Unni e tia Sidsel também. Respondi a todos os SMS, mandando fortes abraços de volta, mas não comentei os convites de dar uma passada na Bråteveien. Em momento algum cogitei isso, mas escrevi "meus melhores desejos a todas", o que não era falso, não era mentira, eu pensava nelas e as visualizava, repetindo que estava grata por elas estarem lá, cuidando de nossa mãe e tudo o mais.

Pai?

Você existe em algum lugar?

Como é a morte?

Parecia-me proibido querer evocá-lo, mas ele era tanto meu pai quanto dos outros.

MEU PAI FALECEU NA QUINTA-FEIRA, DIA 17 DE DEZEMBRO. Ele seria enterrado entre o Natal e o Ano-Novo, no dia 28 de dezembro. Dois dias depois do falecimento, na manhã do sábado, dia 19 de dezembro, Astrid escreveu querendo saber se poderíamos conversar um pouco. Eu estava colocando minhas coisas no carro, prestes a sair da casa de Lars, e lhe pedi que ligasse dali a dez minutos, quando eu estaria sozinha no carro.

Eu tinha acabado de sentir um alívio ao descer a escada da casa de Lars para tirar a neve do carro, uma manhã clara e calma de dezembro, senti que estava leve. Astrid ligou enquanto eu esperava o farol abrir no cruzamento de Smestadkrysset e perguntou como eu estava. Será que tinha expectativas, esperanças? Para ser sincera, falei, decepcionando-a, sinto um alívio. Ela ficou calada. Talvez esperasse que eu estivesse desesperada e aflita porque nosso pai havia morrido sem que houvesse uma reconciliação, que a essa altura eu lamentasse ter sido teimosa e implacável, me arrependesse do rompimento, talvez esperasse que eu estivesse com dor na consciência agora que era tarde para pedir desculpas. Pois se eu, em vez de me arrepender, estava aliviada, minha história ganhava credibilidade, e se minha história fosse verdadeira, ela havia sido omitida. A posição de Astrid tinha sido difícil, impossível, eu nunca desejara que ela tomasse partido, apenas que reconhecesse a impossibilidade da situação. Que deixasse de querer que eu aparecesse num aniversário de cinquenta anos e fosse simpática, deixasse de pressionar, não se comportasse nem me tratasse como se eu pudesse tornar possível uma situação impossível.

~

Nossa mãe gostaria de te ver antes do enterro, disse ela. Minha mãe não me via havia quinze anos, e Astrid temia que seria demais para ela no enterro. Que ela não conseguiria enterrar nosso pai e ao mesmo tempo me ver pela primeira vez em quinze anos, além de encontrar Bård, que estava bravo por causa dos chalés. Astrid receava que nossa mãe entrasse em colapso no enterro. Astrid, Åsa e minha mãe queriam que o enterro fosse digno. Tinham pedido um encontro com Bård também, mas ele não queria. No entanto, o mais importante era que ela pudesse ter um encontro comigo, pois o conflito comigo era muito mais profundo do que a disputa sobre a herança com Bård. Poderíamos dar uma caminhada, disse ela, ou as três poderiam ir à minha casa. Eu não queria isso, seria íntimo demais, mas poderíamos nos encontrar num café. Amanhã de manhã, domingo, sugeriu ela, e aceitei.

Liguei para Søren perguntando se ele queria me acompanhar. Ele se colocou à disposição e chegou à minha casa de noitinha, viu que eu não estava chorosa porque meu pai havia morrido, mas preocupada com o encontro no dia seguinte com Astrid, Åsa e minha mãe, que eu não via havia quinze anos.

Estávamos na frente da lareira quando recebi uma mensagem de Bård, que perguntou qual era o objetivo do encontro. Quem sabe ele estivesse com medo, disse Søren, de eu vacilar, amolecer e mudar de lado na questão da herança porque nosso pai estava morto. Minha mãe havia manifestado o desejo de se encontrar com Bård também, mas ele perguntara qual era o objetivo do encontro, e Åsa respondera que era só para conversar sobre o ocorrido, tudo tinha sido tão dramático, e para mamãe ter a oportunidade de vê--lo antes do enterro, ela não o via desde o início da disputa sobre a herança. Åsa e Astrid não queriam que ela ficasse preocupada com o enterro; se não nos encontrasse de antemão, temiam que entrasse em colapso no funeral. Bård respondeu que sabia tudo o que precisava saber, que nossa mãe era muito mais forte do que elas pensavam. Ele tinha razão, ficaria evidente que ela era muito mais forte do que Åsa e Astrid achavam, do que minha mãe fingia ser, minha mãe apelava e sempre havia apelado para sua suposta fragilidade, talvez inconscientemente, talvez ela mesma acreditasse em si. Mas eu não recuaria na questão da herança diante das enlutadas. Respondi que não falaríamos sobre a herança, eu havia dito a Astrid que se houvesse drama ou menção da herança, eu iria embora.

Está me cheirando a drama, disse Bård.

Eu não aguentava os dramas da minha mãe. As lágrimas e as emoções veementes, desinibidas e invasivas dela que impossibilitavam os outros de sentir as próprias emoções. Comecei a ter receio do dia seguinte e escrevi um e-mail para Astrid, não um SMS, porque sabia que elas estavam juntas e mostravam os celulares umas às outras toda vez que eles apitavam, os celulares na casa da Bråteveien deviam apitar constantemente, os pêsames e as mensagens de "como estão indo" e "estamos pensando em vocês" não parando de chegar de todas as partes. Escrevi que esperava que minha mãe não tivesse grandes expectativas em relação ao encontro ou ao futuro, que eu me colocava à disposição porque a situação era excepcional, porque sentia pena dela. Astrid logo respondeu que estava de acordo, não haveria drama, não havia grandes expectativas, lidaríamos com uma coisa de cada vez.

Um encontro num café, o enterro, e depois?

Saímos cedo. Tomamos um café da manhã rápido e saímos com antecedência. Não encontramos vaga alguma onde havíamos planejado estacionar. Era domingo, mas próximo do Natal, e as lojas estavam abertas, carros e gente por todo lado. Eu tinha uma sugestão de outro lugar para estacionar, Søren propôs alternativas diferentes, ficamos nervosos, começamos a brigar, aí achamos uma vaga, estacionamos e saímos. O café onde havíamos combinado de nos encontrar estava cheio de famílias com crianças pequenas, casacos soltando vapor de água e sacolas com presentes de Natal; não havia mesas vagas, será que aguardaríamos a chegada delas lá fora, no frio? Ficamos inquietos em meio ao caos, torcendo para que alguém fosse embora, mas ninguém saiu, e de qualquer forma não era um lugar para conversas tristes, eu tinha escolhido o lugar errado. Será que eu deveria ter ligado para Astrid e dito que eu tinha escolhido o lugar errado, que o lugar errado estava cheio, que precisaríamos achar outro, ou esperaríamos até que elas chegassem? O bar à beira do rio seria uma opção, mas lá eles com certeza já estavam bebendo cerveja, a sorveteria do shopping não era agradável. Ficamos ali, no caos do café, pensando. Uma menininha dava passos incertos na minha direção, e atrás dela vinha a mãe inclinada sobre a filha, com os braços prontos para segurá-la se caísse, assim como minha mãe deve ter andado atrás de mim quando dei meus primeiros passos; deve ter sido assim, embora seja difícil imaginar, minha mãe certamente era uma boa mãe naquela época, no início, intuitiva e fisicamente presente, em contato com seus instintos e seu corpo, fazia muito tempo agora, mas eu ainda andava, ainda sabia andar. Saímos e ficamos aguardando no frio do lado de fora do café, Søren grandalhão, com um enorme casaco acolchoado; discutimos lugares alternativos para onde ir, evitando falar daquilo que estava por vir, a coisa desagradável que nos aguardava, eu não sabia o que Søren esperava, não perguntei o que ele esperava, não queríamos falar sobre isso, apenas deixar acontecer, era bom não estar sozinha, era bom que Søren fosse grande, Søren devia sempre me acompanhar.

Será que eu deveria ter ligado para Astrid e dito que seria preciso ir a algum outro lugar, embora eu não tivesse achado outro lugar, talvez fosse melhor dar uma caminhada no frio, assim como ela havia sugerido inicialmente, ao longo do rio, então Astrid telefonou, elas estavam na frente da pizzaria do outro lado da ponte, havíamos esquecido disso, atravessamos a ponte, e ali estavam elas do lado de fora da pizzaria, três figuras desconfortáveis, minha mãe do jeito que eu me lembrava, só que menos espetacular, todas eram assim como eu me lembrava delas, na medida em que me lembrava delas, na medida em que olhava para elas, elas pareciam as mesmas, todas as três, só que menos espetaculares. Eu também não estava espetacular, mas havia me vestido com cuidado, pensado na roupa que ia usar e a deixado numa cadeira na noite anterior, eu trajava minha máscara. As delas não pareciam tão assentadas. Nós nos abraçamos, abracei minha mãe primeiro, ela disse: Minha menina, como nos velhos tempos, como alguns de meus namorados haviam me chamado, minha menina. Então abracei Åsa, depois abracei Astrid. Søren abraçou minha mãe, Astrid e Åsa, e então entramos no restaurante, procurando uma mesa tranquila, quem assumiria a liderança ali? Eu não, o convite não foi meu. Åsa encontrou uma mesa tranquila um pouco afastada das outras, elas andavam uma de cada lado da minha mãe, Astrid e Åsa, bem perto dela, para proteger mamãe, sentaram-se uma de cada lado de mamãe. Søren e eu nos acomodamos do outro lado da mesa; Astrid, Åsa e minha mãe estavam sentadas de um lado da mesa, Søren e eu, do outro, quem começaria agora e com quê? Åsa perguntou o que queríamos, olhando para mim, eu queria café, eu não estava bebendo cerveja, se era isso que ela pensava, que eu na verdade estava aflita, inconsolável e com a consciência pesada porque havia cortado o contato com meu pai, que estava morto, e portanto precisaria de uma cerveja. Åsa perguntou se todos queriam café, todos queriam café, Åsa se dirigiu ao balcão e comprou café.

Temos chorado sem parar, disse minha mãe, temos chorado até não poder mais, disse ela, como se quisesse se desculpar por não estarem chorando, não pareciam chorosas, pareciam agitadas, levemente frenéticas. Tomamos nosso café, e elas contaram tudo que tinha acontecido, do começo ao fim, as três falando ao mesmo tempo, estavam completamente enlevadas pela história, do começo ao fim. Havia sido tão dramático, disseram, nenhuma delas havia visto algo tão dramático antes. Åsa perguntou se já havíamos sido os primeiros a chegar a um local de acidente, Åsa já tinha sido a primeira a chegar a um local de acidente, um acidente de trânsito; o motorista, um homem, morreu depois em decorrência dos ferimentos sofridos, houve muito sangue, ela entendeu que não era boa em lidar com sangue e danos físicos, mas ela havia conduzido o trânsito, o que também precisava ser feito, ela também podia ser útil, cada um tinha de fazer sua parte. Os encanadores iam chegar às oito da manhã, papai se levantou quando os encanadores tocaram a campainha e ele desceu para abrir a porta, mas devia ter caído na escada, tropeçado e caído, ou sofrido um desmaio e caído, ou tido uma parada cardíaca e caído, ninguém sabia ao certo como papai caíra, mas ele caíra e batera a cabeça na parede de concreto, e só quando mamãe estranhou que não estava ouvindo os ruídos dos encanadores, as vozes deles, a voz de papai, ela se levantou e encontrou papai no patamar da escada, ensanguentado e numa posição contorcida, com a cabeça e o pescoço inclinados para trás de um jeito anormal, e ela correu para os encanadores que haviam tocado a campainha mais uma vez, só de calcinha, disse ela, e elas riram um pouco, e minha mãe repetiu que haviam chorado até as lágrimas secarem, como que para se desculpar pela risada, elas haviam chorado e dado risada e chorado outra vez, disse. Søren e eu não havíamos chorado, não havíamos dado risada, Søren e eu éramos excluídos, Søren e eu não estávamos no mesmo lugar, embora estivéssemos na mesma pizzaria tomando café.

Mamãe tinha gritado para os encanadores, dois homens bem jovens, que ela achava que o marido estava morto, e os jovens encanadores correram escada acima e conseguiram deixar papai na posição lateral de segurança e começaram a fazer respiração boca a boca, dois homens bem jovens, deve ter sido um susto e tanto para dois encanadores muito jovens serem os primeiros a chegar, desavisados, a um local de acidente, mas foram incríveis, disse minha mãe, e ela conseguiu ligar para Åsa, que felizmente tinha ido de carro para o trabalho naquele dia, e no mesmo instante deu meia-volta e chegou à Bråteveien antes da ambulância. E os encanadores conseguiram fazer o coração de papai voltar a bater, os encanadores ficaram tentando durante vinte minutos e conseguiram fazer o coração de papai bater antes de a ambulância chegar. A ambulância veio e foi embora com minha mãe, meu pai, Astrid e Åsa, e os encanadores continuaram na casa da Bråteveien e fizeram o trabalho de encanamento, foram incríveis, disse Åsa, elas iam lhes mandar flores assim que conseguissem respirar, tinham estado ocupadas com tantas coisas. Os encanadores foram incríveis por continuarem ali consertando o boiler. Papai havia dito, disse minha mãe, muito tempo antes, que não queria se mudar da casa da Bråteveien, que queria ser carregado de lá de botas, e acabou sendo assim, papai não foi carregado de botas, mas de chinelos. Papai caiu da escada às pressas, disse Astrid, sim, disse minha mãe, bem colocado, Astrid, na escada, às pressas. Típico de papai, disse Åsa, ele morreu do jeito que viveu, disse Astrid, às pressas. Sim, sorriu Åsa e estava prestes a acrescentar alguma coisa, mas minha mãe interrompeu Åsa e perguntou se eu tinha algum desejo para o enterro. Algum desejo para o enterro? Não, eu não tinha desejo algum para o enterro. Minha mãe falou que tipo de música ela queria no enterro, papai gostava tanto de uma melodia que tocavam no rádio, papai ouvia muito rádio quando não estava na poltrona dele lendo revistas, cada revista difícil, disse mamãe e olhou para mim, quero que saiba, Bergljot, que papai lia cada revista difícil. Eu não disse nada, não sabia o que dizer. Esperamos que o enterro seja bonito, disse Astrid, um dos vizinhos das casas de veraneio em Hvaler tocaria violino, seria um toque de bom gosto, quem sabe alguém pudesse cantar também. Parecia que tudo que precisava ser feito, tudo que precisavam planejar, todas as decisões que teriam de tomar juntas as exaltavam, todo o estado de emergência em que viviam as fazia vibrar. A funerária cuidaria da maioria das coisas, disse minha mãe, a comida e a bebida e coisas assim, disse minha mãe, mas não o salão, não queriam alugar um salão, disse ela olhando para mim, queriam fazer a recepção na Bråteveien, a casa da Bråteveien era bem espaçosa, não fazia sentido alugar um salão se tinham a casa da Bråteveien, e papai gostava tanto da Bråteveien, sempre gostara tanto da casa da Bråteveien. Eu tinha alguma opinião quanto ao obituário?, perguntou ela. Sacudi a cabeça, não tinha pensado no obituário. O serviço público de saúde foi excelente, disse Åsa. Pague seu imposto com prazer, disse ela. Houve dois médicos com papai o tempo todo. Ou talvez não exatamente o tempo todo? Elas se entreolharam e chegaram à conclusão de que tinha havido dois médicos com papai praticamente o tempo todo, elas fizeram um gesto uníssono de concordância, a maior parte do tempo, dois médicos estiveram presentes no quarto de papai, e tia Unni estivera lá, e tia Sidsel estivera lá, e as duas foram ótimas, fazendo perguntas médicas complicadas aos médicos. Todos os tipos de exames foram feitos, mas papai tinha ficado sem suprimento de sangue no cérebro durante vinte minutos e nunca recuperou a consciência, todos os detalhes foram repetidos vezes sem fim, elas estavam completamente enlevadas pelo ocorrido, o que não era de se estranhar, tinha sido dramático, é assim que se elaboram eventos dramáticos, recontando--os repetidas vezes. Astrid tirou uma tangerina do bolso, a descascou e colocou um gomo na boca, passando a tangerina a Søren, que ficou confuso, antes de entender que era para ele pegar um gomo e passar a fruta para mim. Søren pegou um gomo e passou a tangerina para mim, que peguei um gomo e passei a tangerina à minha mãe, que pegou um gomo e passou a tangerina a Åsa, assim como o presidente do conselho da Associação Norueguesa dos Editores de Revistas havia feito quando estávamos em negociações espinhosas com as editoras: ele descascava uma laranja e a passava em volta da mesa para que cada um pegasse um gomo, um antigo costume africano destinado a amenizar o nível de conflito, sempre que as pessoas repartiam a comida e comiam da mesma coisa, a atitude delas amansava. Depois de tomar a decisão sobre o respirador, elas haviam entrado no quarto de papai para se despedir. Åsa comunicou a papai que estavam desconectando o respirador para o bem dele, porque a alternativa o humilharia, um homem como papai, paralisado e talvez sem fala, dependendo de um respirador, ele que sempre andava às pressas. Åsa foi incrível, disse Astrid, mas Astrid foi incrível, disse minha mãe, porque Astrid esteve com papai até o final, vendo como a vida se esvaía de papai, como as pulsações do pescoço paravam, como o rosto do papai tinha sido sereno na hora da morte, ao contrário do dia anterior, quando o rosto fora tomado por espasmos assustadores e descontrolados, a filha de Astrid não aguentara entrar no quarto de papai naquele momento, porque ele parecia tão diferente, ensanguentado e ferido. Mamãe foi incrível, disse Astrid, tão calma, apesar de tudo, tão serena, apesar de tudo, para ser ela, disse Astrid sorrindo para nossa mãe, e Åsa sorriu, e minha mãe sorriu, olhando com gratidão para as filhas, elas tinham que confessar, disseram as três rindo entre si, que foram consumidos um bom número de comprimidos para dormir e bastante vinho tinto. Tia Unni foi incrível, disse Astrid, calma e serena também, tia Unni conversou com os médicos sobre as questões técnicas, e tia Sidsel foi incrível, fazendo perguntas médicas complicadas aos médicos, elas acharam que os médicos haviam ficado impressionados com tia Unni e tia Sidsel, e o cérebro de papai não tivera vestígio de Alzheimer, isso era bom eu saber, e Åsa foi incrível, disse minha mãe, de certa forma elas estavam me falando que eu podia me arrepender agora, do rompimento, da ausência, pois se não fosse por isso, eu podia ter participado dessa coisa fantástica, e Søren podia ter sido parte dessa coisa fantástica, e agora ele era obrigado a ouvir o que tinha perdido por ter uma mãe como eu.

Elas iam se encontrar com os agentes funerários na segunda-feira, no dia seguinte já, o tempo passava tão depressa. Contaram que iam comemorar o Natal, planejavam dar uma grande festa na casa da Bråteveien, isso haviam decidido, elas eram uma família que não se deixava derrubar por um acontecimento assim, mas até na morte queriam homenagear papai e fazer festa. Fariam uma grande comemoração, e todos estariam lá, tia Unni, tia Sidsel, os filhos e netos. E a antevéspera do Natal seria comemorada como de costume, e meus filhos iriam como sempre para a Bråteveien na antevéspera do Natal, certo? Constrangido, Søren fez que sim, ele estaria lá na antevéspera do Natal, e Ebba estaria lá na antevéspera do Natal. Tale e as crianças também virão na antevéspera do Natal, né, perguntou mamãe. Quantos anos tem a mais nova agora, a pequena Anna, e o que Emma quer de Natal, perguntou, ela que tem quase cinco anos já. Enquanto nós, Søren e eu, sabíamos que Tale não levaria a família para a casa da Bråteveien na antevéspera do Natal. Depois daqueles dois dias de verão em Hvaler, quando minha mãe havia perguntado se ela cuidava direito da filha, Tale não queria mais fazer parte do teatro, embora eu houvesse lhe pedido que participasse do teatro, pois a pressão em cima de mim diminuía se meus filhos participassem. No entanto, Tale era adulta agora e tomava as próprias decisões e havia cogitado escrever para meus pais que não queria mais vê-los, mas desistiu da ideia porque eu a desaconselhei, porque meus pais só pensariam que ela estava se envolvendo na disputa sobre a herança, querendo ganhar um chalé em Hvaler, e aí meu pai morreu. Tale sentia necessidade de se posicionar, Tale queria dar a opinião dela, pois a razão pela qual o mundo iria para o inferno era que as pessoas não se manifestavam, não davam um basta, as pessoas não seguiam as convicções delas, mas iam na onda sem sequer protestar para todo mundo ouvir, as pessoas engoliam sapo para agradar os outros, para evitar o desconforto que acompanhava um não, por isso o mundo estava acabando, ela não queria mais fazer parte disso, só que meu pai tinha acabado de morrer e não era apropriado manifestar uma posição baseada em princípio naquele momento, o que seria apropriado naquele momento?

Saíram atrasados de Estocolmo, murmurei, não falei com eles, disse, acho que vão chegar de madrugada, acrescentei.

Então vão chegar para a antevéspera do Natal, disse minha mãe. O que Emma quer de Natal?, perguntou ela, se dirigindo a Søren, e ele ficou constrangido e inseguro. Você não precisa se preocupar com isso agora, não deve gastar energia com isso agora, falei.

Coisas assim não nos tiram a energia, disse Åsa, coisas assim nos dão energia, ela afirmou.

Sim, disse minha mãe, isso é mesmo verdade, Åsa, coisas assim não nos tiram a energia, coisas assim nos dão energia, o que Emma quer de Natal, uma boneca, um vestido?

Um vestido sempre cai bem, disse Søren.

Será um vestido, então, disse minha mãe, radiante.

Meu pai gostava tanto de morar na Bråteveien. Ele ficou tão feliz com a mudança da avenida Skaus para a Bråteveien, minha mãe também. Certa vez, ela disse que nunca havia se arrependido de eles terem se mudado da avenida Skaus para a Bråteveien, não havia sentido falta da avenida Skaus em momento algum. Não era de estranhar. Quem quer morar no local onde ocorreu um crime?

O HOMEM CASADO SE DIVORCIOU E SE TORNOU MEU. DURANTE os anos em que vivi com ele, não vi Bo e Klara com muita frequência. Dediquei-me ao homem que havia se tornado meu, Sua Graça. Depois cheguei a pensar que se tivesse passado mais tempo com Bo e Klara nos anos em que estive com ele, Sua Graça, eu talvez não tivesse ficado com ele tanto tempo, o relacionamento talvez tivesse terminado antes de se tornar destrutivo para nós dois. Nos anos em que estive com ele, Sua Graça, eu conversava com Klara ao telefone e lhe mandava cartões-postais sempre que viajava, quando o professor catedrático, Sua Graça, lecionava em universidades e escolas superiores dentro e fora do país, e eu estava sem as crianças e o acompanhava e trabalhava em minha tese de doutorado sobre o teatro alemão contemporâneo. Klara organizava saraus no Café Eiffel em Copenhague e estava escrevendo um livro sobre Anton Vindskev. Mas quando o relacionamento com o professor catedrático, Sua Graça, acabou, quando o perdi depois de muitos anos bons e alguns destrutivos, fui visitar Klara em Copenhague. Quando tudo rebentou, quando tudo se desfez, fui visitar Klara. Antes de ir, passei no psicanalista com quem havia feito terapia durante muitos anos, porque a dor de meu coração partido parecia insuportável. Contei-lhe que tinha acabado, o relacionamento com o professor catedrático sobre quem ele tanto ouvira falar, meu soldado companheiro que era inútil na guerra, e ele disse: Você deu um basta então?

Entendi que ele via aquilo como um sinal de saúde, e era isso que eu queria ouvir: minha dor não era doentia.

~

Minha dor não era doentia, mas total. Fui visitar Klara e Anton Vindskev em Copenhague, os dois sabiam o que dizer para alguém como eu, o que ajudaria. Sofrer marginalização aumenta sua competência. Sofrer perdas aumenta sua competência. Ficar sem dinheiro aumenta sua competência, brigar com o fisco aumenta sua competência, ser oprimido aumenta sua competência. Não se esqueça disso, se você tiver a sorte de se sair bem no final, não se esqueça da competência adquirida na infelicidade.

COLOCAMOS OS CASACOS E SAÍMOS NO FRIO, JÁ ESTAVA ESCUrecendo, ou uma tempestade estava se aproximando, ficou mais escuro enquanto estávamos do lado de fora da pizzaria nos despedindo. O tipo de escuridão que cai, o tipo de escuridão que escoa e se espalha, penetrando em prédios e casas e se apoderando de tudo, não importando quantas lâmpadas sejam acesas, não importando quantas velas sejam postas nas mesas e nos peitoris das janelas, não importando quantas tochas sejam colocadas e acesas nas entradas das lojas e dos shoppings e na frente das casas residenciais onde haverá festas de Natal. Uma escuridão que não vinha de cima, do céu, mas de baixo, do solo frio, onde os mortos apodreciam sozinhos no escuro, uma escuridão que emanava implacável dos galhos duros e escuros das árvores gélidas e trêmulas e dos pequenos arbustos feiosos, uma escuridão cheia de facas, uma escuridão que cortava o corpo e a alma, uma escuridão que não deixava feridas visíveis, mas cicatrizes e nódulos que impediam o sangue, a linfa e os pensamentos de fluir, que picava e parava e se acumulava em emaranhados apertados impossíveis de desatar. Eu queria ir para casa, Søren queria ir para casa, Åsa queria ir para casa, o encontro havia acabado, estávamos do lado de fora da pizzaria para nos despedir, mas minha mãe e Astrid prolongavam a despedida. Foi bom que você tenha querido nos encontrar, disse minha mãe. Imagine, falei, a gente entende quando é importante, falei, algo assim, na emoção do momento. Espero que seja um enterro bonito, disse minha mãe. Certamente será, falei, eu queria ir para casa, precisava sair dali, Søren queria ir embora, notei, afetado pela escuridão, Åsa queria ir embora. Você acha?, perguntou ela e me olhou nos olhos.

Sim, respondi. Ela me olhou nos olhos e repetiu a pergunta como que querendo uma garantia. Você acha? Será que Åsa pensava que eu queria estragar o enterro, gritar algo, fazer um discurso? Sim, respondi, eu queria sair dali, queria ir para casa, eu estava no limite, a escuridão havia chegado até o cérebro. Vou ficar perto de Bård, falei. Vai ser bonito, falei, a escuridão atingiu a medula óssea, estava fluindo e se espalhando, eu havia doado o suficiente.

Nós nos abraçamos, fomos para nossos respectivos carros. Agora está feito, falei. Agora já a vi. Ela parece a mesma, falei a Søren, afinal, você a tem visto muito mais do que eu.

Ele disse que podia levar Emma e Anna para a casa da Bråteveien na antevéspera do Natal, se Tale não quisesse ir.

Depois do fim do relacionamento com o homem por quem eu havia ansiado tanto e com quem eu havia vivido por tanto tempo, fui visitar Klara em Copenhague. Minha dor não era doentia, mas total. Klara me arrastou pelos parques de Copenhague e enfiou comida na minha boca. Quando eu queria ligar para o homem que era a causa do meu sofrimento, ela escondia o telefone e escondia comprimidos, facas e outras coisas que os seres humanos usam para se matar, e ainda escreveu convites para uma festa de Réveillon, enviando-os em meu nome para sessenta e três pessoas. Sessenta e três pessoas aceitaram o convite para a festa de Ano-Novo na minha casa, para um jantar de três pratos e fogos de artifício à meia-noite. Eu tinha que arranjar mesas e cadeiras para sessenta e três convidados e fazer as compras e os preparativos, gastei um mês e meio planejando e organizando uma festa de Réveillon e acordei no dia 3 de janeiro, após três dias de festejos de Ano-Novo, com Klara e três convidados remanescentes do Renna numa casa vandalizada. Klara e eu gastamos três dias arrumando e limpando, e acordamos no dia 6 de janeiro em uma casa limpa e arrumada. Acordei num dia 6 de janeiro claro e frio, completamente aberto, constatando que havia esquecido minha dor durante cinquenta e um dias, e que então ela estava de volta, mas notavelmente mais fraca. Klara havia me dado a festa de Ano-Novo como remédio.

Nesse dia, nesse dia frio, claro e aberto de janeiro, enquanto estávamos na minha cozinha limpa e arrumada tomando chá, Klara ficou sabendo que o livro sobre Anton Vindskev havia sido rejeitado. Ela não tivera notícias da editora desde que entregara o manuscrito vários meses antes e hesitava em ligar, pois desconfiava do significado do silêncio. Mas nesse dia frio e claro de janeiro no qual estávamos sentadas na minha cozinha limpa tomando chá, ela ligou e foi informada de que a editora achava o livro sobre Anton Vindskev pouco interessante para o mercado norueguês. Ela levou as mãos à cabeça: O que faço agora?

Ela havia contado com um grande adiantamento da editora, havia baseado seu orçamento nisso, estava falida, o que faria agora? Se não era uma coisa, era outra. Tão logo um problema estivesse resolvido, outro surgia, não importando os esforços dela, ela nunca estava a salvo, não importando quantas festas de Ano-Novo ela organizasse, as rejeições e o cobrador de impostos a aguardavam, os perigos a rondavam por toda parte, logo ela com certeza se apaixonaria pela pessoa errada ou seria atropelada, não havia trégua, e como será que tudo terminaria? Definitiva e inevitavelmente, com a morte.

Bem, disse ela. Aguentar é o primeiro dever de todos os seres vivos.

Minha mãe era uma mulher bonita. Entre os irmãos, ela era a bonita. Os outros tinham outros dons, minha mãe era bonita. Era o que diziam sobre minha mãe, que ela era bonita. Ela sabia que era verdade, é difícil ignorar as manifestações objetivas de beleza. Minha mãe tinha a identidade vinculada à beleza, apostou tudo nela. Minha mãe era bem torneada. Bem torneada era uma expressão do meu pai. A beleza e o corpo bem torneado eram as cartas que minha mãe tinha na mão. Mas são as cartas que a mulher sem dúvida perderá, portanto ela não pode descansar. A mulher jovem e bonita sabe disso, quando se fotografa nua ou seminua, porque tem orgulho de seu corpo, ela é atormentada e angustiada por esse fato óbvio a todos, de que é passageiro, de que aquilo que a faz ser vista e desejada se perderá, e daí? Essa é a angústia que a mulher bonita carrega, e sobretudo a mulher bonita que não tem muitos trunfos além da beleza. Ela não está feliz. Minha mãe não estava feliz. Minha mãe era bonita, mas não tinha nenhuma formação, nenhuma experiência, nenhum dinheiro, minha mãe era a propriedade do meu pai, ele tinha orgulho de sua bela propriedade, minha mãe brilhava cheia de ansiedade. Minha mãe era inocente, no sentido de que era inexperiente e ingênua. Muitos homens preferem e se apaixonam por mulheres inexperientes e ingênuas, as espontâneas e infantis que facilmente se prostram, cheias de admiração, dedicadas, afetuosas, dependentes, aquelas que não usam ironia, que não se contêm. Minha mãe era inexperiente e infantil e optou por continuar infantil. Se tivesse optado por se tornar adulta, a realidade lhe seria impossível. Minha mãe era o tipo de mulher que muitos homens queriam naquela época, uma devota no fim da era da devoção, e o acontecimento com que minha mãe se viu às voltas, que a poderia ter feito crescer e se libertar, era mais difícil que aquele com que Nora se viu às voltas em *Casa de boneca*. Será que minha mãe fez uma escolha? Será que se deixar levar, torcer pelo melhor, não reagir é uma escolha? Ser como uma criança e não entender demais. Tentar ser leve, manter-se na superfície, sorrir e aguentar, fazer o melhor que pudesse na posição em que se encontrava e de onde sabia que não tinha forças para sair, afinal, ela havia tentado. Nora tinha forças, Nora foi embora, mas Nora não era real, Nora era a invenção de um homem. Minha mãe era real, uma mulher vulnerável e bem torneada enquanto durasse, mas não dura, acaba, surgirão outras mulheres mais jovens, mais atraentes, ela mesma pode pari-las.

Tale chegou com a família de Estocolmo. Ela me abraçou como se eu talvez estivesse triste, com vontade de chorar, mas logo percebeu que esse não era o caso, que eu estava aliviada, porém preocupada com o que estava por vir, a antevéspera de Natal e o enterro. Ebba chegou à noitinha, me abraçou e estava chorosa, querendo saber se eu me sentia triste porque a vida inteira talvez tivesse esperado uma desculpa do meu pai e agora me dera conta que jamais teria isso. Só que eu não havia nutrido tal esperança. Disse-lhe que estava aliviada e torci para que ela não achasse minhas palavras duras e frias, não me achasse dura e fria, assim como minha mãe havia me achado dura e fria, havia me chamado de dura e fria desde a infância, porque eu a contrariava desde pequena.

Fizemos as coisas de costume: compras e mais compras, preparativos e mais preparativos, embrulhos e mais embrulhos de presentes, a antevéspera do Natal chegou. Tale se recusou a ir para a casa da Bråteveien. Søren se ofereceu para levar Emma e Anna para a Bråteveien, mas Tale não quis. Eu desejava que ela o tivesse deixado levar Emma e Anna para a Bråteveien, porque então aquilo que era visto como um problema seria resolvido, mas eu não disse nada. Ela não quer ser contaminada, pensei, pela casa da Bråteveien.

Você passa o problema para nós, disse Ebba. O que vamos dizer quando perguntarem por que vocês não foram? Vamos mentir?

Concordo, disse Søren. Você passa o problema para nós. Deixar de ir facilita as coisas para você, mas torna as coisas mais difíceis para nós, que estamos lá, nos esforçando.

Não precisam mentir, disse Tale. Estou mais do que disposta a explicar por que não vou.

Meus filhos estavam brigando sobre a visita à Bråteveien. Os pecados dos pais, pensei.

Ebba e Søren foram. Eu não estava nervosa como estivera da última vez que eles haviam visitado a casa da Bråteveien, por ocasião da festa dos oitenta anos da minha mãe e dos oitenta e cinco do meu pai, quatro dias após a overdose, no dia em que o obituário de Rolf Sandberg foi publicado no jornal, pois Tale estava comigo, assim como a pequena Emma, com quase cinco anos de idade, a pequena Anna, com quase dois, e a cachorra. Fomos passear nos prados, onde o carrinho de bebê podia passar. Estava nevando, e o mundo ficou branco outra vez. A cachorra corria atrás da neve que precipitava, e a escuridão que caía não doeu tanto quanto a escuridão dilacerante do outro dia. A escuridão caiu suave feito tecido e nos apagou, apagando também a floresta à nossa volta, deixando tudo numa sombra amena e protetora, dando uma sensação boa de leveza.

Quando Søren e Ebba voltaram, a lareira estava acesa, o vinho tinto, aberto, e Emma e Anna, dormindo. Foi bem, disseram. Tinha sido como sempre, disseram, com a exceção do meu pai estar morto. Minha mãe havia pegado as fotos antigas do meu pai e da família, e juntos todos olharam as fotos antigas, chorando e rindo, porque todos pareciam jovens lá atrás e usavam roupas estranhas. De certa forma, o clima estava mais leve, disse Søren, sem meu pai mudo com ar pesado numa poltrona. Quem sabe minha mãe esteja aliviada, pensei, porque meu pai morreu. Talvez compartilhássemos o alívio. Quem sabe ele tivesse sido um problema para outros além de mim, talvez Åsa e Astrid à maneira delas estivessem aliviadas com a morte de nosso pai, pois ele tinha ficado calado, deprimido e pesado na poltrona dele durante muitos anos, espalhando um clima pesado. Porque elas, mas sobretudo minha mãe, achavam que meu pai era o problema, em relação a Bård, em relação a mim, elas pensavam que com a morte do meu pai as cartas poderiam ser redistribuídas, talvez essa fosse a esperança não apenas da minha mãe, mas de todos. O clima tinha sido bom, disse Søren, tinha sido leve, disse ele, mesmo que chorassem ao olhar as fotos do meu pai e da família, as risadas predominaram.

Na hora que Søren e Ebba estavam indo embora, minha mãe os acompanhara até a porta e perguntara sobre Tale e as bisnetas, Emma e Anna. Havia tentado ligar para Tale muitas vezes, disse ela, mas nunca conseguira falar com ela, e Tale nunca ligou de volta, estava sem notícias dela. Deve ser por causa do telefone, disse Emma, deve ser porque o número é sueco, porque a assinatura é sueca. Tente de novo, disse Søren. Minha mãe se fez de boba, disse ele, estavam ali na porta de entrada da casa da Bråteveien, sorrindo, fingindo e mentindo.

A RUA DA INFÂNCIA, DISSE KLARA, É A RAIZ DO MEU SER.* No dia do abandono absoluto, incutiu-me uma imensa seriedade. Numa noite encharcada de chuva, regou minha mente com melancolia. Certa vez me derrubou no chão para endurecer meu coração, mas depois, num gesto gentil, reergueu-me e enxugou minhas lágrimas.

* O parágrafo se baseia no poema "Barndommens gade" ["A rua da infância"], do livro *Lille verden* [Pequeno Mundo], de Tove Ditlevsen, 1942.

Na manhã da véspera de Natal, passei na casa de Karen e na casa de Klara como de costume. Elas me receberam em atitude de espera. Eu disse que me sentia aliviada, pois agora nada de desagradável podia mais aparecer daquele canto. Elas disseram que me entendiam. Falei que estava nervosa com o enterro, elas me entenderam. Disse que temia as consequências dos pecados dos meus pais, elas me entenderam. Discutimos como poderiam ser evitadas. Ao chegar em casa, sentindo o cheiro de bisteca de porco, vendo Søren e meu genro na cozinha tomando conta das panelas, a árvore enfeitada e os netos brincando entre os presentes, pedi que baixassem a música, pedi silêncio, eu tinha algo a dizer antes de iniciarmos a festa. Queria que soubessem que eu aceitava a atitude que cada um optasse por ter em relação à família da Bråteveien. Para mim, era indiferente a atitude que cada um tomasse, se optassem por ver a família da Bråteveien com muita, pouca ou nenhuma frequência, eu amava a todos de qualquer maneira, e eu esperava que eles, por sua vez, aceitassem as atitudes uns dos outros. Então não vamos falar mais disso, falei. Aí não conversamos mais sobre isso, comemoramos o Natal, senti-me adulta.

Klara não tinha pai. Não tinha filhos nem irmãos, mas tinha Anton Vindskev e organizava recitais de poesia com ele e os colegas no Café Eiffel em Copenhague, ela achava que estava indo relativamente bem. Fui visitá-la em Copenhague e assisti ao recital de poesia com Anton Vindskev e os colegas dinamarqueses, havia dois espectadores pagantes além de Klara e eu. Isso aqui é chantagista, sussurrou ela, querendo dizer vanguardista. Somos sortudas, não?, sussurrou ela, me acotovelando enquanto Anton lia, e abriu um grande sorriso.

No dia de Natal, meus filhos foram almoçar com o pai, e eu fui para a casa de Lars almoçar com ele. Seu filho, Tor, de doze anos, estava lá. Logo ao entrar e dar com o olhar dele, percebi que ele já sabia que meu pai acabara de falecer. Sentado no canto mais afastado do sofá, ele parecia triste, inseguro e assustado, evitando olhar para mim e se aproximar de mim, mesmo que eu o conhecesse bem. Como ele deveria tratar uma pessoa que acabou de perder o pai, a pior coisa que poderia acontecer, como cumprimentar uma pessoa que há pouco passou pelo pior? Era importante não fazer nada de errado. Mas então ele viu que eu não estava do jeito que ele havia imaginado. Pois Lars não tinha lhe contado como havia sido o relacionamento com meu pai. Tor ficou aliviado por eu não parecer arrasada, por eu me comportar como sempre, porque assim ficou mais fácil para ele ser ele mesmo e almoçar, mas toda hora ele me olhava por cima do prato de halibute, que tipo de pessoa era eu afinal?

Astrid escreveu que o obituário estaria no jornal na segunda-feira. Estava lá na segunda-feira. Bård escreveu que foi neutro. Era neutro. Nenhum adjetivo além de "caro". Estão fazendo concessões para mim e Bård, pensei, não queriam nos provocar, desejavam que o enterro corresse bem, com dignidade. Astrid escreveu que eu não precisava pensar em flores. Eu não tinha pensado em flores. Será que temiam que eu aparecesse com um arranjo acompanhado de palavras ofensivas? Será que estavam tão nervosas como eu?

Na noite anterior ao enterro, sonhei que estava indo para um enterro. Eu estava no assento da frente do carro, ao lado de Astrid, que estava dirigindo, Åsa estava no banco de trás. Ela disse: Precisamos nos lembrar de nos abraçar. Não pode parecer que achamos isso um alívio.

Minha janela estava abaixada, meu pai estava do lado de fora, e enquanto olhava para ele, eu disse: Eu acho.

O rosto dele se contorceu de raiva e dor.

Lembrei que estava com um furo na meia-calça, que estava usando uma blusa branca, precisava trocar de meia-calça, vestir um top preto, será que daria tempo? Daria, sim, se eu fosse direto da casa na avenida Skaus para a igreja. Saí do carro e fui andando, e meu pai me viu andando e achou que eu fosse embora, e disse: Essa é a filha que criei?

Virei-me para ele e respondi com calma forçada: Sim!

Depois prossegui, com calma forçada, com autoconfiança forçada, enquanto receava que ele viesse atrás de mim. Forcei-me a caminhar calmamente, com um único pensamento na cabeça: Será que ele está me seguindo? Depois de um tempo me virei para ver se ele estava vindo atrás de mim, ele estava vindo atrás de mim, sim. Mas havia mais gente por perto, ele não pensaria em me fazer nada na presença de outras pessoas? Ele vinha atrás de mim, chegando cada vez mais perto, me alcançou, estava logo atrás de mim, curvou-se e pegou um grande cano de metal do chão, erguendo-o para me bater, e pensei: Aquelas pessoas, elas têm que impedi-lo! E então: Se acertar, o golpe será fatal.

Quando eclodiram as guerras nos Bálcãs, eu já era amiga íntima de Bo Schjerven. Bo tinha um grande amor pela Iugoslávia e ficou de coração partido ao ver o país se desintegrar, ao ver aqueles que haviam convivido pacificamente começarem a se matar. Como poderia acontecer? Toda manhã ele corria para a banca de jornal da esquina para comprar todos os jornais noruegueses, mas sem comprar a cobertura deles das guerras nos Bálcãs. Havia algo que não fazia sentido. Ele tentou descobrir o que não fazia sentido, ficava de sol a sol na Biblioteca Universitária lendo incansavelmente jornais estrangeiros, alemães, franceses, ingleses, russos, e ficava cada vez mais chateado e melancólico, afogando-se em cópias de artigos de jornais estrangeiros com os próprios sublinhados e comentários dele à margem. Ele escrevia artigos indignados para os jornais noruegueses sobre a péssima cobertura das guerras deles nos Bálcãs e os recebia de volta. Editei alguns deles e os amenizei, e de vez em quando a mídia norueguesa publicava um ou outro artigo de Bo. Então, pessoas da alta sociedade escreviam que as observações dele eram importantes, e aí valia a pena, disse Bo, mesmo que não mudasse nada. Nada mudava pelo fato de Bo Schjerven escrever no jornal, mas, assim como o filósofo, ele dizia que não escrevia para convencer aqueles que discordavam dele, mas para que os que concordavam soubessem que não estavam sozinhos.

O olhar de Bo era diferente. Bo via as coisas sob outro ângulo. Bo não dizia apenas: Isso é verdade. Mas perguntava: Que mais é verdade?

Não podíamos chegar atrasados. Pedi a Søren e Ebba que não chegassem atrasados. Tale adiou a viagem de volta a Estocolmo para poder participar, não podíamos nos atrasar. Saímos com antecedência, mas eu não queria chegar cedo demais, não queria ficar na escada da capela cumprimentando as pessoas e conversando. Não podia chegar atrasada, precisava chegar exatamente na hora certa, eu estava nervosa. Quando nos aproximamos da capela ainda era muito cedo, não queríamos ir à capela tão cedo, fomos ao posto de gasolina mais próximo e compramos café. Ficamos no carro tomando café. Fizemos hora no posto de gasolina até sobrar apenas o tempo exato para chegar o mais tarde possível, mas ainda a tempo, eu estava angustiada. Entramos no estacionamento, eu tinha receio de quem encontraria lá, vi Bård com a esposa e as filhas. Eles também queriam chegar o mais tarde possível, mas ainda a tempo. Saímos e os cumprimentamos, Lars chegou, eu estava muito inquieta. Karen veio, Klara chegou correndo, meu ex-marido e Ebba apareceram, senti vontade de contar o sonho com meu pai e o cano de ferro, falei alto demais sobre o sonho, fomos juntos em direção à porta, mas eu queria esperar antes de entrar. Outras pessoas entraram, a maioria já devia ter entrado, pois não havia ninguém conversando na escada do lado de fora, um casal que eu não conhecia passou por mim, subiu a escada às pressas e entrou. Søren ligou dizendo que não encontrava o lugar, tive que explicar a Søren como chegar, Klara disse que eu precisava entrar. Bård, a esposa e as filhas já haviam entrado, meu ex-marido já havia entrado, segurei o braço de Tale com força. Klara disse que eu precisava entrar, mas Søren não sabia como chegar, eu precisava explicar a Søren como chegar, eu queria contar o sonho para Klara, Klara arrancou o celular de minha mão e disse que explicaria a Søren como chegar, insistindo para que eu entrasse, eles me arrastaram para dentro; Tale, Lars e Ebba me arrastaram para dentro, não olhei nem para a direita nem para a esquerda, andei a passos largos pelo corredor central até a primeira bancada, onde eu seria obrigada a me sentar e ficar visível. No primeiro banco à direita, estavam Bård com a esposa e as filhas, do lado esquerdo estava mamãe, com Astrid, Åsa e os esposos e filhos de Astrid e Åsa, e o banco atrás deles estava cheio, e o banco atrás daquele também estava cheio, a maioria dos bancos do lado esquerdo estava cheio, mas ao lado de Bård com a esposa e as filhas não havia ninguém, e no banco atrás deles não havia ninguém, e no banco atrás daquele havia apenas um único senhor, mas agora eu estava chegando, agora nós estávamos chegando. Sentei-me ao lado de Bård, a esposa e as filhas, e meus filhos se acomodaram ao meu lado, e Lars se espremeu entre as filhas de Bård e eu, enchemos o banco vazio do lado direito, no entanto o banco atrás de nós ainda estava vazio, as pessoas não queriam se sentar do nosso lado, as pessoas não queriam tomar nosso partido, mas as últimas a chegar, minhas amigas, que preferiam se sentar no fundo por causa do relacionamento periférico com meu pai, foram instruídas pelo sacristão a se sentar no segundo banco à direita, pois ele havia notado que estava vazio, não dava uma boa impressão se ficasse vazio. Minhas amigas vieram e se sentaram no banco atrás de mim e Bård, do nosso lado, no nosso partido, e Søren chegou a tempo com seu enorme casaco de neve e era o maior de todos.

Lars me cutucou com o cotovelo: alguém quer fazer contato. Ele fez um gesto indicando minha mãe no primeiro banco à esquerda, que me olhava intensamente, com o lenço que lhe havia dado para o Natal em torno do pescoço. Eu era obrigada a ir lá, cumprimentá-la e abraçá-la para que todos vissem, fui lá, a abracei e abracei Åsa e Astrid o mais depressa que pude, então parei, devia bastar, eu não podia abraçar o banco inteiro, os esposos e filhos de Astrid e Åsa; logo voltei ao primeiro banco da direita, agora era uma questão de sobreviver ao resto e conseguir sair da capela, ir até o carro, partir dali, virar a página e ir para a casa de Lars na floresta, não devia demorar mais que uma hora. A foto que adornava o programa da cerimônia, tirada uns trinta anos antes, mostrava meu pai num barco em Hvaler, sem camisa e com a mão no motor de popa, não gostei de vê-lo tão despido, com tanta pele exposta, no verso havia um poema que minha mãe havia escrito para ele sobre como gostava de ficar bem pertinho dele. Agora meu pai estava dentro do caixão branco debaixo de flores, elas haviam providenciado flores, sobre a grade do altar havia quatro corações fúnebres dos quatro filhos, nossos nomes e os nomes de nossos filhos em fitas de seda cor-de-rosa, visualizei meu pai com o cano de metal.

Um mestre de cerimônias entrou, deu as boas-vindas e leu o poema da minha mãe para meu pai que estava no verso do programa. Ela o havia escrito no início de uma manhã de janeiro, disse ele, minha mãe havia acordado antes do meu pai, se levantado da cama, então sentado perto da janela e escrito o poema sobre o desejo dela de ficar bem pertinho dele sobre uma primavera em janeiro. O mestre de cerimônias voltou diversas vezes a esse tema, a primavera em janeiro, o tempo que se seguiria ao falecimento do meu pai, o mês de janeiro que logo viria, já depois de amanhã. A vida após meu pai para minha mãe, tudo que podia recomeçar, o mestre de cerimônias falou muito sobre isso, provavelmente a mando da minha mãe, ela certamente tinha esperanças de uma primavera em janeiro. Cantamos um hino natalino, e eu o entoei com empolgação para mostrar que minha voz não tremia, me perguntei se a família achava que eu faria parte dessa nova vida sem meu pai, agora anunciada, a primavera em janeiro, a vida da minha mãe, Astrid e Åsa depois da morte do meu pai, se elas realmente acreditavam que tudo poderia começar do zero como se a história não existisse, como se a história pudesse ser eliminada, apagada, apesar de todas as guerras do mundo mostrarem que a história não pode ser ignorada, varrida para debaixo do tapete, que para reduzir o impacto destruidor da história no futuro, todas as versões da história precisam ser colocadas na mesa e reconhecidas. Åsa fez um discurso, Åsa disse que meu pai havia amado minha mãe. Acho que ela tinha razão, ele havia amado ela, a ponto de ficar furioso se duvidasse do amor da minha mãe por ele, a ponto de ficar furioso se achasse que via sinais de falta de devoção por parte dela e a ponto de ficar furioso se minha mãe o rejeitasse, sexualmente ou de outra forma, meu pai amava minha mãe a ponto de odiar e ficar com raiva da minha mãe e de todas as mulheres, todas do sexo feminino, caso ele se sentisse rejeitado pela minha mãe, tão vulnerável era meu pai em relação à minha mãe que reagia com raiva e agressividade se se sentisse rejeitado por ela, meu pai amava minha mãe tanto e tão irrefletidamente que queria dominá-la e controlá-la, o que meu pai, de modo geral, conseguia, mas ele não tinha como saber o que minha mãe sentia em seu coração, era o que o atormentava, que o coração da minha mãe não pudesse ser cem por cento controlado. Isso levou meu pai a sofrer e a odiar minha mãe, assim como ele havia odiado a própria mãe, fria, cujo coração ele nunca conseguira tocar, por quem fora rejeitado, ele tinha dito isso muitas vezes, e que eu mesma havia percebido como fria quando criança. Essa era minha análise do meu pai, fortemente inspirada por Freud, mas eu acreditava nela, sentia-a. Minha mãe pagaria o preço pela frieza que a mãe do meu pai teria manifestado a não ser que ela se entregasse cem por cento a meu pai, então ela tentou fazer isso, ela não teve escolha, mas meu pai nunca pôde se sentir seguro, não pôde ter certeza de que não sobrava algum resto, um meio por cento de reserva dentro da minha mãe em relação a ele, e isso ele não suportava, no fundo meu pai odiava minha mãe e todas as mulheres, porque fugiam do controle absoluto dele e porque ele precisava tanto delas. Meu pobre pai.

Sem dúvida, a mamãe fora o grande amor do papai, disse Åsa, mas felizmente ela também acrescentou que ter mamãe como seu grande amor podia ser um exercício árduo, ela se referia à infidelidade com Rolf Sandberg, de que todos tinham conhecimento. Então ela falou de nós, os quatro filhos. Ela disse que a mistura genética entre nossos pais havia resultado em filhos muito diferentes. Ela não queria se parecer comigo e com Bård. Aí ela passou a nos analisar um por um: Bård se destacara em diversos esportes e faz sucesso como advogado e investidor, ela devia ter lido o e-mail de Bård para nosso pai e agora lhe dava o elogio que ele nunca lhe dera, elas estavam torcendo por uma primavera em janeiro. Bergljot, disse ela, chegando a mim, a número dois, eu estava apreensiva. Bergljot, disse ela, sempre se interessara pelo teatro, pelo drama. Bergljot dirigiu todas as crianças da vizinhança e montou peças de teatro. Criativa e cheia de imaginação, Bergljot é crítica de teatro e editora de revista. Astrid, disse ela, a número três, fora, assim como Bård, uma boa atleta quando jovem, mas agora trabalha com direitos humanos, enquanto ela mesma, a caçula, que sempre fora introvertida e por isso considerada a mais inteligente, disse ela, querendo ser engraçada, e nós achamos graça, ela agora trabalha com a redação de leis no ministério, gosta de ficar nos bastidores, de analisar, de refletir.

Então ela disse que nosso pai tinha sido tão atencioso com a vovó, com a mãe dele, quando ela adoecera depois de velha. Era verdade, eu tinha me esquecido completamente disso, de como meu pai cuidara da mãe idosa quando ela ficou doente, de como ele ia ao lar de idosos onde ela morava várias vezes por semana e lhe dava atenção. Åsa disse que meu pai organizara a família de modo que vovó recebesse visitas todos os dias. Eu não me lembrava disso, não fiz parte disso, talvez tenha sido organizado depois de eu sair de casa, o mais depressa possível depois do ensino médio, enquanto Astrid e Åsa ainda moravam em casa, talvez fossem os quatro já naquela época. Por que me esqueci de que meu pai cuidou bem da mãe dele quando ela ficou doente e a visitava no lar de idosos várias vezes por semana? Porque aquilo não combinava com minha imagem do meu pai? Eu não acabara de pensar que ele odiava todas do sexo feminino por causa de da mãe fria, por ter sido rejeitado por ela? Tentei encaixá-lo num sistema, mas ele fugiu ao sistema. Ou será que meu pai cumpriu uma penitência, não para com aqueles que havia traído, mas para com uma velhinha inofensiva e doente que ele não mais temia? Meu pai teve a oportunidade de ser gentil e mostrar afeto, precisou tanto ser gentil e mostrar afeto, e foi mais fácil cuidar da velha mãe doente que daqueles que ele havia traído, que ele temia, que não paravam de crescer e que se tornaram adultos e talvez um dia perigosos, não é muitas vezes assim?

Åsa se virou para o caixão, para o nosso pai, e se despediu dele uma voz lamuriosa; olhei de soslaio para Astrid, que estava inclinada para a frente com a cabeça virada para o lado, minha mãe parecia composta.

A filha de Åsa foi lá na frente e deitou uma rosa vermelha sobre o caixão do meu pai, e o mestre de cerimônias, que até então havia empregado termos ecumênicos, passou às fórmulas cristãs: Do pó vieste e ao pó retornarás. Com uma pá, ele jogou terra três vezes sobre o caixão do meu pai e provavelmente apertou um botão, pois o caixão desceu devagar e em seguida o chão se fechou com um som abafado. Cantamos mais um hino, e eu cantei alto para mostrar que minha voz não estava tremendo, agora tinha que acabar logo, mas depois do hino o mestre de cerimônias foi de coroa funerária em coroa funerária lendo os nomes escritos nelas, foi de coração floral em coração floral e leu nossos nomes além de ler os nomes que estavam nas outras coroas e arranjos, pessoas por mim desconhecidas, como que para salientar que meu pai fora amado por muitos que agora sentiam a falta dele e estavam de luto por sua causa. Assim que terminou de ler os nomes, a cerimônia chegou ao fim, os sinos da igreja tocaram, as portas atrás de nós foram abertas, minha mãe, a viúva, saiu primeiro pelo corredor central, então Åsa e Astrid e as famílias delas a seguiram, todo o primeiro banco à esquerda, aí foi nossa vez, nosso banco, Bård a família e depois eu com Lars e minha família, não havia escapatória, segurei o braço de Tale com força, passando pelo corredor central, visível a todos, provavelmente alvo de olhares atentos, mas não olhei para ninguém, apertei o passo ao máximo, fixando os olhos nas costas à minha frente, as costas de Bård, em direção à clareira além da porta, a clara luz de dezembro lá fora. O mestre de cerimônias estava a postos na escada para apertar nossas mãos, apertei a mão dele e disse que fora uma cerimônia bonita, embora não fosse verdade, eu disse a Åsa, que estava na escada, que gostara de seu discurso, disse à minha mãe que a cerimônia fora bonita e continuei escada abaixo para ninguém me perguntar se ia para a casa da Bråteveien, para não ter que dizer não, para que ninguém insistisse comigo, para não ter reações de choque e indignação daqueles que agora saíam da capela e cumprimentavam e abraçavam minha mãe e Åsa e Astrid, segurei o braço de Tale com força e nos apressamos em direção ao carro, andamos o mais rápido possível sem correr, chegamos ao carro e eu me sentei no banco do passageiro, Tale estava dirigindo porque eu havia bebido muito vinho na noite anterior, pedi que ela ligasse o carro e saísse, mas aí lembrei que Klara estava com meu celular e pedi a Tale que corresse para buscar meu telefone com Klara, depressa, antes de alguém chegar, mas por sorte Klara já estava ao lado do carro com o celular e disse que eu estava certa de ir embora, e Karen veio e abracei as duas, agradecendo a presença delas, mas naquele momento precisava ir, e então fomos embora.

Certa Páscoa, eu devia ter uns onze anos, a família estava apinhada no chalé minúsculo do pequeno sítio que alugávamos na Páscoa, estávamos ouvindo rádio, estávamos ouvindo um programa sobre telepatia. Tentamos transmitir pensamentos. Bård puxou uma carta do baralho, olhou para a carta e pensou nela, e o resto da família tinha que adivinhar em que carta ele estava pensando. Ninguém conseguiu acertar. Astrid pegou uma carta e pensou na carta, mas ninguém conseguiu adivinhar que carta ela havia escolhido e em que estava pensando. Meu pai puxou uma carta, olhou para a carta e enviou o pensamento da carta para nós, e o pensamento chegou claro e nítido para mim: ás de copas.

Isso mesmo. Meu pai virou a carta, era o ás de copas, fiquei tão contente! O ás de copas do meu pai era para mim.

No dia do enterro, Klara me ligou à noite, eu estava sozinha na casa de Lars na floresta. Foi um espetáculo bizarro, disse ela. Quem inventou aquela coisa dos corações fúnebres? E a leitura do poema da minha mãe sobre ficar bem pertinho. E a recitação de todos os nomes de todas as coroas funerárias e dos arranjos florais, e o discurso de Åsa que me descreveu como alguém que gostava de criar drama e dirigir os outros, enquanto ela mesma se apresentou como uma analista refletida que preferia a quietude do recolhimento. Ela não entendeu nada do que você faz, disse Klara.

Durante a noite, sonhei que a família toda faria um experimento: viver na mesma casa por três meses. A casa estava cheia de parentes, minhas irmãs, sobrinhas e sobrinhos, tias e tios, que conversavam, riam e socializavam sem constrangimento, enquanto eu me sentia pouco à vontade e excluída, tentando manobrar uma mala volumosa até meu quarto. Os outros planejavam um passeio, todos estavam animados e cheios de entusiasmo, menos eu, todos estavam empolgados, menos eu, os outros tinham uma estreita cooperação, eu não, ninguém me ajudou com a mala. Pensei em pedir ajuda a Bård, mas não o encontrei.

Minha vida na família tinha sido assim, pensei ao acordar, sobretudo nas férias, quando não havia aula, quando a família estava reunida à noite em Hvaler. Bård ficava no mundo lá fora, Bård procurava sair, estava sempre fora, passeava de barco e namorava, enquanto eu ficava em casa com a família porque minha mãe se preocupava a ponto da histeria comigo e havia me contaminado com a aflição dela. De manhã, eu corria sozinha pelos rochedos, encontrava cavernas que transformava em minhas, onde me escondia, conhecia a paisagem de Hvaler como a palma da mão, mas à noite era obrigada a ficar em casa com a família, entregue à família, com uma dor no estômago, um nó na garganta, um aperto no peito, eu estudava minha mãe e minhas irmãs, mas era impossível que sentissem a mesma coisa. Eu não estudava meu pai, não olhávamos um para o outro a não ser que precisássemos, mas meu pai estava sempre à margem, meu pai certamente se sentia como eu, sozinho, com sua bagagem volumosa.

De acordo com Freud, os sonhos manifestam desejos que foram censurados, portanto o desejo se camufla e distorce. Jung, pelo contrário, pensa que, se alguém não compreende um sonho, a razão é que o próprio espírito está distorcido e o impede de enxergar o sonho corretamente. Jung não queria ver as coisas sob outro ângulo além daquele que seu instinto o instigava a ver, senão sua serpente se viraria contra ele. Freud tinha certas opiniões que a serpente de Jung não pôde aceitar, por isso Jung rompeu com Freud, Jung quis seguir o caminho prescrito pela serpente dele, porque era bom para ele.

Meu pai era um homem bonito. Meu pai era tão belo quanto minha mãe era bonita. Minha mãe e meu pai formavam um lindo casal. Eram bonitos quando apareciam nas festas de encerramento no final do ano e em outros eventos aos quais eram obrigados a comparecer. Depois desses eventos, voltavam para casa o mais rápido possível, conversavam o mínimo possível com os outros pais, minha mãe queria conversar, mas meu pai era reservado, sentia-se pouco à vontade e queria ir para casa. Meu pai era bonitão, eu achava que ele lembrava James Bond, ele era praticamente a cara de James Bond interpretado por Roger Moore, só que sem o charme descontraído.

Há vinte e três anos, perdi a família em que nasci. Foi minha própria escolha, eu passava o Natal sozinha quando meus filhos estavam com o pai, preferia ficar sozinha a me perder a mim mesma naquela família, no entanto tinha perdido a família. Eu tinha medo de morrer e ser enterrada pela família, e da minha mãe ou meu pai fazerem um discurso no enterro e mentirem sobre mim, mentirem sobre nós. Eu receava morrer e ser encurralada pela família e perder a mim mesma na morte. Liguei para Klara dizendo que se eu morresse, ela teria de organizar o enterro com Karen. Ela prometeu. Liguei para Karen e disse que se eu morresse, ela precisava organizar o enterro com Klara e proibir minha mãe e meu pai de fazerem qualquer discurso. Ela prometeu.

Bo tentava compreender as guerras sem simplificar assim como fazia a mídia, sem pensar em preto e branco, vilão e herói, vítima e algoz, assim como fazia a mídia, assim como as pessoas costumam fazer, assim como eu faço.

Pelo menos uma vez por mês, nós nos encontrávamos numa *pâtisserie* e conversávamos sobre os conflitos no mundo, e Bo me explicou as origens deles, do seu ponto de vista, frisando que podiam ser vistos de outras maneiras.

No mínimo uma vez por mês, eu estava na *pâtisserie* esperando por Bo, e ele chegava com seu andar característico, inclinado para a frente, com a velha mochila de andarilho nas costas, cheia de cópias de artigos de jornais estrangeiros, puxando os papéis e direcionando a forte luz dele para tudo que estava no escuro, detectando conexões onde outros alegavam não haver conexão alguma, vendo padrões onde as autoridades alegavam não haver padrão algum, apenas coincidências, por acaso felizes para os poderosos, por acaso infelizes para os outros. Bo chegava da Biblioteca Universitária com os diários de Goebbels e os discursos de Goebbels na mochila, me mostrando as semelhanças com os oradores contemporâneos, o que não se faz para proteger os civis? Bo estudou a retórica de Goebbels e demonstrou como os políticos noruegueses da atualidade usavam a retórica entreguerras de Goebbels para justificar as guerras em que se metiam. Bo ficou fora de si quando os políticos noruegueses foram à guerra depois de usar a retórica entreguerras de Goebbels, que o povo comprou sem refletir, afinal, temos que salvar os civis. Bo chegava à *pâtisserie* com as provas na mochila, o dom da palavra e o intelecto no fundo do coração.

Lars chegou à casa na floresta em meio à neve, comemoramos o Ano-Novo. Tentamos nos divertir, mas eu só era capaz de falar sobre um único assunto. Tentei falar sobre outras coisas, mas sempre acabava falando sobre a Coisa. Meu pai, o enterro, a infância. Lars estava cansado de ouvir falar do meu pai, do enterro, da infância, afinal, não adiantava nada, não havia o que fazer além de deixar tudo para trás. Eu sabia disso, mas como se faz, como se deixa tudo para trás? Eu sabia que estava sendo maçante, mas não conseguia deixar de ser assim, o que não é uma boa desculpa. Meu pai não conseguira deixar de ser como foi, minha mãe não conseguia deixar de ser como era, Astrid não conseguia deixar de ser como era, eu era parecida com eles no sentido de que não conseguia deixar de ser eu mesma, de ser destruída e de destruir.

No primeiro dia de janeiro, Bård me desejou feliz Ano-Novo e perguntou se eu havia recebido a convocação para a reunião com a auditora. Eu não tinha recebido nada. Você deveria ter recebido a convocação, disse ele, junto com o testamento. A reunião com a auditora aconteceria no dia 4 de janeiro, às cinco da tarde. No dia 2 de janeiro, Lars foi embora, eu fiquei sozinha na floresta.

Eu fazia longas caminhadas. Eu havia conseguido uma extensão do prazo para a edição de *No palco*, tendo explicado para a equipe editorial e a gráfica que meu pai acabara de falecer e por isso eu não estava conseguindo trabalhar com a mesma concentração de sempre, o que eles compreenderam, ofereceram pêsames e disseram que eu podia levar o tempo que fosse necessário, não era de estranhar que a morte do meu pai me houvesse abalado.

Fiz longas caminhadas ao longo do rio refletindo, depois de muita hesitação escrevi para minha mãe lhe desejando um bom ano novo. Ela logo agradeceu por termos comparecido em grande número à capela. Senti que Astrid e Åsa a estavam ajudando no teclado, "em grande número" não eram palavras da minha mãe. Elas a dividiam entre si, imaginei, com certeza se alternavam para estar com ela, não devia ser fácil. Ela escreveu que achava que havia sido um final digno. Foi, respondi.

Então recebi uma convocação da auditora para a reunião no dia 4 de janeiro, às cinco da tarde.

Algumas vezes eu havia imaginado como reagiria quando minha mãe ou meu pai morressem, ou se morressem juntos, sofressem um acidente de avião. Pensava que seria impossível para mim, mental e fisicamente, comparecer a uma reunião sobre dinheiro e bens, me sentar com meus irmãos e distribuir as coisas de nossos pais. Já que não os queria ver enquanto estavam vivos, não seria nada legal aparecer depois de eles estarem mortos para receber dinheiro ou bens. Havia decidido não ir a uma reunião sobre esse tipo de coisa, não fazer parte da partilha, e me sentia aliviada com a decisão. Mas depois passei a pensar que talvez fosse injusto em relação a meus filhos. Liguei para o pai deles e perguntei se ele, no caso de meus pais morrerem, sofrerem um acidente de avião, representaria os interesses de nossos filhos numa reunião sobre a herança, o que ele se dispôs a fazer. Então meus filhos se tornaram adultos e eles mesmos poderiam se representar, não era algo com que se preocupar, mas então entrei em contato com Bård, tomando o partido dele na disputa sobre a herança, e agora não podia deixar de comparecer à reunião com a auditora, certo?

Ao mesmo tempo, percebi que a ideia de uma reunião sobre a herança não me enchia com o mesmo pavor de antes da morte do meu pai, pois era do meu pai, eu entendia isso agora, que eu tivera medo, embora tivesse tentado imaginá-lo morto. Mas agora ele realmente *estava* morto, e eu não temia minha mãe, Astrid e Åsa como havia temido meu pai, não temia as vozes delas do jeito que havia temido a voz do meu pai quando ele a levantava, o olhar dele quando queria me assustar até a mudez. A reunião com a auditora no dia 4 de janeiro, às cinco da tarde. Como eu me comportaria lá? O que eu queria? O que eu quero?, perguntei a Klara. Justiça, disse ela. Reparação, disse ela. Mas elas não podem me dar justiça ou reparação, falei. Vão ter que te ouvir, disse ela. Elas não podem escapar impunes com a baixaria delas. Elas nunca te apoiaram, nunca te ouviram, te abafaram durante todos esses anos, e agora vão te desfalcar também, quando na verdade você deveria receber indenização por danos morais junto com Bård, o filho negligenciado, mas em vez disso, vocês recebem menos; em vez disso, elas vão lucrar com seu infortúnio? Ela insistiu em se encontrar comigo antes da reunião com a auditora no dia 4 de janeiro, às cinco da tarde, não aceitando que eu aceitasse ser ludibriada, que eu tivesse vergonha de exigir algo quando quem deveria ter vergonha eram Astrid e Åsa.

É já na segunda-feira, falei.

Venha aqui no domingo à noite, ela disse, exigiu, assim a gente te prepara para a reunião com a auditora.

Uma vez, há muitos anos, depois de um longo dia num café debruçados sobre os artigos de Bo, acabamos caminhando pelas ruas escuras da cidade, era fim de outubro e fazia um frio úmido, conversamos sobre nossa insônia. Escorregamos, as ruas estavam cobertas de folhas de castanheira lisas e apodrecidas, nossos pés ficaram molhados, mas não fomos para casa, adiamos a ida, caminhamos pelas escuras ruas outonais sob as castanheiras, contando um para o outro o que fazíamos quando estávamos insones na cama. Bo alternava entre indutores de sono e comprimidos para dormir, tinha medo de ficar viciado, gastava muita energia para planejar que tipo de indutor de sono, que tipo de remédio para dormir ele usaria quando e com que frequência, e eu tomava vinho. Bo tinha sofrido de insônia desde criança, eu era insone desde criança, sempre receava o sono, ansiava por ele, mas receava o sono, o cair no sono, o cair de modo geral. Eu tinha uma fantasia quando pequena, quando estava na cama e não conseguia dormir, não tinha coragem de cair no sono, de que eu era judia e estava apinhada com outros judeus num vagão ferroviário a caminho de algo na Segunda Guerra Mundial, apinhada com outras pessoas dentro de um vagão de trem, cercada de outros corpos vivos e quentes numa comunhão de destino, não sozinha, mas bem perto dos outros enquanto o trem avançava com seu toque-toque constante, ritmado e calmante, eu imaginava que ouvia a respiração de outras pessoas por todo lado, perto do ouvido, perto da nuca, que eu tentava respirar no mesmo ritmo que delas, ao compasso do trem, imaginava que eu estava tão juntinha com outras pessoas vivas e quentes quanto era possível, que éramos um grande corpo que se fundia com o trem.

Você se identifica com as vítimas, disse ele.

No entanto, acrescentou com um sorriso brincalhão, toda vítima é um algoz em potencial, portanto não devemos ser generosos demais com a compaixão.

Astrid ligou no domingo à tarde, dia 3, na hora que eu estava indo para a casa de Klara. Havia duas coisas que ela queria que eu soubesse antes da reunião com a auditora no dia seguinte. Uma delas era que a overdose da mamãe não tinha nada a ver com Rolf Sandberg. Ela havia perguntado à mamãe, que havia dito que não tinha nada a ver com ele. Pelo contrário, nossa mãe fora ao enterro de Rolf Sandberg com o aval de papai. A outra coisa era que ela não tinha recebido muito dinheiro de nossos pais ao longo dos anos, assim como Bård parecia acreditar. Mamãe pagara o aluguel do escritório dela durante algum tempo, mas essa fora a contribuição da mamãe para os direitos humanos, e ela estava em pleno direito de dispor do dinheiro dela como bem entendesse.

De resto, mamãe estava relativamente bem. Elas se revezavam para viver e ficar com ela, dia e noite, mas era claro que não podiam continuar assim por muito tempo.

Quando engravidei de meu primeiro filho, aos vinte anos de idade, quando o teste de gravidez deu positivo, liguei para meus pais contando a boa notícia, e minha mãe me convidou para a casa da Bråteveien. Assim que cheguei lá, ela me recebeu sorridente e cheia de segredo. Ela também estava grávida, disse ela, e era disso que ela e meu pai precisavam naquele momento, depois de todo o tumulto com Rolf Sandberg: outro filho. Nós duas podíamos comprar roupa de bebê juntas, disse ela, podíamos passear juntas com carrinho de bebê, disse, e me senti aflita, nunca ficaria livre. Ela queria que comprássemos testes de gravidez, e eu estava paralisada e a acompanhei até a farmácia, onde ela comprou dois testes de gravidez, Prediktor, então voltamos à Bråteveien e fizemos xixi, cada uma num copo, e se, dentro de uma hora, dois círculos azuis se desenhassem no fundo do copo, estaríamos grávidas, não podíamos tocar no copo durante aquela hora. Depois de uma hora, os círculos azuis no fundo do copo mostraram que estávamos grávidas. Tia Unni, que era médica, passou na casa, e minha mãe lhe contou que estávamos grávidas, tínhamos acabado de fazer testes que provavam isso. Tia Unni olhou para ela, minha mãe infantil, e disse: Você mexeu no copo, não foi?

Sim, admitiu, ela tinha mexido no copo.

O desespero dela deve ter sido muito grande. Não encontrava saída alguma. Tudo estava fechado para ela.

Lars me contou sobre a infeliz avó dele de Fagernes na década de 1960. Vovó Borghild havia labutado e se desgastado de sol a sol anos antes, vovó Borghild tinha feito a comida, lavado a roupa e limpado a casa anos antes, e certa tarde, vovó Borghild disse ao marido, que estava sentado à mesa da cozinha lendo o jornal, Lars estava ali e ouviu: Não, agora não aguento mais. Quero ir embora.

Mas para onde vai, Borghild?, disse o marido e se acomodou no sofá.

Eu estava no escritório de Klara, era domingo à noite, véspera da reunião com a auditora.

Então, Bergljot, disse ela. Se não é uma coisa, é outra.

Pois é, falei.

É a rua da infância, disse ela, que te ensinou a odiar, que te ensinou inclemência e escárnio, que te deu as armas mais fortes, saiba usá-las bem.

Sim, falei.

O que acontece amanhã, disse ela, só acontece uma vez.

Entendi que ela queria que eu mencionasse o que não podia ser mencionado.

Não seria inapropriado? Considerando as circunstâncias?

Não. Se você não disser nada agora, quando dirá alguma coisa? Se quiser dizer algo, tem que ser agora, senão quando será? A oportunidade não voltará, logo sua mãe poderá estar morta, agora você sabe como a morte pode ser rápida, como pode ser surpreendente. Quando vocês cinco estarão reunidos outra vez na presença de uma figura pública? Se não houver uma figura pública presente, uma testemunha, elas vão sair, você sabe disso, elas vão te impedir, gritar, berrar, te calar e te mandar embora ou elas mesmas vão sair correndo, você sabe disso, mas amanhã elas não podem, com a auditora presente, esse é o seu momento, se você alguma vez for falar, dizer o que você quer lhes dizer, o que você sempre quis lhes dizer, a todos juntos, mas que nunca conseguiu dizer a todos juntos, em estado sóbrio, não num acesso de emoção ou raiva, terá de ser agora.

~

Eu nunca havia dito nada a todos juntos. Não havia pleiteado minha causa a ninguém além de Astrid, e sempre num acesso de emoção, de revolta. Se eu finalmente fosse dizer o que queria dizer, o que me incomodava, de forma planejada e calma, seria agora. E não era inapropriado, disse Klara, pois meu caso estava ligado à questão da partilha, já que minha mãe justificava o tratamento preferencial de Astrid e Åsa dizendo que haviam sido tão doces, tão boazinhas, tão presentes, tão solícitas e próximas, mas quem era culpado pelo fato de que Bård e eu não estávamos presentes, não éramos próximos, afetuosos, solícitos, por que não éramos assim? Será que éramos frios, menos solícitos e afetuosos por natureza, ou será que nossa frieza foi causada pelo comportamento de nossos pais? Por que dois de quatro filhos seriam frios, pouco empáticos, enquanto as outras duas eram carinhosas e prestativas, será que era resultado da amplidão da mistura genética que Åsa havia mencionado no discurso do enterro, na capela? Ou o quê?

Klara tinha razão. Segunda-feira, dia 4 de janeiro, era minha oportunidade. Amanhã. Faria bem para mim, achei, foi o que senti enquanto estava com Klara na véspera, no domingo, dia 3.

Amanhã.

Pensei que fazê-lo não me afetaria em qualquer coisa, pois nada podia ser pior ou mais arruinado para mim do que já era. Eu não acreditava na primavera em janeiro. Se minha mãe, Astrid e Åsa acreditavam na primavera em janeiro, num clima primaveril agora que meu papai estava morto, era apenas porque não compreendiam o quanto eu me sentia traída por elas, porque ninguém, nesses vinte e três anos que se passaram desde que tudo rachou, se dirigiu a mim com seriedade, pedindo minha história. Isso não podia ser remediado, era impossível. O vaso cai no chão uma vez e você o cola, o vaso cai no chão pela segunda vez e você o cola, ele não está tão bonito como antes, mas funciona mais ou menos, ele cai no chão pela terceira vez e está reduzido ao pó aos seus pés, e você imediatamente vê que se perdeu para sempre, que não pode ser consertado. Era assim. Tudo arruinado. A família se perdera.

Mas por que se importar então? Para que ir lá, criar desconforto e sentir desconforto? Para conseguir dizê-lo, com calma, comedimento e preparo uma única vez, porque eu precisava dizê-lo uma vez com minhas próprias palavras ponderadas, por causa de minha paz de espírito, por causa da minha honra, por causa da minha dignidade, para expor as suspeitas, os boatos, os gestos de cumplicidade, os olhares entre elas, para parar os cochichos, porque minha sensação era que, se eu não conseguisse fazê-lo uma vez, e teria de ser naquele momento, eu teria me deixado ser comprada pela promessa de uma herança. Diga a Bergljot que receberá uma herança, e ela certamente calará a boca sobre aquilo que inventou ter sido vítima, prometa-lhe algum dinheiro, e o discurso mudará. Pois era por isso que queriam me dar a herança, por isso que pregavam que tratariam os filhos em pé de igualdade, para amordaçar Bård e a mim. Para comprar nosso silêncio e nossa companhia.

De acordo com a enciclopédia *Memento Larousse*, o luto após a morte de um dos pais dura dezoito meses.

Mas em seu *Diário de luto*, Roland Barthes escreve que não é verdade, o tempo não ameniza o luto, o luto não acaba.

Barthes diz que o tempo não faz passar nada, exceto a *emotividade* do luto.

Será que sempre estive de luto? Será que o luto é minha condição? Só que o lado emocional do luto se amenizou? Será que no fundo sempre fui e sou triste? Só que quando estou sossegada, quando estou sozinha, quando trabalho de coração, a tristeza é menos dolorosa? Por isso estou sossegada, por isso trabalho de coração, por isso fico sozinha.

Roland Barthes disse a um amigo que o sentimento passa, mas o luto persiste. O amigo respondeu: Não, o sentimento volta, espere só.

O sentimento volta.

NA VÉSPERA DA SEGUNDA-FEIRA, DIA 4 DE JANEIRO, NÃO CONsegui dormir. As palavras do esboço que eu havia escrito com Klara no escritório dela giravam na minha cabeça. Adormeci finalmente por volta da uma da manhã, mas acordei às quatro e não consegui voltar a dormir, pois as palavras do escritório de Klara giravam na minha cabeça. O relógio deu cinco horas, não consegui dormir, mas precisava dormir, para não comparecer a esse dia decisivo sem estar descansada, com apenas umas parcas horinhas de sono, eu precisava dormir, mas não conseguia pregar o olho por causa das palavras do escritório de Klara que giravam na minha cabeça, eu me levantei e tomei uma garrafa de vinho de golada para conseguir dormir, mas não consegui dormir, adormeci e acordei por volta das onze da manhã, sem tanto tempo quanto esperava e com que havia contado para poder escrever um texto breve e conciso. Ainda estava embriagada, mas precisava sair da cama e escrever um texto breve e conciso. Usei o esboço do encontro com Klara, mas o formulei de meu jeito, era mais comedida no linguajar do que ela, fiz um rascunho e fui passear com a cachorra para desanuviar a cabeça, ter neve no cabelo, liguei para os meus filhos, que perceberam que eu estava embriagada, que disseram que eu de maneira alguma podia estar embriagada na reunião com a auditora, não, não, falei, prometo, disse, seria fatal se eu estivesse embriagada na reunião com a auditora, eu sabia disso, falei, por isso estou caminhando, falei, para ficar sóbria, para desanuviar a cabeça, para ter neve no cabelo, será apenas café de agora em diante, falei. De volta a casa, lapidei o rascunho, escrevi da forma mais sucinta e concisa possível o que era importante dizer; enquanto escrevia, senti que era importante dizê-lo, enquanto escrevia, fiquei cada vez mais convencida de que estava fazendo a coisa certa e cada vez mais ansiosa com o inominável que seria dito na presença de todos. Assim que terminei, liguei para meus filhos e li o texto para eles, Tale disse manda bala, Ebba disse você que sabe. Søren estava mais hesitante, talvez não fosse uma ideia muito boa levantar tais assuntos numa reunião com a auditora, talvez agravasse os antagonismos, nos tornasse inimigos para valer, disse ele, mas eu argumentei a favor de meu texto, eu havia tomado a decisão. Depois liguei para Klara e recitei o texto para ela, ela disse que teria sido mais contundente, mas tudo bem. Telefonei para Bo e li tudo para ele, ele disse que naquele texto eu também me preocupava com meu irmão. Liguei para Lars, que ficou frustrado por eu estar tão consumida por aquilo, tão agitada, perturbada e nervosa, como se eu cultivasse aquilo e me afogasse naquilo em vez de trabalhar para virar a página. Você vai levar uma surra, disse ele, mas eu já estava decidida. Liguei para Karen a fim de receber a confirmação de que precisava e peguei o ônibus, eu me encontraria com Ebba depois, num restaurante indiano, ia precisar de uma cerveja, alguém com quem conversar, eu estaria trêmula. Eu estava trêmula, tomei o ônibus e depois o trem até a cidade, sentindo que todos podiam ver que eu estava tremendo, que eu estava indo para a frente de batalha e morria de medo da frente de batalha, e pensei na cena de abertura do filme *Festa de família*, em que o protagonista caminha por um campo dourado levemente ondulante e sabe que está indo para a frente de batalha, como ele pôde parecer tão calmo e eu não? Desci do trem e fui ao café onde Bård me aguardava conforme o combinado, e disse a Bård que estava trêmula e que havia escrito um texto, a essa altura é surreal, era surreal também naquele momento, entreguei o texto a Bård e perguntei se achava que eu podia lê-lo na reunião com a auditora. Fui ao banheiro enquanto ele lia. Eu estava no banheiro pensando que agora ele estava lendo o texto, ali estava escrito. Tinha cogitado não deixá-lo ler o texto, surpreender Bård também, pois se lhe pedisse que lesse o texto antes da reunião, ele poderia dizer que eu não devia lê-lo e eu *queria* lê-lo, havia se tornado muito importante para mim, não queria arriscar que o momento me fugisse, então jamais voltaria e eu nunca diria aquilo que agora era muito importante dizer, mas assim que vi Bård, na hora que entrei no café e vi o rosto grave dele, percebi que teria que lhe mostrar o texto primeiro, não podia surpreendê-lo, pois tínhamos uma causa comum, e surpreender Bård, não importando com o quê, mesmo com boas intenções em relação a nossa causa comum, eu não podia. Precisava deixá-lo ler o texto primeiro, e se ele não quisesse que eu fizesse a leitura do texto, ele certamente teria boas razões que não me haveriam passado pela cabeça, quem sabe ele achasse pouco estratégico lê-lo. Eu estava no banheiro enquanto ele lia, voltei, e minhas mãos estavam tremendo, ele queria que eu lesse o texto na reunião. Mas e se elas se levantarem e forem embora?, perguntei. Então nós permaneceremos sentados, disse ele. Quando devo lê-lo?, perguntei. Ele me contou como achava que a reunião seria conduzida. A auditora começaria com as empresas de papai. Ela faria uma abordagem geral e falaria dos aspectos comerciais relativos aos bens. Em seguida ela distribuiria cópias do testamento e o explicaria, e provavelmente haveria pouco a discutir. Uma vez explicado o testamento, a auditora chegaria aos chalés e provavelmente diria que estava ciente de que constituíam um ponto de discórdia. Nossa mãe então argumentaria a favor de deixar os chalés com Astrid e Åsa, alegando que Astrid e Åsa haviam sido tão solícitas durante todos aqueles anos, que haviam passado temporadas com nossos pais em Hvaler todos aqueles anos, e por isso seria natural que ficassem com as casas de veraneio. Aí você pode ler o texto, disse Bård. Tomei duas grandes xícaras de café, tentando não derramar nada, eram quinze para as cinco da tarde e fomos andando para o escritório de auditoria, é uma questão de levar isso a cabo, pensei, não pensar em nada além de levar isso a cabo, não pensar nas consequências, não pensar nas reações, apenas levar isso a cabo, porque é vital, trata-se da própria vida. Fomos lá, elas já estavam lá, minha mãe, Astrid e Åsa, minha mãe com um rosto triste e, em volta do pescoço, o lenço que ganhara de mim no Natal, como um gesto para mim, pensei, um agradecimento a mim e uma súplica, pensei, que eu não atenderia.

Bem, então estamos todos aqui, disse a auditora, oferecendo-nos algo para beber, indicando uma bandeja com água mineral, garrafas térmicas com café e água quente para chá. Busquei uma garrafa de água mineral, eu estava inquieta, perguntei se mais alguém queria água mineral, minha mãe queria, sim, abri uma garrafa de água mineral e a coloquei junto com um copo na frente dela. Abri uma garrafa de água mineral para mim, peguei um copo, fui para meu lugar ao lado de Bård e me sentei, enchi o copo de água mineral e bebi. A auditora começou com uma apresentação de empresas que os outros, meus irmãos, pareciam conhecer. A auditora nos mostrou as contas das empresas no PowerPoint, algo que parecia familiar aos outros. Alguém precisa estar no conselho de administração das empresas, disse a auditora, nosso pai havia desejado que todos os quatro filhos integrassem os conselhos de administração, com certeza era a manifestação de uma esperança de reconciliação além-túmulo, ele havia desistido de uma reconciliação enquanto vivo, não fora capaz, não fora forte o suficiente para conseguir uma reconciliação enquanto vivo, quem seria?, mas ele havia torcido para uma reconciliação após sua morte, uma primavera em janeiro, que os quatro filhos estivessem juntos nos conselhos de administração das empresas que levavam o sobrenome dele, nosso sobrenome, e se tornassem bons amigos outra vez. Astrid disse que se dispunha a fazer parte de um conselho de administração, eles certamente haviam combinado de antemão que ela se ofereceria para estar no conselho, a única de meus irmãos que tivera contato comigo até dois meses antes. Bård disse que se dispunha a integrar um dos conselhos. Åsa brincou dizendo que, para mim, sem dúvida seria interessante fazer parte de um conselho de administração, rimos um pouco, todos sabiam que eu não queria participar de conselho algum, apesar de tudo, me conheciam o suficiente para saber isso. Talvez notassem que havia duas folhas dobradas diante de mim, como que prontas, mas com o lado em branco virado para cima, portanto não podiam saber se algo estava escrito ali ou se eram folhas que eu havia trazido para tomar notas. Os outros também tinham papéis à frente deles, com exceção da minha mãe, folhas em branco que pegaram do centro da mesa, onde havia uma pilha de folhas em branco e diversas canetas, enquanto eu evidentemente trouxera os papéis que estavam diante de mim. Será que viam as folhas à minha frente e as temiam? A auditora apontava para números no PowerPoint, Bård havia dito que não se tratava de grandes somas, nem pareciam ser. Demorou pouco mais de uma hora, uma simples apresentação, ninguém tinha comentários, Bård fez algumas perguntas inofensivas que foram esclarecidas pela auditora. É isso, disse a auditora e desligou o PowerPoint, inclinando-se um pouco sobre a mesa e acrescentando que soubera do surgimento de uma disputa em relação às casas de veraneio em Hvaler. E mesmo antes da minha mãe começar a argumentar, virei as folhas de papel que estavam à minha frente na mesa, para começar, para terminar logo, era insuportável esperar, eu precisava transmitir aquilo, acabar com aquilo, transmiti-lo e terminá-lo, desdobrei as folhas, olhando apenas para elas, e comecei a ler:

Eu, e sobretudo meus filhos, nos cansamos de ouvir minha mãe e minhas irmãs descreverem quantos momentos agradáveis e felizes têm passado na Bråteveien e em Hvaler durante todos esses anos. De ouvir como minhas irmãs têm sido umas santas, uns amores e assim por diante. Como meu filho Søren comentou algumas semanas atrás, depois de ter estado na Bråteveien para comemorar os oitenta e os oitenta e cinco anos de nossos pais, se ninguém soubesse que havia mais dois filhos, pareceria uma família perfeitamente feliz e harmoniosa.

Nesse ponto, minha mãe me interrompeu. Ela se recusava a ouvir e se levantou. Não tinha cabimento, disse minha mãe, ela se recusava a ouvir esse tipo de coisa, queria ir embora, disse ela, devia suspeitar do que estava por vir. Astrid se levantou e carinhosamente envolveu nossa mãe com o braço, foi nesse momento, nessa altura da reunião que levantei a voz pela primeira e única vez. Você é covarde?, perguntei. É você que é covarde, retrucou minha mãe, mas com os braços tranquilizadores de Astrid em torno de si, ela se sentou outra vez, a contragosto. Não é o momento certo, disse Astrid, sacudindo a cabeça, ela devia pressentir o que estava por vir. Prossegui, não impassível, mas com calma forçada, sem dúvida lendo com muita pressa para conseguir chegar ao fim antes de alguém surtar ou sair em protesto, para dizer o que eu, durante a vida inteira e no dia de hoje, até agora, senti que era importante dizer para poder virar a página. E essa é a impressão que minha mãe, Astrid e Åsa querem dar, li, mas o fato é que existem mais esses dois filhos incômodos que perturbam a imagem. Será que são desatenciosos e desagradáveis por natureza? Ou há um motivo por que os dois mais velhos dos quatro filhos de nossos pais não têm frequentado a Bråteveien e Hvaler da mesma forma que as duas mais novas?

Ah, disse minha mãe, ah, que vergonha, disse minha mãe.

A reconciliação, como minha irmã Astrid, que trabalha com direitos humanos, deve saber, disse, só pode acontecer se todas as partes de um conflito tiverem a oportunidade de expor sua história, e o fato de que a história nunca prescreve, isso ela também deveria saber, pois trabalhou com o conflito nos Bálcãs. No entanto, ainda anteontem, Astrid me disse que não podia entender como Bård, que logo fará sessenta anos, não era capaz de deixar a infância para trás, sem qualquer compreensão de que a história dele, a infância dele, está presente no corpo dele como história de vida, própria e única de Bård.

Meu Deus, disse minha mãe, que baboseira, disse minha mãe, que mentira!

Não é o momento certo, disse Astrid, tia Unni deveria estar aqui.

Tive medo do meu pai a vida inteira, prossegui. Mas até que ponto não entendi até o dia 17 de dezembro do ano passado, quando ele faleceu. Em meu corpo, houve um alívio físico. Meu pai deve ter me dito, quando eu tinha entre cinco e sete anos de idade e fui vítima de repetidos abusos sexuais, que se eu contasse algo para alguém, meu pai iria para a prisão e minha mãe morreria.

Você está mentindo, gritou minha mãe.

Não contei nada a ninguém, falei, reprimi tudo, me calei, mas com o tempo minha vida se tornou tão difícil, eu me tornei tão autodestrutiva e traumatizada que o que fora reprimido veio à tona. Entendi que precisava de ajuda, e a tive, me qualificando, após diversos exames, a tratamento psicanalítico às custas do Estado. Quando expliquei tudo à minha mãe, vinte e três anos atrás, ela me desacreditou. Minhas irmãs fizeram a mesma coisa. Tornei-me uma filha pária que ameaçava a honra da família. O fato de que passei a me manifestar publicamente em diversos fóruns tornou-se um problema e uma ameaça, como Astrid certa vez comentou quando falei em desespero que sentia que meus pais preferiam me ver internada no hospital psiquiátrico a me ver atuar como escritora: Bem, seria mais simples.

Não é o momento certo!, disse Astrid pela terceira vez, sacudindo a cabeça, e ainda com a auditora presente.

Na ponta da mesa, a auditora estava estarrecida.

Você está mentindo, disse minha mãe.

Não foi tão simples, li, prosseguindo. Meu pai faleceu. Meu pai me intimara a ficar calada, e fiquei calada por muito tempo, mas acho difícil aceitar que meus filhos sofram em função desse silêncio de família. Como já disse, muitas vezes tentei contar minha história à família, sem ser ouvida, mas me vejo obrigada a fazê-lo agora, para que a história de Bård e a minha história também sejam reconhecidas e levadas em conta nessa partilha, que, a meu ver, não é apenas financeira, mas moral. Por isso estou aqui.

Ergui os olhos.

Não é o momento certo, disse Astrid pela quarta vez, sacudindo a cabeça.

Quando seria o momento certo?, perguntou Bård.

Mentirosa, rosnou minha mãe para mim. Acusando seu pai, como você acha que seu pai se sentiu sendo acusado de, de uma das piores coisas, e então veio a palavra que começa com "i", pronunciada de uma maneira curiosa, inchesto, disse ela, com "ch", como você acha que seu pobre pai se sentiu, e por que não confrontou seu pai, por que não foi à polícia, você devia ter ido à polícia se o que diz é verdade, mas você não fez isso, você não foi à polícia e você não confrontou seu pai.

Compreendo perfeitamente que ela não tenha confrontado meu pai, disse Bård, que talvez tivesse tanto medo dele quanto eu, e que não sabia, pois eu não lhe havia contado, não podia contar tudo a todos, revelar os detalhes mais íntimos a todos, por minha causa, por causa dele, que eu fizera uma tentativa de confrontá-lo aquela vez vinte e três anos antes, quando tirei tudo a limpo e estava em crise total.

Na época, telefonei para o Centro de Apoio às Vítimas de Incesto perguntando se deveria confrontar meus pais, e eles disseram que não queriam dar conselhos em casos individuais desconhecidos por eles, mas me prepararam para o fato de que eu perderia a família se confrontasse meus pais. Noventa e nove por cento dos que confrontavam a família a perdiam. Mas eu já havia perdido a família, essa era minha sensação, por isso não tinha nada a perder, liguei para minha mãe e a confrontei, e ela deve ter falado com ele, não me lembro dos detalhes, só que foram dias turbulentos, dias angustiantes, telefonemas indignados, e então meu pai queria ter uma conversa comigo na Bråteveien. E eu fui à Bråteveien, eu tive coragem de ir lá, lembro-me de ter pensado, no caminho para a Bråteveien, que eu precisava fazer aquilo, não voltar atrás, ser valente, ter coragem de ir à Bråteveien e enfrentar meu pai. Lembro-me da roupa que estava usando, um vestido azul de seda, lembro-me dos passos até a porta, lembro-me de tocar a campainha, já não me lembro do que esperava. Meu pai abriu a porta, ele, que era dono do BMW estacionado na frente da casa, ele, que tinha comprado o Volvo da mamãe que estava ao lado do BMW, meu pai me levou para o escritório dele, com o conjunto de sofá e poltronas de couro verde na frente da lareira e a grande mesa de trabalho. Passei pelo imponente hall de entrada, pelo corredor, e entrei no escritório, e meu pai se sentou atrás da imensa mesa de trabalho e me indicou a cadeira na frente da mesa, e eu me sentei nela feito uma prisioneira prestes a ser interrogada, eu já havia perdido, já estava derrotada, paralisada e à mercê do meu pai, ele sabia disso. Mas eu tive coragem de ir lá, eu estava ali, era pelo menos uma tênue tentativa, embora fracassada, de confronto.

Não cometi inchesto com você, disse meu pai com sua voz de autoridade, pronunciando a palavra daquela maneira estranha e exótica que minha mãe acabara de usar, quem sabe a palavra fosse pronunciada assim na época em que a conheceram, e desde então eles nem a ouviram nem a usaram, tendo fechado os ouvidos deles àquela palavra. Não consegui falar nada, paralisada no vestido de seda azul, era verão, fazia calor, sentada ali em frente ao meu pai, percebi que o vestido de seda fora um erro, eu deveria ter usado algo que cobrisse tudo, mas havia colocado meu melhor vestido de verão, me produzindo antes de ir lá, para meu pai, eu era tão ingênua, tão cativa, tão à mercê do meu pai, eu não tinha nenhuma Klara àquela altura, mal conhecia Klara na época; depois da conversa com meu pai, joguei fora o vestido, meu vestido predileto de seda, o encontro com meu pai o sujou. Não me lembro muito da conversa, mas lembro que ele repetiu a pergunta que havia feito quando eu tinha quinze anos e ele estava ao lado da minha cama na manhã seguinte depois de ter lido meu diário, aquela vez em que ele saiu e encheu a cara e voltou bêbado e choroso, dizendo que ser humano não era fácil, provando assim que me amava, que se importava comigo e estivera preocupado comigo, essa foi minha leitura, essa era a leitura que eu precisava fazer dele, ele perguntou se eu havia sangrado durante minha primeira relação sexual. Ele deve ter pensado na primeira relação com alguém que não fosse ele. Nem me passou pela cabeça que eu podia não responder, que eu podia dizer que não era da conta dele, respondi que não, ou seja, que eu não tinha sangrado, o que foi um progresso comparado com a primeira vez que ele fizera a pergunta, quando eu tinha quinze anos de idade e estava quase morrendo, incapaz de emitir uma sílaba. Não, respondi, porque não havia sangrado até onde me lembrava, o que afinal não era incomum. Depois, já no caminho de volta, me dei conta de que ele mesmo talvez não estivesse ciente de que havia chegado ao ponto que chegara, mas receava que tivesse chegado ao ponto que chegara, que meu pai estivera tão bêbado que não sabia direito o que havia acontecido, aquela vez que ele não só fez o que me pedia que fizesse com ele, aquela única vez em que não fez apenas o que fazia comigo, mas se deitou em cima de mim e consumou o ato; no entanto, ele temia isso. E eu me lembrei que meu pai dissera, quando eu estava saindo do escritório, da casa da Bråteveien, eu andava bem depressa, que eu nem fazia ideia do que ele havia passado quando criança.

Por que você não foi à polícia?, gritou minha mãe, e antes você disse que havia sido só uma vez, e agora diz repetidas vezes!

Você mesma me perguntou se meu pai tinha feito alguma coisa comigo quando eu era pequena, falei.

E você respondeu que não!, disse minha mãe.

Mas por que você perguntou para mim?, questionei, por que não fez essa pergunta a minhas irmãs?

Assim não dá, interveio Åsa. Está tudo errado, disse Åsa.

Por que ela diria isso se não fosse verdade?, perguntou Bård.

Para se fazer de interessante, disse minha mãe, ela fica nos cafés da cidade, bêbada, falando sobre seu *segredo*, é um horror, uma vergonha!

Você se lembra?, perguntou minha mãe, me encarando e estreitando os olhos furiosos, antes você disse que não se lembrava.

Eu me lembro, falei.

Minha mãe se levantou, minha mãe queria ir embora, minha mãe gritou: Você nunca chegaria onde está hoje se não tivesse tido uma infância segura e feliz na avenida Skaus. E você recebeu tanta atenção, seus irmãos tinham ciúmes de você porque você recebeu tanta atenção.

Pois é, questionei, por que você estava tão preocupada comigo?

Eu não estava preocupada com você, retrucou ela, mas se havia algo que todos naquela sala sabiam, exceto a auditora, era que minha mãe fora excepcionalmente preocupada comigo, tendo ataques histéricos toda vez que eu chegava tarde em casa de alguma coisa na adolescência. Pois não era fácil ser minha mãe na época, desconfiar do que havia acontecido com a filha mais velha, mas não saber como lidar com aquilo, porque minha mãe era refém do meu pai em todos os sentidos, minha mãe tinha quatro filhos, mas nenhuma formação, nenhum dinheiro, o que ela faria? Quase fui ao padre, disse ela para mim, aquela vez em que me perguntou se meu pai tinha feito algo comigo quando pequena, na época em que minha história podia ser útil, na época em que minha mãe tinha esperanças de se divorciar do papai para se casar com Rolf Sandberg, pois se minha história viesse à tona àquela altura, divorciar-se do papai não seria uma traição por parte da minha mãe, mas uma virtude. Você estava tão estranha quando voltei de Volda, disse ela. Quase fui ao padre, disse ela. Mas o que se leva a um padre, que tipo de preocupação se leva a um padre e não a uma amiga ou a um parente? No entanto, minha mãe não levou a suspeita e a preocupação dela ao padre aquela vez que voltou de Volda depois de ter deixado meu pai sozinho comigo e com Bård na avenida Skaus, aquela vez em que eu estava tão estranha quando ela voltou. Minha mãe não foi ao padre, assim como eu não fui à polícia com um caso prescrito. Para compensar, ela me mandou para aulas de piano e balé, algo que nunca fez com minhas irmãs, com certeza torcendo para que eu pudesse ser consertada dessa forma, não era de se estranhar que se preocupasse comigo. Já na época em que a palavra que começa com "i" se pronunciava com "ch", era sabido que crianças que passavam pelo que eu havia passado podiam ter problemas na vida, tornar-se promíscuas, exageradamente sexualizadas, começar a beber, a se drogar, era disso que minha mãe tinha medo, do que poderia acontecer quando eu chegasse à adolescência, de eu começar a beber ou transar com os meninos e engravidar aos quinze anos, de eu começar a usar drogas; minha mãe me mandou para aulas de piano e balé, o que nunca fez com minhas irmãs, minha mãe não foi ao padre, mas me deu o romance *A violação de uma criança*, de Tove Ditlevsen, que eu não li, que enfiei num armário, cheia de desgosto. Minha mãe ficava de olho em mim, procurando por sinais, me cheirava toda vez que eu voltava para casa de noite para ver se eu cheirava a fumo, tentava farejar se o desastre havia começado.

Não vou aceitar isso, minha mãe gritou, dirigindo-se à porta da sala de reunião, e Astrid se levantou e a seguiu, dizendo para mim que não era só eu que tinha sofrido, ela também tinha sofrido, não tinha sido fácil ser ela, ficar dividida entre duas histórias tão diferentes, ficar entre a cruz e a espada.

E você, disse minha mãe, furiosa, dirigindo-se a Bård, e você que estava na França e não voltou para casa, você não veio à Bråteveien, não veio me visitar, eu, sua mãe idosa, você não me deu um abraço! Minha mãe havia esperado visitas, minha mãe havia esperado abraços, minha mãe havia esperado tudo aquilo que provavelmente aconteceria numa família normal, sem ser capaz de reconhecer e aceitar que a família que ajudou a criar não era assim, normal, mas anormal, arruinada. E você mandou um e-mail horrível para papai, prosseguiu ela, dirigindo-se a Bård, um e-mail feio e horrível, e o papai até tinha pensado em responder ao e-mail maldoso, mas não teve tempo, porque o papai *morreu*. Minha mãe foi até a auditora e perguntou se poderia anular o testamento inteiro.

Posso anular o testamento inteiro?

Deu com a língua nos dentes.

Nossos pais quiseram nos comprar, me comprar, por isso recebemos o recado no Natal três anos antes de que um testamento fora elaborado, de que todos herdariam partes iguais, exceto no caso dos chalés, para eu calar a boca, manter silêncio sobre a história desagradável, se eu apenas recebesse algum dinheiro, só que não aconteceu assim, eu não fiquei em silêncio, a intenção do testamento foi em vão, não funcionou. Podemos anular o testamento inteiro?, perguntou minha mãe à auditora, mas a auditora, pálida, disse que não podia fazer isso. E mais tarde eu muitas vezes pensaria naquilo, como minha mãe de repente se viu num beco sem saída. Ali estava o testamento válido, e ali constava que a intenção do testamento era que o patrimônio fosse dividido em partes iguais entre os quatro filhos, o que agora teria que ser executado, enquanto a intenção tinha sido que Bård e eu calássemos a boca e mantivéssemos silêncio e fôssemos cooperativos e bonzinhos e quietos, e não fomos nada disso, não foi do jeito que eles haviam planejado, não conseguiram fazer o que queriam fazer com o dinheiro, com o testamento, e agora não havia remédio, já era tarde.

Estou decepcionada com você, rosnou minha mãe para mim a caminho da porta.

Você sabe a primeira coisa que me vem à cabeça quando penso em meu pai?, perguntou Bård, prosseguindo sem esperar uma resposta. Eu tinha nove anos, estávamos no Hardangervidda para pescar, aí eu quis voltar para casa e dei meia-volta. Meu pai foi atrás de mim, pegou um pedaço de tronco e me espancou. Essa é minha lembrança mais forte de meu papai.

Foi só porque ele tinha medo de você se perder, gritou minha mãe, ou seja, ela conhecia a história, Bård devia ter confrontado minha mãe ou os dois com ela. Você teria feito o mesmo, gritou minha mãe para ele, você até disse que teria feito o mesmo se fosse um filho seu!

O quê?, disse Bård.

Sim, você disse isso, insistiu minha mãe.

Não, afirmou Bård.

Disse, sim, repetiu minha mãe, olhando de novo para mim: Estou muito, muito decepcionada com você!

Eu disse que estou decepcionada com você há anos, minha mãe estava perto da porta agora, com uma mão na maçaneta, Astrid e Åsa haviam se levantado para acompanhá-la.

Você não pode nos instruir a acreditar em você, disse Åsa para mim, usando o termo teatral "instruir" assim como havia usado o termo teatral "dirigir" no enterro, provavelmente fazendo referência à época em que eu a instruía como criança e ela fazia parte de meu grupo teatral, o grupo teatral da irmã mais velha, ela devia me odiar já naquela época. Respondi que estava ciente daquilo, mas queria que minha história existisse. Elas já estavam ao lado da porta, com luvas nas mãos e gorros na cabeça, prontas para sair, e Åsa disse que a cena inteira mostrara com toda a clareza que nós, os quatro filhos, não podíamos dividir as casas de veraneio em Hvaler. Ela não queria dividir um chalé com qualquer um de nós, disse ela, então elas saíram, as três, e Bård e eu ficamos ali com a auditora.

Ficamos em silêncio por algum tempo, então a auditora disse que o que tinha acontecido fora surpreendente, inesperado.

Se você não tivesse estado aqui, disse Bård, Bergljot nunca teria tido a chance de ler até o fim.

Ele tinha razão. Se a auditora não tivesse estado presente, elas teriam saído antes de eu terminar.

Eu estava esgotada. Minhas pernas estavam bambas. Ficamos algum tempo na sala de reuniões da auditora, e ela fez algumas perguntas sobre a família, mas eu não conseguia falar, minha energia tinha acabado. Bård falou, contou sobre nossa experiência em família, como havia sido nossa experiência em família quando crianças. A auditora ouviu atentamente e foi simpática, mas afinal de contas estava sendo paga pela minha mãe, a auditora disse que não devia ser fácil se tornar viúva aos oitenta anos de idade, o que era verdade, a auditora estava certa, não devia ser fácil enviuvar aos oitenta anos de idade, ficamos ali uma meia hora, então fomos embora, seria interessante saber se a auditora cobrou minha mãe por aquela meia hora.

Saímos de lá. Fomos juntos até o carro de Bård. Bård disse que podia me levar para onde quer que eu fosse, eu ia me encontrar com Ebba num restaurante indiano. Falei que queria andar, precisava de vento no rosto.

Klara encontrou uma editora dinamarquesa que topou publicar o livro sobre Anton Vindskev. Klara é como uma rolha, disse Anton, quanto mais você a empurra para baixo, mais alto ela sobe depois. Klara é como uma palmeira ao vento do furacão, disse ele, ela se dobra ao chão, mas assim que o vento se acalma, ela se reergue. Klara comemorou a aceitação no boteco Hong Kong em Nyhavn. No caminho de volta para casa, enquanto andava ao longo do canal, ela viu um homem na água que estava prestes a se afogar. Ela se atirou ao chão, conseguindo agarrar o casaco do homem pelas ombreiras, e gritou por socorro. Ele devia pesar uns cem quilos, com um casaco grosso e botas enormes, ela mal conseguia segurá-lo acima da superfície, ela gritava por socorro e as pessoas se aglomeraram em torno dela, mas ficaram assistindo como se fosse um filme. Socorro, gritava Klara, me ajudem a segurá-lo acima da superfície, mas as pessoas estavam bêbadas e acharam que estavam assistindo a um filme. Socorro, gritava ela, vou perdê-lo ou vou cair na água, estou sendo arrastada para dentro da água, por favor sentem-se em cima das minhas pernas, senão ele vai se afogar, senão nós dois vamos nos afogar, gritou ela, então chegou a ambulância com a equipe de resgate, e dois mergulhadores conseguiram tirar o homem da água com vida.

Ela me ligou no meio da noite. Por que as pessoas sempre estão tentando se matar? Não aguento mais gente tentando se matar! Não aguento salvar as pessoas o tempo todo, isso me tira todas as forças.

Consegui achar o restaurante indiano, embora eu estivesse fora de mim, embora eu fosse um ser robótico magoado em movimento, embora meu coração batesse acelerado, embora minhas costelas rangessem e doessem. Engoli saliva, minha boca estava seca e eu estava com sede, mas enjoada, não aguentando nem pensar em beber. Evidentemente, aquilo de que acabara de participar, a reunião com a auditora, tinha sido um desgaste mental, e mesmo assim me surpreendi ao ver como meu corpo reagia independentemente da cabeça, que, afinal, havia desejado aquilo, *eu* havia desejado aquilo. Eu estava com pressa, estava atrasada, a reunião com a auditora havia durado mais tempo do que eu imaginara, precisava falar urgentemente com alguém, com Ebba. Achei o restaurante indiano, e ali estava ela com uma Coca Diet na mesa, pedi uma cerveja, precisava de uma com urgência, recebi a cerveja e bebi, foi horrível, disse. Tale telefonou, foi horrível, falei, caíram em cima de mim, disse, minha mãe se levantou para sair antes de eu sequer chegar ao segundo parágrafo, falei, Bård perguntou por que eu diria algo assim se não fosse verdade, e ela rosnou que era para me fazer de interessante, ela rosnou mesmo, mas estou aqui com Ebba, disse, te ligo mais tarde, falei, contando a mesma coisa a Ebba, foi horrível, disse, tomei cerveja e pedi comida, mas não comi, tomei mais uma cerveja, não vão ser muitas, falei, você precisa se cuidar, disse Ebba, talvez eu parecesse mais transtornada e desfeita do que me sentia, embora me sentisse muito desfeita e transtornada, eu havia esperado o quê? Mas eu simplesmente não havia esperado nada, de propósito optara por não pensar em consequências, em reações. Lars ligou, e mais uma vez eu disse que foi horrível, que minha mãe queria sair antes de eu chegar ao segundo parágrafo, mas te ligo mais tarde, falei, estou aqui com Ebba. A pobre Ebba estava ali com a mãe desfeita sem saber como ajudá-la, presa na história da mãe sem saber como lidar com ela, uma história que inevitavelmente se tornara dela. Bebendo a Coca Diet enquanto a mãe bebia cerveja e falava ao telefone, pois Søren ligou, foi horrível, falei. Você leu o texto?, perguntou ele. Sim, respondi, mas perguntei a Bård se ele achava que eu devia lê-lo, e ele disse que sim. Foi bom você perguntar a Bård primeiro, disse ele, mas estou aqui com Ebba, falei. Ebba me pediu que contasse tudo desde o início, e tentei contar tudo desde o início, pedi a terceira cerveja e a conta ao mesmo tempo, para indicar ao garçom e a Ebba que não passaria de três cervejas. Então recebi uma mensagem de Bård. Parabéns pela batalha bem travada, abraços de seu irmão. Mostrei a mensagem para Ebba, ela fez um gesto tímido de aprovação, a pobre Ebba, tão jovem e inocente. Igualmente, respondi, abraços de sua irmã. Aí saímos, Ebba pegou meu braço, agora vamos simplesmente esquecer toda aquela família, disse ela, solidária com a mãe, entrelaçada na trama da mãe. Sim, concordei. Ela me perguntou se eu ficaria bem sozinha durante o resto da noite, eu era bem-vinda para dormir na casa dela. A adorável Ebba, preocupada com a mãe, assim como Astrid e Åsa se preocupavam com a mãe e cuidavam dela. Vou ficar bem, falei, não vou sair, falei, vou direto para casa e vou só tomar um pouco de vinho tinto, aí vou para a cama, completei.

Fui direto para casa, tão direto para casa quanto possível, primeiro o trem, depois o ônibus. Karen ligou perguntando como tinha sido, e eu contei de novo que tinha sido horrível, não parava de dizer que tinha sido horrível, era como se ajudasse um pouquinho. Karen achou que as perguntas de Bård foram bem acertadas. Quando seria o momento certo? Por que ela diria isso se não fosse verdade? Sim, por que você diria algo assim se não fosse verdade, disse Karen, afinal, você não é o tipo de pessoa que fica inventando histórias. Não, eu não era mesmo. Elas sem dúvida tinham conversado entre si, minhas amigas, ao longo dos anos, sobre o que pensariam a respeito de minha história, chegando à conclusão, felizmente, de que eu era confiável. Isso era bom, e não era de se estranhar que elas tivessem discutido entre si o que pensar de minha história, não se pode comprar tudo que as pessoas contam sobre a infância.

Depois de descer do trem, fui me sentar no restaurante da estação e tomei uma taça de vinho enquanto esperava o ônibus. Liguei para Klara. Foi horrível, falei. Ela imaginou a cena, disse ela, era feia, disse ela. E eu estava muito feliz por ela ter conhecido minha mãe aquela vez em Hvaler quando ela perguntou se eu havia dado ecstasy a Tale e às amigas dela, assim ela tinha uma base para imaginar a cena.

Foi o fato de ela ter sentido vontade de soltá-lo, disse Klara, um dia depois de salvar um homem de se afogar no canal de Nyhavn. Foi o fato de ela ter sentido uma vontade vil de soltar o homem estúpido e pesado e vê-lo afundar. Era como o poema de Tove Ditlevsen sobre a menininha que tem vontade de pegar o vaso grande e lindo no qual está proibida de tocar, pegar o vaso proibido, que é grande e pesado e ornamentado como uma joia, e, porque é proibido e porque a menina quer fazer uma loucura, algo ousado, ela o levanta e por alguns instantes eternos e emocionantes fica ali, sentindo o peso do vaso nas mãos, como é pesado, como é grande, e a menina é tão pequena e quebrar o vaso será vil e absolutamente incrível, e ela ouve uma voz que diz: Faça algo bem perigoso agora que está sozinha em casa. E ela solta o vaso, e, no mesmo instante, o mundo se torna vil e sem alegrias, e no chão estão mil cacos que nunca mais se consertarão, e os bons anjos viram o rosto e choram.

Mas talvez o mundo já e há muito tempo estivesse vil e sem alegrias, só que ela precisava soltar o vaso para senti-lo?

Vou soltá-lo uma vez, disse Klara.

Antes de eu romper de vez com a família, tentei por um período manter um mínimo de contato, por causa de meus filhos pequenos, para eles poderem ter contato com a família, pois achei que manter um mínimo de contato com a família seria menos desgastante do que ser submetida à pressão maciça da minha mãe, as ameaças de suicídio, as recriminações dela: Onde está seu coração? As cartas da minha mãe que enumeravam o que ela e meu pai haviam feito por mim ao longo dos anos. Afinal de contas seria mais fácil comparecer a um aniversário de sessenta anos com meu namorado e meus filhos, aguentar por uma hora e desmoronar depois. Porque assim a pressão se aliviaria, os telefonemas suicidas cessariam, desde que minha mãe recebesse o suficiente para parecer normal ao resto do mundo, o suficiente para dizer, se alguém perguntasse: Bergljot está escrevendo a tese de doutorado sobre o teatro alemão. Bergljot acabou de ir a Berlim. Num período assim, minha mãe me ligou dizendo que eu certamente precisava de um carro, que meu pai gostaria de comprar um carro para mim. Pensei bem e aceitei a oferta, porque precisava de um carro, um carro seria bom para as crianças, pensei que o carro era um pedido de desculpas dele. Ou eu gostaria de acreditar que era, porque precisava do carro, e meu pai não ia querer dar um carro a alguém que, na opinião dele, o tivesse acusado injustamente de abuso sexual. Aceitei o carro, achando que o carro era uma admissão e um pedido de desculpas do meu pai. Alguns meses depois, na festa de quarenta anos de Åsa, à qual eu fui porque nossos pais não estariam lá, Astrid me contou, a altas horas da noite, quando todo mundo já tinha enchido a cara, quando eu estava bêbada, quando Astrid estava bêbada, que meu pai havia perguntado a ela e a meus irmãos se acreditavam no que eu dizia sobre ele: Bergljot diz que eu cometi abuso sexual, vocês acreditam nisso? Ela não falou o que ela e meus irmãos responderam, mas imagino que tenham respondido que não. Estavam no hall de entrada da casa da Bråteveien depois de um almoço de domingo, e meu pai lhes perguntou com cara séria se acreditavam nas monstruosidades que eu andava espalhando por aí. Então eles não tinham como dizer sim, eram obrigados a dizer não, e no momento em que disseram não, eles tomaram partido, me renegaram. Meu pai forçou meus irmãos a me renegarem. Ou seja, o carro não era uma admissão do erro e um pedido de desculpas, mas uma fraude. Saí cambaleando do salão de festas e fui para dentro da floresta, dispensei o ônibus que chegaria para transportar todo mundo, não queria ficar no ônibus com os que falavam não quando meu pai perguntava se acreditavam no que eu dizia. Odiava meu pai que me dera um carro e odiava a mim mesma porque havia me curvado e aceitado o carro, porque fora estúpida o suficiente para considerar aquilo uma admissão e um pedido de desculpas, enquanto pelas minhas costas meu pai forçava meus irmãos a me renegarem e traírem, odiava a mim mesma por ter aceitado o carro, por ter tentado perdoar meu pai achando que ele admitia o erro e pedia desculpas com um carro, e tudo era uma fraude e uma mentira. Me perdi nos caminhos da floresta sob a neblina matutina, só cheguei em casa ao raiar do dia, completamente fora de mim, completamente paralisada, completamente desnorteada, humilhada, vencida, fodida, liguei para minha mãe feito uma ferida aberta, lhe contando o que Astrid havia dito, será que realmente era verdade que meu pai fazia perguntas impossíveis assim aos meus irmãos pelas minhas costas? Minha mãe disse que eu não podia ser tão moralista. Foram os moralistas que estregaram a vida dela, os seres humanos não passavam de animais. Os seres humanos não passam de animais, Bergljot. Eu era claramente ingênua se acreditasse em outra coisa, eu era uma moralista ingênua que não entendia que os seres humanos são animais e reféns de seus instintos, uma inocente e ingênua que ficava insistindo e era incapaz de deixar para trás algo tão banal quanto umas apalpadas do papai, e aí minha mãe disse uma coisa que parecia com algo que meu pai havia dito uma vez: Você nem imagina o que passei no transatlântico. Quando meus pais eram recém-casados, eles pagaram a travessia para os Estados Unidos trabalhando no transatlântico. Desliguei. Por que eu tinha ligado para ela? De que eu havia pensado que ia adiantar ligar para minha mãe?

Embarquei num voo para San Sebastian para sair do país, para escapar, mas não escapei, embora estivesse fora, aquilo me roía e atormentava, então fiz algo que nunca tinha feito antes, liguei com raiva para minha mãe de San Sebastian. Liguei gritando com minha mãe, não com uma secretária eletrônica, não escrevi uma mensagem, mas liguei para minha mãe e ela atendeu e eu gritei com ela, pela primeira vez na vida gritei com minha mãe, gritei que ficava louca com o comportamento pra lá de irresponsável dela, com o pouco caso que ela fazia daquilo que eu lhe contava, que ficava louca com o fato de ela começar a falar de si mesma no transatlântico em vez de escutar o que eu, sua filha, lhe contava, e quando ela fez menção de me responder, gritei para ela ir se foder e calar a boca, para ela ir se foder e me escutar, gritei que me senti como o protagonista do filme *Festa de família*, aquele que a família amarra ele a uma árvore na floresta para não ter que ouvi-lo, gritei como nunca tinha gritado com ninguém antes, como nunca gritei com ninguém depois, gritei alto que ficava louca de ouvir a baboseira horrível e corrosiva dela, gritei até não poder mais, até me calar, encerrar a chamada e desligar o aparelho. Aí liguei o aparelho outra vez e telefonei para Klara, caminhei pela beira-mar de San Sebastian e lhe contei sobre meu acesso de raiva contra minha mãe, que me pegou de surpresa e me abalou, e, assim que acabou, me deixou vazia, fraca, exausta, trêmula e infantil sobre um banco num píer de San Sebastian, eu precisava de colo. Não aguento mais, solucei, o que vou fazer, estou morrendo disso, solucei. Não, disse Klara. De jeito nenhum, disse ela. Você é forte, disse ela. Você só precisa perceber que é guerra, não é um chá da tarde. É vida ou morte. Não são negociações de paz, mas uma luta de vida e morte por honra e legado, disse ela. Eu precisava desistir da ideia de ser compreendida por minha mãe. Desistir da ideia de que seria acolhida por minha mãe. Eu não ganharia nada de meus pais sem renunciar a minha verdade. Meus pais preferiam me ver morta a se aproximar de mim, eles me sacrificavam pela honra deles. É guerra, disse ela, e eu teria de me tornar guerreira. Eu não podia me considerar vítima, mas guerreira, astuta e estratégica como uma guerreira, não podia pensar em reconciliação, mas em guerra. E enquanto Klara falava, foi como se de repente a ficha tivesse caído, e algo aconteceu comigo. Percebi que não participava de negociações de paz, percebi que não estava numa reunião de conciliação, mas em guerra, percebi que não seria mediadora da paz, mas soldado. Lentamente ganhei corpo de soldado, essa era a sensação que eu tinha naquele banco em San Sebastian, no qual eu havia me sentado e desabado em soluços, do qual eu naquele momento me levantei. Ergui a cabeça e transformei meu corpo histérico, enlutado e suplicante de vítima no corpo de uma guerreira. De repente, meus pés estavam mais firmes no chão, minhas pernas me carregavam com maior confiança, meu peito se tornou duro dentro de mim, tudo que era frouxo, torcido e macio em mim desaparceu, meus passos se alongaram, andei pelos cais de San Sebastian com agilidade e determinação, sabia para onde estava indo, brandindo o braço desocupado como se quisesse revidar e me defender, como se fosse uma arma, como se eu fosse uma arma. Se querem guerra, terão guerra!, pensei. Estou preparada, pensei, depois de terminar o telefonema e desligar o celular. Estou afiando minhas armas, falei para mim mesma, sussurrando no escuro, e me senti muito melhor sendo uma guerreira do que uma criança suplicante que podia ser tratada com negligência porque sempre voltava de joelhos, ferida ou embriagada. Eu havia me tornado guerreira, eles iam ver só do que a filha deles era feita, iam sentir minha força, não tenho medo de você, pai, não tenho medo de você, mãe, estou pronta para a batalha!

Dia 5 de janeiro de manhã. Escuro, água-neve, neblina. Eu estava debaixo do cobertor e não queria me levantar, estava exausta como se tivesse estado na guerra. Lars havia me dito, quando eu ligara para ele no caminho de volta para casa na noite anterior, quando eu dissera que me sentia surrada, que eu sabia que estava indo para a guerra, e na guerra você leva pancada. Ele tinha razão, essa era a outra face da guerra. Uma face era a belicosidade, a animação guerreira na hora de lutar por uma causa em que você acredita; a outra, a exaustão e o abalo depois. Eu estivera na guerra, me sentia assim, atordoada, surrada e cansada até a medula, tinha tomado vinho tinto na cama até adormecer e acordei pesada e trêmula no dia 5 de janeiro com escuridão e água-neve. A casa estava fria, percebi isso pelo nariz que estava para fora do edredom, não aguentava me levantar, não aguentava ficar na cama, não aguentava o silêncio, não aguentava ruídos, precisava falar com Klara. Liguei o celular que eu tinha desligado à noite para não ligar para ninguém nem receber chamadas enquanto eu estivesse tão mentalmente apagada, digitei a senha, mas apareceu uma mensagem dizendo que estava errada, digitei mais uma vez, apareceu uma mensagem de erro, não entendi nada, tinha certeza de que estava certa, digitei a senha, recebi uma mensagem dizendo que estava errada e que o celular estava bloqueado e só podia ser desbloqueado dali a uma hora, mas eu tinha que falar com Klara! Me lembrei de que Søren havia arrumado uma nova assinatura para mim outro dia, arranjado um novo chip, e foi a maior cagada eu me esquecer disso na hora em que o mais importante era eu me lembrar, o que fazer agora? O celular estava bloqueado, o celular não estava funcionando, justamente no dia em que eu mais precisava dele, esse era o castigo pelo que eu tinha feito, levando minha mãe a correr de um lado para o outro no escritório de auditoria, com olhos arregalados de terror, feito um animal que sabe que será torturado e abatido. Coitada da minha mãe. Fui até meu Mac e vi que já era meio-dia, enquanto meu relógio de pulso mostrava dez horas, meu relógio tinha parado de novo, nada estava funcionando, escrevi um e-mail para Søren perguntando o que fazer com o celular, ele disse que eu podia ir à loja da Elkjøp para eles me ajudarem. Eu me vesti, me escondi nas roupas. Trofast não quis sair na chuva, eu a forcei a sair, eu era malvada, parecia que eu estava cambaleando, não comia fazia um dia e meio, precisava passar no mercado e comprar alguma coisa. Chovia a cântaros, a chuva nos açoitava, Trofast odiava isso, puxei-a atrás de mim pelas poças, impiedosa, a água repinchava da pista e nos acertava quando os carros passavam, a roupa de chuva não adiantava nada. Estávamos pingando, o rabo de Trofast pingava, passei direto pelo mercado Kiwi, não aguentava encontrar outras pessoas, não aguentava ter que escolher o que comprar, não estava com fome. A chuva se tornou neve enquanto andávamos, pisamos em lama de água-neve, arrastei a cachorra atrás de mim pela lama gelada, amarrei-a a um poste do lado de fora do relojoeiro e corri lá para dentro, onde deixei o relógio para conserto, segui para a Elkjøp, amarrei Trofast a uma cerca externa, não era permitido entrar na loja com cães. Trofast foi obrigada a ficar lá fora tremendo na água-neve fria, coitada da Trofast, ela olhou para mim com olhos decepcionados. Falei que seria tão rápida quanto possível, entrei correndo, mas precisei pegar uma senha e esperar, embora não estivesse em condições de esperar. Esperei, tentei aguentar, esperei por uma eternidade, ninguém se apressou por minha causa, depois de uma eternidade foi a minha vez, e o homem disse que eu teria de esperar, que não podiam me ajudar antes de ter passado uma hora, o telefone não podia ser desbloqueado antes disso. Vou comprar um novo, falei, se ele garantisse que funcionaria imediatamente, o que ele fez, era o dia de um celular novo. Ele pegou um celular novo, garantindo que ia funcionar de imediato, e o configurou para mim o mais rápido possível, percebeu que era urgente, paguei, saí, desamarrei a cachorra do poste e liguei para Klara, e o telefone funcionou imediatamente. Klara atendeu, e eu me pus a caminho de volta na chuva, na água-neve, com Klara ao telefone, não precisei explicar meu estado, ela percebeu pela minha voz. Por que eu fiz isso, na verdade?, perguntei. O que eu queria? Afinal, eu deveria saber que elas não se conciliariam comigo. Será que eu só queria ser malvada? Será que eu só queria soltar o vaso?

Não, disse Klara.

Se você quisesse ser malvada, poderia ter sido muito mais cruel. Seu texto foi comedido. Você disse o que elas mereciam ouvir. Elas por acaso teriam o direito de surrupiar chalés a preços de banana impunes? Durante todos esses anos, elas te trataram mal. Astrid e Åsa tiraram proveito dos recursos de seus pais durante todos esses anos. Receberam mais que Bård e você durante todos esses anos, emocional e financeiramente, elas ainda se safariam sem que você, sem que vocês reagissem? Foram cinco contra um durante todos esses anos. Você se sentiu como se fossem cinco contra um o tempo todo, porque não sabia como Bård estava. Agora são três contra dois, o que é algo novo, algo para o que elas estavam despreparadas, mas elas ainda são maioria e se apoiam entre si. Não se culpe. Foi saudável. Sim, é como Lars disse, você foi para a guerra, agora você está surrada, mas daqui a alguns dias estará melhor; em regra, ficar melhor dói.

Fui para a casa de Lars. Ele disse que havia me alertado sobre a possibilidade de que seria assim, de que ficaria pior. Não podíamos beber. Eu não podia estar tão trêmula no dia seguinte, no dia 6, como naquele dia, dia 5, eu tinha reuniões. À noitinha, Bård escreveu: Como está o clima aí? Foi uma pergunta precisa. Respondi que minha mãe e nossas irmãs eram boas em se esquivar da responsabilidade, que me davam a sensação de que eu era a causa do desconforto, de que o desconforto poderia ter sido evitado se eu tivesse me comportado de maneira diferente, eu disse que estava sentindo isso. Mas paciência, escrevi. Ele respondeu que havia consultado um advogado sobre o testamento, e já que a intenção estava claramente expressa, inclusive duas vezes, de que todos receberiam quinhões iguais, o entendimento dele era que poderíamos ter causa ganha se as cotações dos chalés não fossem ajustadas para cima. A questão era como transmitir isso a Astrid e Åsa. Eu disse que confiava nele para proceder como achasse melhor. Ele certamente percebeu que eu estava cansada, ele devia estar cansado, ele disse que achava que mamãe e nossas irmãs consideravam aquilo tudo tão desgastante quanto nós. *Acho que elas consideram isso tudo tão desgastante quanto nós*. Será que Astrid e Åsa também achavam que era desgastante? Será que sentiam algo além de raiva e ressentimento? Será que no fundo sentiam algo que lembrava luto, que não tinha a ver com nosso pai?

Não bebemos, demorou para eu dormir, eu estava deitada no escuro às costas de Lars tentando fazer contato com meu pai. Onde quer que você esteja, se você estiver em algum lugar, vamos dar um ponto-final agora, falei, eu te perdoo. Achei que ele respondeu: Você lutou bem, Bergljot, mas deve ter sido algo que me ocorreu do filme *Festa de família*.

No período em que eu tentava ter um mínimo de contato com a família, por causa de meus filhos pequenos, para que pudessem ver a família, os avós, tios e tias, primos e primas, eu às vezes me encontrava com minha mãe na cidade. Ela queria me ver, e eu a encontrava na cidade. Durante esses encontros relativamente breves na padaria Baker Hansen, ela falava muito freneticamente, mascava chiclete, ficava inquieta e se mexia na cadeira. Ela ficava nervosa por causa do assunto que não podia ser mencionado. Queria me encontrar para poder contar aos outros, amigos e conhecidos, que estivera comigo, mas receava nossos encontros, eu notava a ansiedade dela. Minha mãe tinha medo de mencionar sem querer algo que pudesse ser associado ao assunto tabu, casos atuais na mídia que dissessem respeito a crimes sexuais, e logo havia silêncio e constrangimento. Por isso ela decidiu, acho eu, falar apenas sobre os temas mais inofensivos, o tempo ou meus irmãos e as famílias deles, era um exercício obrigatório para poder manter as aparências no trato dela com outras pessoas. E mesmo assim não me surpreenderia se ela chegasse à Baker Hansen com uma espécie de esperança de que o que era difícil de repente tivesse evaporado, e ficasse decepcionada por não ser assim. Antes de nos despedirmos, depois de uma meia hora, talvez, ela me dava duas mil coroas em dinheiro. Eu agradecia e aceitava a contragosto, precisava do dinheiro, e como ela reagiria se eu recusasse? Aí ficaria ainda mais constrangedor. Depois íamos cada uma para um lado, as duas aliviadas pelo dever cumprido.

Certa vez, num desses encontros na Baker Hansen, minha mãe disse: Muitas pessoas acham o seu pai engraçado.

Por que ela disse isso? Para defender que ainda estivesse com ele? Será que minha mãe na realidade se envergonhava de ainda estar com meu pai, de ter sido incapaz de deixá-lo? Uma coisa era minha história, que podia ser rejeitada e descartada como invenção e que, além do mais, nunca se comentava, outra coisa era o que a família e os amigos e conhecidos tinham captado, o que eles não podiam ter deixado de captar: que minha mãe, depois de estar de volta com meu pai na Bråteveien, à mercê dele, depois de todo o escândalo com Rolf Sandberg, era espancada por papai. Eles bebiam e brigavam, e um dia minha mãe aparecia com o braço fraturado, tinha caído na escada. Um dia aparecia com o olho roxo, tinha esbarrado numa porta. Um dia aparecia sem um dente, tinha escorregado no gelo. Muitas pessoas acham o seu pai engraçado, disse minha mãe.

Outra vez na Baker Hansen, minha mãe disse: Seu pai tem vastos conhecimentos.

O que eu diria, que então está tudo bem, meu pai é engraçado, meu pai tem vastos conhecimentos, então vamos nos esquecer do resto?

Uma conversa real entre mim e minha mãe era impossível.

Saíamos tristes e aliviadas da Baker Hansen.

Já que não bebemos na noite do dia 5, a manhã do dia 6 foi melhor, o céu estava azul. As reuniões antes do almoço correram bem, talvez eu devesse parar de beber, talvez fosse o que era preciso. Tale ligou na hora do almoço. Na noite anterior, ela havia saído com uma amiga que também tinha relacionamentos familiares complicados, uma tal de Klara. Ela e a amiga haviam se exaltado com a maneira como aqueles que no passado se autonomearam chefes e pessoas responsáveis pelas condições do convívio familiar, que tiveram a oportunidade de se autonomear chefes e pessoas responsáveis pelas condições do convívio familiar apenas por serem adultos e terem poder, se recusavam a abrir mão do poder, a libertar os filhos, e se agarravam ao poder sem se importar com a dor que infligissem nos outros. Elas resolveram protestar, decidiram se manifestar, não mais ir na onda, as duas foram para casa escrever e-mails. Tale tinha enviado um e-mail para Astrid e Åsa, e o mesmo texto em papel pelo correio para minha mãe, que não tinha endereço eletrônico. Eu podia ler o e-mail, mas não podia mudar nada, já tinha sido enviado.

Um minuto mais tarde, ele apareceu na minha tela.

Para Inga, Astrid e Åsa,

Depois das reações à confissão corajosa da minha mãe outro dia, parece mais urgente do que nunca contar minha experiência, como filha da minha mãe e neta de Inga e Bjørnar.

Vi minha mãe tão devastada e quebrada como um ser humano pode ser sem morrer, tão destruída que pouquíssimas pessoas seriam capazes de se reerguer. Vi minha mãe lutar para conseguir viver com a própria história. Vi minha mãe guardar sua dor no bolso para não a repassar a nós, os filhos dela. Vi minha mãe usar a bebida e a literatura como válvula de escape, para fugir da realidade, das lembranças. Vi minha mãe ser incapaz de dormir sóbria, temer a noite, a cama, a perda de controle. Vi minha mãe trabalhar, trabalhar, trabalhar sem parar.

Vi minha mãe sempre procurar entender.

Vi minha mãe pedir desculpas, é minha culpa, não sua, tirar minha vergonha assim como desejava que alguém tivesse tirado a dela. Vi minha mãe lutar, tentar, ter esperança e desistir.

Vi minha avó e meu avô, e me senti como uma mentirosa. Vi-os fingir que nada acontecera e fiz a mesma coisa. Sinto vergonha disso.

Mas eu não fazia ideia de quão fundo calavam as mentiras que vocês viviam nem até que ponto estavam dispostas a ir para preservá-las. Agora vejo que negam a história inteira que de todas as maneiras foi tão presente, tão urgente e tão decisiva na vida da minha mãe e, por consequência, também na minha. Vejo que não a levam a sério. Não entendo como é possível, e isso me deixa com raiva. Não apenas em nome da minha mãe, mas porque com isso negam minha experiência, minha história: vi como ela lutou, como esteve isolada, pequena, ferida, vulnerável e sozinha.

Minha mãe não se tornou quem é por causa de uma infância feliz na avenida Skaus, minha mãe é a pessoa linda e forte que é apesar disso. Apesar de um pai que abusou dela e de uma mãe que não interveio. Ao negar isso, Inga, você apenas demonstra sua própria abdicação de responsabilidade. E não perde somente filhos, mas netos e bisnetos. Que triste.

Chorei. Era tão horrível ver aquilo, era tão bom ser vista. Era tão doloroso ter um espelho colocado à minha frente que não contava mentiras, era tão bom que ela enxergasse tão bem. Era tão terrível que a pessoa destruída espalhasse destruição, que era tão difícil evitar. Meu pai dizendo: Você não tem ideia do que passei quando criança.

Telefonei e agradeci, ela ouviu que eu estava emocionada e disse que não escrevera porque era uma boa pessoa, mas porque estava indignada e furiosa, e além do mais ela não sacrificava nem arriscava nada, pois tinha sua vida em Estocolmo, não precisava da família da Bråteveien, elas não podiam machucá-la, ela não era vulnerável em relação a elas, era um ato político, disse ela, pois qual seria o destino do mundo se as pessoas se comportassem como a família da Bråteveien, sem arcar com as consequências? Percebi que ela queria me livrar da gratidão, mas a senti mesmo assim.

Certa vez, no período em que eu tinha um mínimo de contato com a família por causa dos meus filhos pequenos, para que pudessem ter algum convívio com a família, minha mãe me ligou dizendo que Rolf Sandberg ia se aposentar, ela ainda mantinha contato com ele. Rolf Sandberg ia se aposentar e seria obrigado a limpar o escritório, onde guardava toda a correspondência dele e dela. Ele não podia levá-la para casa, e minha mãe não podia guardá-la na Bråteveien, ela perguntou se eu queria ficar com as cartas, deviam ser bastante interessantes para uma pessoa do teatro, ela achava. Quem sabe eu me inspirasse, quem sabe pudessem ser transformadas numa peça de teatro um dia, será que eu poderia guardar a correspondência no porão?

Se fosse antes de eu compreender minha história, eu talvez tivesse dito sim, pois costumava dizer sim à minha mãe, costumava atender aos desejos dela, embora tentasse manter distância, por ela não ter limites, eu dependia dela, já que ela era tudo que eu tinha. Se fosse antes do momento da verdade, eu certamente teria dito sim, e minha mãe teria levado a correspondência ardente entre ela e Rolf Sandberg para minha casa, e sem dúvida teria me mostrado algumas cartas especialmente poéticas, recitando-as, e eu teria ouvido, a contragosto, mas teria escutado, tão entrelaçada eu estivera em tudo que era da minha mãe que não sabia a diferença entre o que era meu e o que era dela.

Essa foi a infância que me coube, e no início não a questionei, não questionei aquilo tudo que era da minha mãe e no que me deixei entrelaçar, pois não tinha pai. O jeito da minha mãe foi a norma, eu não conhecia outra coisa, não sabia o que era a normalidade. Afinal, o que me foi apresentado como normalidade era insanidade, uma insanidade resultante do desespero, mas eu não sabia disso.

Astrid mandou uma resposta a Tale rapidamente. Com a mesma ladainha, disse Tale. Abria dizendo que não era de estranhar que Tale tivesse sofrido, todos haviam sofrido, ela e Åsa tinham sofrido, mas sobretudo nossa mãe e Bergljot, eu, estavam sofrendo agora. Ela tinha refletido muito, escreveu, havia mais de vinte anos não parava de pensar, e entendeu que era sofrido para Bergljot, para mim, que ela não tivesse tomado uma posição, mas, se o tivesse feito, teria sido numa base falha. Ela achou que estava na hora de uma reconciliação. Em conclusão, perguntou se a mensagem de Tale também havia sido enviada para nossa mãe. Quando Tale respondeu que fora enviada para nossa mãe pelo correio, ela perguntou se poderia buscar a carta na caixa postal da mamãe. O receio dela era que minha mãe não aguentasse mais. Tale disse que podiam fazer o que bem entendessem, ela não queria levar a culpa por qualquer suicídio.

No entanto, mais tarde naquele dia, no dia 6 de janeiro, depois de conversar com Klara, Tale foi para casa e escreveu um e-mail furioso para Astrid, sem adaptações ou revisões, dizendo que não fora sua intenção se apresentar como vítima e sofrida, ela não era vítima nessa história, tampouco era Astrid. Você também não é vítima, Astrid!

Escreveu que havia se pronunciado unicamente como testemunha, já que era evidente que necessitavam disso, e que não passava de uma provocação quando Astrid dizia que todos haviam sofrido horrores, porque o sofrimento de Inga era infligido por ela mesma, e em vez de oferecer atenção vazia, Astrid poderia usar a influência dela para chamar Inga à razão, pois Inga não iria a lugar algum e não rejeitaria mais uma filha, Inga não conseguiria sobreviver sem Astrid. No entanto, a verdade é que você já tomou uma posição, escreveu ela, você escolheu sua mãe em detrimento da sua irmã, e é inconcebível que você nem seja capaz de reconhecer esse fato.

A esse último e-mail furioso ela não recebeu resposta alguma. Assim como eu não recebia respostas a meus e-mails furiosos para Astrid. A raiva não era uma coisa boa. Astrid não queria se envolver com a raiva, Astrid queria se comportar de forma civilizada e digna e não contribuir para uma escalada do conflito, algo que poderia ser causado pela raiva, Astrid queria contribuir para a paz e a reconciliação mostrando um comportamento pacífico e conciliador, quem sabe ela desprezasse pessoas que atuavam com raiva, que eram incapazes de se controlar, que se deixavam dominar por uma emoção tão pouco civilizada como a agressão. Astrid talvez voltasse depois de nós nos acalmarmos.

Estava na hora da reconciliação, escreveu Astrid.

Soava conciliador. Parecia simples, como se fosse uma questão de fazer um esforço e ter boa vontade.

O filósofo Arne Johan Vetlesen disse que o problema das comissões da verdade, dos processos de reconciliação após as guerras, é que em regra exigem tanto das vítimas quanto dos carrascos, e nisso reside uma injustiça.

Muitas vezes refleti sobre essa afirmação, pensando que um processo de reconciliação na família exigira mais de mim do que de meus pais e minhas irmãs, o que era injusto. Além do mais, nas comissões da verdade que foram instituídas depois das guerras havia pelo menos um alto grau de consenso sobre quem era a vítima e quem era o carrasco. Como se conciliar se não havia um acordo nem sobre isso?

E ainda por cima, se Astrid estava falando sério, se realmente tinha vontade de uma reconciliação, um começo seria compartilhar os chalés em Hvaler com todos os irmãos, não?

Você já notou, comentou Bo depois de assistirmos a *Maridos e esposas*, de Woody Allen, que muitas das principais figuras femininas dele, sobretudo as interpretadas por Mia Farrow, são caracterizadas pela aparente preocupação com todos os outros, a aparente abnegação, aquelas mulheres de Woody Allen que parecem ser bem-intencionadas, que querem resolver conflitos, que nunca levantam a voz, que são levemente condescendentes quando os outros levantam a voz e ficam com raiva, aquelas mulheres que aparentemente não pensam em si mesmas, mas nos outros, que são difíceis de contradizer e de quem é difícil discordar por serem tão meigas e gentis, aquelas mulheres, disse ele, geralmente conseguem o que querem? Aquelas mulheres tendem a sempre chegar lá, curiosamente veem seus desejos e intenções realizados. Elas desenvolveram uma linguagem de poder eficaz, mas singularmente feminina, disfarçada de preocupação com os outros.

Você já percebeu, perguntei a mim mesma, como você usa todas as análises de Bo a seu próprio favor?

Bård conseguiu comunicar à nossa mãe, Astrid e Åsa que, segundo um advogado, a intenção do testamento não se realizaria se as cotações dos chalés não fossem ajustadas para cima. Elas entraram em contato com um advogado. O advogado discordava da avaliação do advogado de Bård, citando alguns artigos e dizendo que Bård e eu não prevaleceríamos num eventual litígio. Não entendi aquilo, não aguentei tentar entender, mas o último parágrafo da nota do advogado delas me chamou a atenção. Estava escrito que ninguém poderia nos impedir de ir à justiça, no entanto seria extremamente desgastante para nossa mãe, além de impedir "a cooperação ligada às empresas que, de acordo com os desejos dos testadores, será estabelecida entre os herdeiros diretos". Esse tipo de cooperação não poderia funcionar a não ser que os conflitos na família fossem atenuados.

Pelo visto, minha mãe, Astrid e Åsa deixaram de informar ao advogado sobre como o desejo de Bård de que as casas de veraneio fossem partilhadas entre os quatro irmãos havia sido bruscamente rejeitado, e era evidente que tinham evitado explicar a natureza do meu conflito com a família.

Karen ligou. Astrid havia lhe enviado uma mensagem perguntando se poderiam conversar, e deveria ser a meu respeito, pois fora isso elas não tinham contato. Eu lhe contei sobre o e-mail de Tale, dizendo que com certeza ela estava preocupada com a possibilidade de eu me jogar de uma janela, de eu me jogar na frente de um trem. Ou ela fingia estar preocupada, querendo documentar a preocupação dela, enquanto no fundo torcia para que eu me jogasse de uma janela, me jogasse na frente de um trem. Quem sabe todas na Bråteveien torcessem para que eu me jogasse de uma janela, me jogasse na frente de um trem. Elas me temiam pelo que eu era capaz de gritar aos quatro ventos, de escrever. Somente quando eu estivesse morta elas estariam seguras, e elas ansiavam por segurança. É natural, é humano.

Karen conversou com Astrid e depois me contou que ela parecia preocupada de verdade. Talvez sentisse uma espécie de amor por mim? Talvez realmente tivesse tentado, uma ou mais vezes quando estava a sós com minha mãe, com um cuidadoso: Você sempre teve certeza absoluta de que não há fundamento algum para as...

E minha mãe tivesse reagido tão birrenta e agressiva como na reunião com a auditora no dia 4 de janeiro, a enfrentando furiosa com: O que você está dizendo?! O que você está insinuando? Você realmente acredita em uma coisa dessas sobre seu pai?

Deve ter sido difícil para Astrid. Deve ter sido difícil para minha mãe. Quanta coisa devia estar em jogo para minha mãe se ela automaticamente ativava tal defesa, se ela se encontrava num estado de tanto alerta, se ela não apenas reagia da maneira como reagira na reunião com a auditora no dia 4 de janeiro, mas nunca, no decorrer dos últimos vinte e três anos, se dirigira a mim com um: Me conte o que você acha que aconteceu com você. Em vez disso, havia pânico descontrolado e uma reação instintiva de ansiedade. Será que se tratava da mentira vital ibseniana, aquela que não se pode tirar de uma pessoa sem ao mesmo tempo lhe tirar a felicidade? Não, porque não se tratava de uma mentira vital, pois ela não acreditava na mentira, não caía nela. Mas como seria a vida dela se minha história viesse à tona e se acreditassem nela? Esse era seu medo.

Coitada da minha mãe, que, durante tantos anos, temia que eu afundasse por causa do inominável. No entanto, não afundei, aparentemente me dei bem, então seu pavor de que eu afundasse diminuiu, mas foi substituído pelo temor de que o inominável surgisse das memórias reprimidas, de que eu me conscientizasse de minha história. Aí ela chegou a um ponto na vida em que seria bom para ela se o inominável fosse mencionado, na altura em que a paixão por Rolf Sandberg estava no auge, naquela época que ela queria se divorciar do meu pai para viver com Rolf Sandberg, aquela vez em que ela me perguntou: Será que seu pai fez alguma coisa com você quando você era pequena?

Não entendi o que ela quis dizer. Estávamos no refeitório da faculdade de Pedagogia que ela cursava, lembro-me do episódio muito claramente, pois o que ela estava dizendo, afinal? Em que ponto as palavras dela me atingiram? Respondi que não.

Enfim não deu certo com minha mãe e Rolf Sandberg, e minha mãe voltou para o meu pai, o que mais ela faria? E de novo ela começou a temer que o inominável surgisse das memórias reprimidas, que eu me conscientizasse de minha história, porque isso significaria que ela estava vivendo com um malfeitor, e àquela altura ela receava que ela mesma houvesse plantado a semente da conscientização com a pergunta: Será que seu pai fez alguma coisa com você quando você era pequena?

Minha mãe estava com medo, sempre com medo. Se não era uma coisa, era outra.

Então eu me casei e tive filhos, e o temor da minha mãe, o temor do meu pai, diminuiu, acreditaram que o perigo havia passado, então minha filha mais velha completou cinco anos, e eu achei que o pai dela entrava no quarto dela à noite, e me apaixonei por um homem casado, me divorciei e me vi num atoleiro, e durante uma ceia de Natal eu disse que cogitava começar a fazer terapia, então meu pai me rechaçou no tom mais brusco dele, aquele que todos da família, sobretudo minha mãe, temiam: Você não vai fazer terapia alguma!

Lembro-me do episódio claramente, pois o que ele estava dizendo, afinal? Em que ponto as palavras dele me atingiram?

Depois de trabalhar numa peça de um ato sobre um encontro amoroso, tive umas crises estranhas de dor, e fui ver o que eu tinha escrito antes das crises e me deparei com a seguinte frase: Ele me tocou como um médico, ele me tocou como um pai. Então veio uma avalanche que me atingiu como uma pancada e um desmaio. Entendi tudo, e tudo fez sentido e era horrível e insuportável, e achei que fosse morrer, mas então não morri, consegui suportar de alguma forma, pois o ser humano foi tão sabiamente concebido que qualquer coisa reprimida, horrível, insuportável vem à tona quando você está preparado para encará-la. Aquela vez liguei para Astrid, alguns minutos depois do desmaio, atordoada e num estado de desintegração, e liguei para minha mãe, abalada e num estado de desintegração, e minha mãe foi até minha casa, e desmoronei em convulsões no chão, e ela disse: Agora entendo por que não se deve fazer pouco dessas coisas. E ela conversou com meu pai, e eles foram para Hvaler, ficaram em crise e beberam, e meu pai disse à minha mãe: E se eu dissesse que fiz aquilo?

E minha mãe respondeu, segundo o que disse ao me ligar na manhã seguinte, contando o que havia dito, ela lhe respondeu: Então eu não poderia continuar casada com você. Minha mãe me ligou, dizendo isso como que para mostrar a firmeza dos princípios dela: ela não era o tipo de mulher que poderia ser casada com um homem que havia feito coisas assim. No entanto, durante todos aqueles anos ela vivera com um homem que, conforme ela percebeu, tinha feito coisas assim. Em Hvaler, meu pai estava bêbado, chorava e falava: *E se eu dissesse que fiz aquilo?* Meu pai estava bêbado e abriu a possibilidade de uma conversa séria e decisiva, e minha mãe respondeu que então não poderia continuar casada com ele. Minha mãe eliminou a possibilidade de uma conversa séria, honesta e decisiva. Minha mãe deve ter imaginado, numa espécie de cenário de pesadelo, o que uma admissão por parte dele significaria para ela. Como ela lidaria com uma confissão do meu pai? Nesse caso, eu não poderia ser casada com você, disse minha mãe, e meu pai fechou a boca. Assim ficou decidido, assim continuaram a vida em comum, assim encerraram a crise, assim tentaram virar a página, talvez nunca mais tenham tocado no assunto, afinal, o que diriam? Decidiram, juntos e tacitamente, se comportar como se nada tivesse acontecido, enterraram o assunto e talvez esperassem que não lhes custasse o relacionamento comigo. Ou calcularam que o relacionamento comigo valia menos que o preço que pagariam se entrassem na conversa honesta que meu pai havia aberto. *E se eu dissesse que fiz aquilo?* O cenário que se abriu para minha mãe naquele momento deve ter sido tão assombroso que ela foi incapaz de entrar nele. Como minha mãe atuaria se meu pai confessasse? Seria assombroso, assombroso. Pôr tudo em pratos limpos com meu pai e convocar uma reunião comigo? Para que pudéssemos conversar séria e honestamente sobre o assunto todos os três, o triângulo completo? Será que poderiam continuar casados então? Será que eu poderia continuar a vê--los? E os outros, deveria haver uma conversa aberta e honesta sobre isso com Bård, Astrid e Åsa? E será que não era ilegal, será que teria que ser denunciado à polícia? E será que deveria ser confessado a outros, à tia Sidsel e à tia Unni e às famílias delas, ser anunciado aos quatro ventos? Seria assombroso e impossível, entendi, enquanto isso o relacionamento comigo era uma coisa pequena, o relacionamento comigo podia ser sacrificado, quem não agiria como minha mãe?

Eu?

Astrid levou a sério aquela vez há vinte e três anos quando liguei para ela aos soluços, Astrid ficou comovida e insegura, se envolveu no problema e permaneceu envolvida no problema por mais tempo do que meus pais, que, rapidamente, assim que voltaram as costas para o que era assombroso e impossível, retomaram a vida deles, minha mãe com sua fantasia de princípios: Então eu não poderia continuar casada com você.

Astrid levou a sério por um tempo, mas aí parei de ligar e compartilhar tudo com ela, porque comecei a fazer psicanálise quatro vezes por semana e tinha um espaço onde podia nomear o inominável. Parei de entrar em contato com Astrid, essencialmente estive ausente nos anos que se seguiram àquele momento de vinte e três anos atrás, e a questão se tornou menos urgente para Astrid, que foi se imiscuindo no seio da família da Bråteveien, torcendo para que aquela coisa comigo fosse passar. Umas duas vezes por ano, mal isso, ela conversava comigo, geralmente sobre a redação de artigos, o suficiente, porém, para que se sentisse como intermediária, algo que tinha sido desgastante, que a fazia se sentir entre a cruz e a espada, de acordo com ela mesma. Será que significava que nossos pais a haviam pressionado no sentido de não ter contato comigo? Ou será que a pressionavam por meio de perguntas desconfortáveis e insinuantes: Você não acredita no que Bergljot diz, acredita? Mas, conforme os anos passaram e o drama diminuiu, até isso se tornou cada vez mais raro, eles acabaram estreitando os laços ainda mais na Bråteveien, viam-se com frequência, nos feriados e durante os longos e ensolarados verões em Hvaler, e, ao passo que nossos pais envelheciam, várias vezes por semana, e somente agora, depois da morte de nosso pai, depois do dia 4 de janeiro, Astrid talvez se tocasse de que com a soma dos atos dela ao longo desses vinte e três anos, cada um dos quais podia parecer insuspeito, ela acabara tomando o partido de nossa mãe. Que tudo que recebera de dinheiro e presentes de nossos pais no decorrer dos anos a havia deixado com uma dívida de gratidão que ela não podia ignorar, pois, como se sabe, presentes são em parte uma bênção, em parte uma maldição, eu mesma tive essa experiência. Somente agora ela percebia que passo a passo havia agido de tal forma que já estava no partido do pai defunto e da mãe logo talvez defunta, e não no do irmão, da irmã mais velha e dos filhos deles.

Será que a morte das pessoas cuja aceitação e satisfação você moldou sua vida para conquistar leva você a sentir um vazio repentino?

Será que a morte das pessoas cujo acolhimento você, consciente ou inconscientemente, desejou leva você a descobrir que as escolhas que fez, pequenas e grandes, para ser acolhida por elas, contribuíram para afastar outras?

Em um de seus romances, Sybille Bedford escreve que, quando somos jovens, sentimos que ainda não fazemos parte da condição humana, quando somos jovens, fazemos as coisas porque não são "para sempre", pensamos que tudo é um ensaio a ser repetido à vontade, a ser corrigido assim que a cortina se abrir de verdade. Um dia ficamos sabendo que a cortina estivera aberta o tempo todo. *Aquele* era o espetáculo.

Eu suspeitava que, durante os vinte e três anos que se passaram desde que tudo estourou, meus pais tivessem se posicionado para a eventualidade de que poderia estourar de novo. Que eles conscientemente tivessem estreitado os laços com Astrid e Åsa, dando-lhes muitos e grandes presentes, empréstimos de somas vultosas, sendo generosos de todas as maneiras, criando novas tradições, novos rituais para garantir e reforçar o sentimento de família e união, caso tudo estourasse de novo.

Mas quem sabe eu fosse paranoica?

O FILME NORUEGUÊS *SØNNER* GIRA EM TORNO DE UM GRUPO de garotinhos que foram abusados por um homem adulto. Ele os conheceu na piscina pública e fez amizade com eles. Eram filhos negligenciados, carentes de figuras cuidadoras do sexo masculino. O homem adulto se tornou uma figura cuidadora. Se eles não tinham o que comer, ganhavam comida na casa dele. Se estavam encharcados e morrendo de frio, ganhavam roupa e calor dele. Se não tinham onde dormir, podiam dormir na casa dele. O filme retrata como esses garotos se vingam depois de adultos. São feios e parecem excessivamente agressivos ao se lançarem sobre o molestador, que a essa altura já é um apreensivo senhor de idade. Os rapazes são enormes, obesos, nojentos e desajustados, é doloroso ver esses homens imaturos, furiosos e estouvados atacarem um velhinho trêmulo.

O sofrimento não nos torna bondosos. Normalmente, o sofrimento nos torna malvados. A briga sobre quem sofreu mais é infantil. Em regra, os oprimidos acabam sendo mutilados e têm a vida emocional arruinada, em regra, os oprimidos adotam a mentalidade e os métodos do opressor, essa é a consequência mais infame da opressão, ela destrói os oprimidos e os torna menos aptos a se libertar. É preciso grande esforço para transformar o sofrimento em algo que seja útil para alguém, sobretudo para o próprio sofredor.

Meu pai disse, no auge da turbulência do escândalo em torno da minha mãe e Rolf Sandberg, quando ele e minha mãe se posicionavam em relação a nós, seus filhos, ele me disse: Sua mãe diz que quando vocês duas andam juntas na rua, é para ela que os homens olham.

Minha mãe disse, no auge da turbulência do escândalo em torno dela e Rolf Sandberg, quando ela se posicionava em relação a nós, seus filhos, me mostrou uma foto minha tirada no meu aniversário de dezoito anos e disse: Imagine, seu pai diz que você não é bonita. Nessa foto você está até bonitinha.

Alguns anos atrás, participei de uma conversa na TV sobre o teatro contemporâneo, e minha mãe ligou depois do programa dizendo: Você está com o cabelo tão comprido e escuro, é uma pena, você que era tão linda quando jovem.

Talvez ela pensasse que eu era tão vulnerável quanto ela quando se tratava de beleza.

Será que ela falava assim com as minhas irmãs? Não podia ser, aí elas não a amariam tanto, não seriam tão próximas dela como eram. Meu pai tinha feito da minha mãe minha concorrente, e minha mãe não percebia, estava acostumada a fugir de todas as verdades inconvenientes, tinha feridas próprias numerosas demais a lamber para ser capaz de se colocar em meu lugar. E como ela poderia me compreender se nunca analisava a si mesma?

Karen disse, enquanto estávamos na piscina pública nadando e falando sobre a reunião com a auditora, um assunto que, para mim, ainda não estava esgotado. Ela disse, e isso me deixou muito feliz, que não era preciso muito da parte da minha mãe para que as coisas pudessem ter sido diferentes. Se ela tivesse começado a chorar. Se ela tivesse dito: Estive tão aflita. Se ela tivesse dito: Sempre fui tão dependente do seu pai, não teria conseguido me sustentar sem ele. Se ela tivesse dito: Eu era tão jovem, tinha tanto medo. Se minha mãe tivesse dito, assim como Tove Ditlevsen disse pouco tempo antes de morrer: Minha vida se tornou estúpida.

Naquele dia esqueci o relógio recém-consertado na piscina pública, talvez tenha sido de propósito, havia chegado a hora de um novo relógio, uma nova era.

NA MANHÃ DO DIA 9 DE JANEIRO, DESEMBARQUEI DO METRÔ na estação de Majorstua e desci a Bogstadveien em direção à Casa da Literatura para me encontrar com Bo e discutir um artigo que ele havia escrito sobre a viagem dele a Israel e à Palestina. Aí me ocorreu que poderia deparar com elas, Astrid, Åsa ou minha mãe. Uma delas ou duas delas ou todas as três juntas, e fui tomada por pavor. Se eu encontrasse uma delas ou todas as três, o que eu faria? Por favor, Deus, não me deixe encontrá-las! O que farei? Eu as visualizei assim como as vira na reunião com a auditora no dia 4 de janeiro: três mulheres assustadas, três mulheres de cabelos curtos parcialmente grisalhos, duas delas com olhos bastante vacilantes. Imagine se eu me deparasse com uma delas, ou com as três, de repente eu as via por todo lado, sábado de manhã e a Bogstadveien cheia de gente, mulheres de cabelos curtos e grisalhos em todo lugar, algumas de braços dados, do jeito que Astrid certamente andava de braços dados com nossa mãe, a viúva de oitenta anos que inspirava pena, fazendo compras ou passeando na Bogstadveien, a caminho da Baker Hansen, no mundo lá fora, se é que teriam coragem de sair no mundo lá fora, descer a Bogstadveien numa manhã de sábado, se é que não tinham ficado em casa por medo de se depararem comigo, restringindo-se à suas vizinhanças para não de se depararem comigo. Evitando os lugares onde arriscavam me encontrar, talvez andassem com o mesmo receio no corpo que eu sentia no corpo agora, um receio de me ver de repente, minha figura e meu rosto, uma figura e um rosto que imediatamente as encheria de pavor, vi os rostos delas apavorados diante de mim, o rosto apavorado da minha mãe na reunião com a auditora, como um animal enjaulado que sabe que será atormentado e abatido, e uma dor imensa me inundou, uma dor de compaixão, minha pobre mãe.

O PROBLEMA NÃO ESTÁ EM SIMPATIZAR COM UMA PARTE DE um conflito, disse Bo, mas em simpatizar com as duas. O problema surge quando ambas as partes são vítimas, se identificam com o papel de vítima, precisam desse papel e se aproveitam dele ao máximo, não querendo abrir mão dele. Tinha sido difícil, disse ele, estar num lugar onde todos os representantes de ambas as partes do conflito falavam a língua propagandística de Goebbels e perscrutavam o rosto de Bo em busca de apoio ou ceticismo, reagindo com agressão contra ele se achavam ter detectado ceticismo. Não era um lugar fácil de estar, disse ele acendendo um cigarro, tinha começado a fumar outra vez. Não sei o que vai acontecer, disse ele, dificilmente posso imaginar que terminará bem, disse, a situação parece completamente insolúvel.

Eu estava prestes a sugerir um rompimento, mas não existia a possibilidade de rompimento, esse era o infortúnio, esse é o grande infortúnio, falei, se você não tiver a possibilidade de rompimento, se não puder escapar, não puder ir embora, se você estiver fadado a permanecer e a ser consumido.

Você optou pelo rompimento, disse Bo, mas mesmo assim não está livre.

Sonhei que estava de volta à minha infância, eu andava com minha mãe pela Eiketunet e queria lhe explicar quantas coisas me afligiam, como eu estava lutando, mas ela não escutava, não queria escutar, não queria entender, só falava das coisas dela, e pensei: Agora *preciso* sair de casa! E aí, logo depois: Mas não posso, afinal, tenho apenas cinco anos.

Passei o último fim de semana de janeiro num seminário sobre o lugar da crítica de teatro nos jornais diários, eu era uma das promotoras do evento e não podia deixar de ir. Eu estava tensa. Torcia para que as pessoas não tivessem visto a nota de falecimento e a associado comigo, torcia para que ninguém soubesse que meu pai acabara de falecer e me oferecesse os pêsames, eu não queria falar com estranhos sobre meu pai, a morte e o enterro. Fiz questão de parecer ocupada nas pausas, fiquei debruçada sobre o Mac escrevendo, andei sozinha e pulei o jantar festivo no sábado. No domingo à tarde, depois do fim do seminário, fui à casa de Lars na floresta. Não via a hora de chegar lá, de escapar, de não ter tarefas urgentes. *No Palco* finalmente havia sido enviada para a gráfica, e eu não tinha outros compromissos além de preparar uma conversa sobre a adaptação teatral dos poemas de Rolf Jacobsen dali a uma semana. Estava ansiosa para ligar os aquecedores da casa de Lars, para sentir o calor se espalhar, para estar no meio da floresta e longe de tudo. Lá, uma calma costumava me envolver, eu esperava que lá a calma fosse me envolver.

Cheguei lá, liguei os aquecedores e fiquei no aguardo do calor, da calma, torcendo por calma e sono profundo. Sonhei que estava no Frognerparken, me esforçando para levar duas crianças pequenas e muitas bolsas pelas escadarias até o topo, onde minha mãe, Astrid e Åsa nos aguardavam para irmos juntas à passeata do Dia Internacional da Mulher. Começa à uma e meia da tarde, disse Astrid assim que cheguei lá em cima, e logo ia dar uma e meia. Mas preciso colocar minhas lentes de contato, comentei, preciso trocar a fralda da menor, falei, não vou conseguir chegar à uma e meia. Elas se entreolharam, e entendi que iriam embora sem mim. Vamos na frente, disseram e entraram no carro, com certeza a gente se vê lá.

Acordei com uma sensação opressiva. Tale ligou e ouviu que eu estava com uma angústia no corpo, contei-lhe o sonho e ela disse: Você está tendo dificuldade de justificar para si mesma que não quer vê-las, mas elas é que não querem ver você.

Em Jerusalém, Bo tinha visto o muro, as guaritas, a polícia militar fortemente armada e um lugar onde o muro se erguia a ponto de ofuscar o céu de todos os lados de uma praça minúscula e claustrofóbica cercada de arame farpado, câmeras de vigilância, megafones, soldados e torres de vigia, parecia uma assustadora instalação de defesa soviética tirada de um filme de James Bond da década de 1980, disse ele. Alguns garotos ortodoxos corriam e brincavam ali, pois naquele lugar sinistro estavam celebrando uma festa religiosa. O guia colocou uma mão sobre o muro ao lado dele e disse que atrás havia um campo de refugiados. Quem vive ali?, perguntou Bo, em sua ingenuidade. Os palestinos, claro, respondeu o guia, os que foram deslocados em 1967. Atrás do muro, a meio metro de distância de Bo, eles viviam isolados do resto do mundo havia quase cinquenta anos. Foi uma experiência desconcertante. Tel Aviv foi ainda mais desconcertante, pois Tel Aviv se parecia com uma metrópole europeia qualquer, completamente nova e moderna com arranha-céus altos e cintilantes, uma grande ópera e um grande museu moderno; Tel Aviv era familiar, civilizada e um sucesso, ele se sentira seguro e em casa em Tel Aviv, com elegantes bairros comerciais, restaurantes de luxo e um amplo calçadão de praia, onde pessoas jovens e lindas vestidas com roupas ocidentais tomavam café ou cerveja enquanto contemplavam a vista do Mediterrâneo, em dias muito claros sem nuvens podiam enxergar até Gaza, era assustador.

Bård me escreveu perguntando como eu estava. Respondi que estava bem, que estava na casa de Lars na floresta, que não tivera notícia de nenhuma das três, e que isso era bom. Ele tinha recebido uma mensagem de texto da mamãe no aniversário dele, escreveu ele, aos dez minutos para a meia-noite, logo antes de não ser mais o aniversário dele: Feliz aniversário. Uma mãe nunca esquece.

Minha mãe talvez esperasse que Bård estivesse com receio de não receber um recado dela. Que Bård passasse o aniversário inteiro olhando para o celular e esperando uma notícia e um parabéns dela. E quem sabe ele se sentisse assim mesmo, eu não o conhecia bem o suficiente para saber. Mas minha mãe provavelmente torcia para que ele se sentisse assim, para que estivesse aguardando uma mensagem de aniversário, por isso ela demorou, querendo que ele reconhecesse o quanto ansiava por um recado, o quanto realmente amava a mãe, então os parabéns dela só chegaram dez minutos antes da meia-noite, logo antes de o aniversário acabar, e aí estava escrito: Uma mãe nunca esquece.

Ela sem dúvida mastigou longamente aquilo. E a intenção era que Bård também mastigasse longamente aquilo: o que ela não esquecia. O aniversário ou o comportamento de Bård na disputa sobre a herança. Sempre havia uma farpa. Eu me lembrava disso de antigamente, em geral eu me sentia mal depois de conversar com ela. O telefone tocava, eu atendia, era ela, conversávamos sobre isso e aquilo, e depois de terminar a conversa, eu estava ali, com o fone na mão me sentindo mal. Uma vez em que eu estava assim, com o telefone na mão me sentindo mal depois de ter conversado com minha mãe, eu disse a mim mesma: Não era para ser assim. Deveria ser o contrário, não?

Será que sempre foi assim? Não. Ficou pior depois de eu me divorciar, depois de eu conseguir me divorciar e conquistar o professor universitário, depois de eu conseguir o que ela não havia conseguido.

Antes do atentado de Sarajevo, o otimismo reinava na Europa, disse Bo, ele estava chegando da Biblioteca Nacional. Para compreender as guerras atuais, ele precisava entender a Segunda Guerra, e para compreender aquela, era preciso compreender a Primeira e o período antes dela. Antes do atentado de Sarajevo, disse ele, as conversas mais importantes sobre política, arte e ciência eram internacionais. Antes do atentado de Sarajevo, a vanguarda de diversos países se encontrava no salão parisiense de Gertrude Stein, e as questões incendiárias do dia eram discutidas nas conferências internacionais da associação psicanalítica, e europeus de destaque cantavam loas à cooperação transnacional. A grande guerra europeia não viria, disseram os líderes europeus, entretanto os tiros em Sarajevo foram dados, deflagrando a guerra, e uma conquista civilizatória como a ferrovia facilitou a movimentação das tropas, possibilitando que os trens suprissem a frente de combate com novos corpos, e o desenvolvimento da espingarda de repetição pela indústria armamentista tornou o poder de fogo mais formidável do que antes. Milhões de jovens foram massacrados de ambos os lados, e as pessoas ficaram chocadas ao se darem conta dos horrores. Mas não Sigmund Freud. Sigmund Freud não compartilhou do espanto das pessoas com o que o homem europeu era capaz de fazer. Compreendia a desolação geral, escreveu ele, pois também professara a crença de que os grandes povos haviam adquirido tanta compreensão pelo que tinham em comum e tanta tolerância pelas diferenças entre si que "estrangeiro" e "inimigo" não mais deveriam ser fundidos num só conceito, e, com essa autoimagem, não era de se estranhar que o cosmopolita cultural ficasse desiludido diante da realidade da guerra; a autoimagem se chocava com a realidade.

Segundo Freud, a noção de que o ser humano, com a ajuda da razão e uma pitada de boa educação, seria capaz de erradicar o mal dentro de si mesmo e na sociedade era uma falácia, disse Bo. A psicanálise ensinou a Freud que a essência do ser humano consiste em impulsos instintivos, o ser humano em si não é nem bom nem mau, mas bom numa relação, mau em outra, bom em certas circunstâncias, mau em outras, em primeiro lugar o ser humano é humano, e o perigo surge quando o ser humano nega esse fato básico. De acordo com Freud, esse é o ponto fraco do homem europeu, do homem ocidental, disse Bo, que ele é cegado pelos triunfos civilizatórios dele e superestima as capacidades culturais em relação aos impulsos. Por isso se chocou e se consternou com as atrocidades da guerra, mas o choque e a decepção eram infundados, escreveu Freud, o homem ocidental não havia se rebaixado assim de repente, pois nunca se havia edificado tanto quanto imaginava. O homem ocidental reprimiu a fraqueza de seu eu, escrevera ele, e Bo concordava, o homem ocidental havia reprimido o fato de que a inteligência não independe dos sentimentos, e numa situação de guerra, em situações de crise, impulsos latentes vinham à tona. A civilização era deixada de lado e as pessoas começavam a acreditar na próprias mentiras, exagerando a maldade do inimigo, o homem ocidental não se deu conta de que obedecia às paixões e não aos interesses dele.

Sempre que brigávamos, minha mãe dizia: Não é de se estranhar que haja guerra no mundo, se nem vocês conseguem manter a paz.

Sonhei que estava com Tale, aos cinco anos de idade, numa loja de artigos de costura, eu arrumava alguns carretéis, mas ela os bagunçava de novo. Briguei com ela, que imediatamente retribuiu com braveza, e não de uma maneira infantil, de uma maneira adulta e sarcástica, na frente de todo mundo, falou comigo como se eu fosse a pior mãe do mundo. Não entendi o que havia feito para merecer uma bronca assim, um desdém tão astuto dela, ela disse aos funcionários da loja que eu havia roubado carretéis, me traindo e querendo me magoar, fiquei magoada, desesperada e furiosa, mas tinha medo de reagir do jeito que mais queria, impetuosa e agressivamente, na frente de todo mundo, só que não consegui me conter, levantei-a do chão e a coloquei bruscamente numa cadeira, gritando: Não é assim que você fala com a sua mãe!

No momento em que a frase saiu da minha boca, percebi, com aflição e feito um grito, que era algo que eu ouvira muitas vezes quando criança: Não é assim que você fala com a sua mãe!

Ela desatou a chorar, e vi que seu choro era profundo, fiquei com dó dela e com a consciência pesada, abracei-a e pensei que então poderíamos fazer as pazes e chorar juntas, que então eu poderia finalmente consolá-la. Ficamos assim por um tempo, eu envolvendo-a com os braços e ela com a cabeça virada para meu peito, com o rosto escondido em meu peito, então ela de repente o ergueu e rosnou: Vá embora!

Ela me odiava. Por que será que me odiava? O que eu tinha feito? Então o pai dela apareceu e disse que ela tinha ciúmes da namorada dele.

~

Aí a ficha caiu. Eu estava com ciúmes da minha mãe, que era a namorada do meu pai. E furiosa com ela, pois o que ela tinha feito? Nada. Minha mãe não fez nada. Aquilo que ela não enxergava, que eu não podia lhe contar quando tinha cinco anos de idade, aquilo que minha mãe não era capaz ou não tinha coragem de ver, meu desespero e a causa de meu desespero que me faziam odiá-la porque ela foi incapaz de me proteger.

Jung diz que o inconsciente é um gigantesco depósito histórico. Admito que também tenho um quarto de criança, escreve ele, mas é um quarto pequeno comparado aos períodos que, ainda quando criança, me interessavam mais do que a infância.

Também quero sair do quarto de criança! Me ajude a sair do quarto de criança!

De acordo com Freud, disse Bo, há uma ligação entre a loucura coletiva da guerra e uma civilização que tem se esforçado ao máximo para domar os impulsos do ser humano, que desenvolveu uma habilidade tão grande na população de renunciar à satisfação dos impulsos, uma civilização que nega a morte e o desejo de morte em relação ao outro, incluindo o ser amado, dentro de cada um.

Os seres humanos são apenas animais?, perguntei.

Não, não, disse ele sorrindo.

O autoconhecimento é decisivo, disse ele. Aceitar seus impulsos irracionais; não se superestimar, mas se ver sob uma luz realista; aceitar os impulsos destrutivos em seu íntimo, mas se empenhar em viver sabiamente com seus desejos, conflitos e impulsos irracionais.

Esse foi o incômodo em Tel Aviv, disse ele, o que foi reprimido no Hotel Hilton, o que foi varrido para debaixo do tapete porque era desagradável lembrá-lo, mas que obviamente não parou de existir por causa disso, que atuou de maneiras sutis, talvez mais fortemente por haver tentativas de apagá-lo, aquilo que transbordou, que encontrou caminhos para o corpo da sociedade como uma espécie de intoxicação, tudo que foi reprimido sob a forte impressão de bons modos baseados na negação. Não somos agressivos, disse o porta-voz oficial, apenas nos defendemos, mas toda defesa fanática contém um elemento de mentira, observou Bo, partes da realidade são eliminadas para afastar sentimentos dolorosos, e é desgastante manter tais defesas. Não era de estranhar que estivessem cansados, que os habitantes de Tel Aviv parecessem cansados, disse, ele o via depois de o sol se pôr e as pessoas tirarem os óculos de sol. Estão construindo muros para impedir a saída dos palestinos, disse ele, quer dizer, impedir a entrada deles, disse, não apenas por motivos de segurança, mas para evitar vê-los e se reconhecer neles, para não lembrar sua própria história humilhante de vítimas, Eles não conseguiam nem encará-los por causa do que fizeram e ainda fazem a eles.

O que reprimimos? O que negamos? Essas eram as perguntas que precisavam ser feitas repetidas vezes, disse ele, para que não nos deixássemos cegar por nossas inovações tecnológicas, nossos avanços científicos, nossas obras-primas de edifícios imponentes, nossa sociedade bem-organizada e regulamentada, no país onde a primeira-ministra certa vez disse algo tão pouco freudiano como "é tipicamente norueguês ser bom".

VOLTANDO DO ENCONTRO COM BO NA CASA DA LITERATURA, cruzei com alguns velhos amigos da faculdade de Teatro e fui tomar uma cerveja com eles. Um estava com a namorada, uma mulher pela qual imediatamente senti antipatia, ela falava pelos cotovelos e alto demais, se impunha com a maior naturalidade, aí a ficha caiu e eu corei, ela se parecia comigo. Compartilhava de características minhas em relação às quais eu me sentia irresoluta e ambivalente. *Vejam só como ela se faz de interessante para chamar atenção!* A antipatia imediata apontava para mim.

Teria isso em mente, pensei, na próxima vez em que outra pessoa ou fenômeno me causasse uma reação de intensidade surpreendente, que a explicação provavelmente não residia na outra pessoa, no fenômeno, mas em mim.

Åsa e Astrid queriam fazer uma caminhada com Bård no Frognerparken. Bård perguntou qual era o objetivo, e elas responderam que desejavam conversar com o irmão num momento difícil. Evidentemente, haviam desistido de mim. Além do mais, algumas coisas aconteceram, escreveram. A oferta de nossa mãe para um apartamento fora aceita, e queriam discutir a venda da casa da Bråteveien. Desejavam um diálogo construtivo e achavam melhor marcar um encontro.

Eles se encontraram no café do Frognerparken. Ao sair de lá, Bård escreveu para mim que nossa mãe havia comprado um apartamento em tal lugar a tal preço. A casa da Bråteveien fora colocada à venda.

À minha pergunta, ele respondeu que o clima tinha sido ok.

Bård, Astrid e Åsa no café do Frognerparken. Um irmão e duas irmãs no café do Frognerparken. Com certeza se amavam, no fundo. Será que no fundo todos se amavam? Lá atrás tínhamos ficado bem pertinho um do outro num sofá verde de couro na avenida Skaus, assistindo a filmes da Disney na manhã da véspera de Natal, aguardando a hora do início das celebrações. E agora? Pessoas que passam muito tempo juntas geralmente acabam se gostando. Pessoas que passam muito tempo juntas se envolvem nas vidas umas das outras e se interessam umas pelas outras. A vida das pessoas é como um romance, pensei, quando você já leu bastante, mesmo se for relativamente chato, você quer saber como vai terminar, e depois de acompanhar uma pessoa por muito tempo, mesmo se for uma pessoa meio chata, você quer saber como ela vai ficar, o que vai acontecer no próximo capítulo. Astrid e Åsa haviam passado mais tempo juntas e se amavam mais, estavam mais envolvidas nas vidas uma da outra, sobretudo agora, depois da morte do nosso pai. Em segundo lugar, Astrid e Åsa deviam sentir amor por Bård, pois elas o tinham visto com alguma frequência ao longo dos anos, não tanto quanto elas mesmas se viram, mas com regularidade e em ocasiões emocionantes, no Natal, na Páscoa, no Dezessete de Maio e em aniversários. Bård devia amar Astrid e Åsa mais do que a mim, porque não havia me visto, não acompanhava minha vida havia anos, para ele, eu devia ser um romance lido pela metade, um romance perdido, para ele, eu provavelmente havia existido apenas na forma de uma lembrança nos últimos quinze anos. O rompimento é como a morte, pensei, dói mais no início, depois você se acostuma à ausência e lentamente o outro, o falecido, o ausente, é anulado dentro de você.

Eu devia ser quem Astrid e Åsa amavam menos, a ausente de longa data. Será que Astrid, Åsa e Bård tiveram um tempo agradável no café do Frognerparken? Será que ali sentiram o amor fraterno, no fundo? Será que sentiram os laços de sangue?

Vestida com a grande parca que Lars usa como *smoking*, eu estava sentada à margem do rio lendo os poemas de Rolf Jacobsen e me deparei com esse: De repente, em dezembro. Estou com neve até os joelhos. Falo contigo sem ter resposta. Estás calada. Minha amada, aconteceu mesmo.*

Eu estava à beira do rio parcialmente congelado pensando em quantas vezes havia tentado imaginar a morte da minha mãe ou do meu pai, em quantas vezes havia temido que não a vivenciasse, que eu falecesse antes de meus pais. Então aconteceu mesmo. De repente, em dezembro. E meu coração se encheu de gratidão: Imagine que eu viveria isso.

E ainda assim.

Será que meu pai tinha um túmulo? Será que fora cremado? Imaginei que sim, pois o caixão fora baixado no chão da capela, para ser levado a um forno, para ser cremado, incinerado, não? Eu não tinha perguntado. Astrid me contara que nos últimos anos, minha mãe e meu pai, Astrid e Åsa mantinham a tradição de colocar velas no túmulo de nossos avós paternos no Dia de Finados. Eu não sabia onde ficava, não havia perguntado. Acender velas no túmulo de nossos avós paternos no Dia de Finados era algo que nunca fazíamos quando eu pertencia à família. Eles tinham instituído novas

---

* O parágrafo faz referência ao poema "Plutselig. I desember" ["De repente, em dezembro"], de *Nattåpent* [Horário noturno], de Rolf Jacobsen, Gyldendal, 1985.

tradições depois de Bård e eu nos tornarmos periféricos, a fim de fortalecer a união deles.

Eu estava sentada à margem do rio lendo o poema "De repente, em dezembro" de Rolf Jacobsen. Subitamente como uma luz que se apaga. Onde será que tudo está agora, o rosto da falecida, os traços das imagens atrás da testa da falecida, o vestido que ela costurou e tudo que trouxe à casa, será que tudo se foi? Debaixo da neve branca, debaixo da coroa marrom.

Imagine que eu viveria isso.

E ainda assim.

No quarto de hóspedes eu tinha um retrato de Anton Vindskev. Embaixo do retrato estava uma escultura de uma caribenha opulenta cor de chocolate com um charuto na boca, daquele tipo pelo qual ele tinha um grande fascínio. Uma noite acordei sem conseguir voltar a dormir, me levantei e fui me deitar no quarto de hóspedes, onde nunca costumo dormir. Peguei o livro de diálogos entre o poeta Benny Andersen e o teólogo Johannes Møllehave, que sempre tem um efeito calmante, comecei a ler e, de tempos em tempos, lançava um olhar para o retrato de Anton, pensando em todas as vezes em que estive no Café Eiffel com ele e Klara. Adormeci de madrugada e, ao acordar na manhã seguinte, vi que Klara havia me ligado várias vezes. Quando consegui falar com ela, ela disse que tinha uma notícia triste a me dar: Anton tinha morrido. Ele se sentira mal na noite anterior e havia ido ao pronto-socorro, onde caíra morto na sala de espera.

Mais tarde no mesmo dia, enquanto eu estava sentada à mesa da sala de jantar trabalhando, o enorme lustre acima de mim começou a balançar. É Anton que está se despedindo, pensei.

Fui a Hamar para falar sobre a dramatização dos poemas de Rolf Jacobsen. Senti-me tranquila, estava bem-preparada, ia passar a noite, ia levar a cachorra.

Dirigindo ao longo do rio Glomma num lindo dia de inverno sob um céu alto e uma forte luz que fazia tudo flutuar, me senti leve, beirando a felicidade. Havia pouco trânsito, o dia estava radiante, eu me sentia radiante, me instalei no hotel quase vazio e fui dar uma volta com a cachorra, tomei uma cerveja no bar enquanto lia minhas anotações e fui a pé até o teatro. Lá conversei com pessoas legais que queriam bem umas às outras, que me queriam bem, essa era a minha sensação, sobre os desafios de transformar poemas em teatro, e achei que obtive insights, voltei ao hotel, ainda nem eram nove horas, a noite estava branda e escura. Fui passear com a cachorra mais uma vez e me sentei no restaurante como única cliente. A cozinha não estava fechada, acenderam a vela na minha mesa, me serviram vinho tinto, olhei para a neve que cintilava e brilhava amarela sob a luz dos postes do lado de fora da janela, comi bacalhau fresco e estava tranquila. Tinha acabado. Eu havia dito o que tinha a dizer, não pesava mais no coração, meu coração estava leve, pensei: Imagine que eu viveria isso.

Dormi bem. Me levantei para uma manhã em Hamar tão clara quanto a anterior. Fui passear com a cachorra na neve e tomei um belo café da manhã no restaurante do hotel, com mais três hóspedes. Ovo frito e frutas com iogurte, enquanto olhava para a neve lá fora e as colinas ondulantes cobertas de neve no horizonte. Tomei café quente com leite quente e li os jornais, tomei mais café fumegante com leite e li outros jornais, prolongando aquela ocasião matinal. Eu não tinha qualquer programação para o fim de semana, ia pensar longamente sobre o tema do próximo número de *No palco*.

Enquanto dirigia para a casa de Lars na floresta, sabendo que o fim de semana estava aberto diante de mim, que a estrada estava aberta diante de mim, quase sem carros, entre bancos de neve brancos e calmos, sob o sol que brilhava, pensei: Imagine que eu viveria isso.

Anton Vindskev estava morto, e os numerosos pertences de Anton ficaram órfãos. As botas violeta de Anton ficaram com saudades de Anton, todos os chapéus esquisitos sentiam a falta dele e não podiam ser vestidos por ninguém exceto ele. Klara consolava as botas violeta de Anton, o chapéu de pesca de Anton e todas as roupas e outras coisas de Anton no apartamento, mas eles estavam inconsoláveis.

Anton seria enterrado na Noruega, e Klara chegou de Copenhague num dia frio e desolado de fevereiro. Fomos juntas ao enterro. É um ensaio para o nosso próprio, disse ela, ficando triste com a ideia de que apenas uma de nós estaria presente no enterro da outra, teria sido tão divertido passar por essa experiência juntas. Mas assim é a vida, quer dizer, a morte. Estava praticando a arte de perder, disse ela, por ser inevitável, era melhor perder com estilo e bom humor. Enumerou tudo que havia perdido ultimamente, era incrível que conseguisse se lembrar de tudo: chaves, carteiras, estojos de maquiagem, celulares, brincos, colares, as abotoaduras do falecido pai, apartamentos, chalés, gatos e agora também Anton Vindskev. Somente naquele dia, no dia do enterro, ela já perdera um cartão Visa, um aparelho auditivo e os óculos, portanto não podia ler a letra das músicas que cantaríamos nem ouvir os discursos que seriam feitos. Ela praticava perder com estilo e bom humor e não estragar o dia de hoje lamentando as perdas de ontem ou temendo as possíveis perdas do amanhã, como os lírios do campo e as aves do céu, que, em silêncio e obediência, estão presentes no *agora*, colhendo momentos de felicidade nos quais poderia se aquecer se os tempos ficassem difíceis, Klara tinha uma sensação de que os tempos podiam ficar difíceis.*

* A ideia de ser como os lírios do campo e as aves do céu se inspira na obra de Søren Kierkegaard: *Lilien paa Marken og Fuglen under Himlen: tre gudelige taler* [Os lírios do campo e as aves do céu: três discursos piedosos], 1849.

Bård ligou perguntando onde eu estava, eu tinha comentado que iria a San Sebastian. Eu disse que estava na casa de Lars na floresta.

Quer dizer que está na Noruega? Ele riu um pouco forçado.

Astrid lhe havia telefonado. Elas tinham achado um envelope no cofre de nosso pai. O sobrescrito dizia que deveria ser aberto na presença de todos os filhos. Elas preferiam abri-lo às oito horas da noite no dia seguinte. Bård havia dito que achava que eu estava em San Sebastian, mas evidentemente não era o caso. Eu estava na casa de Lars na floresta e, a bem dizer, podia ir à Bråteveien às oito horas na noite seguinte?

Sim.

Ele disse que Astrid receava que o conteúdo dissesse respeito a mim. Que a carta de papai, que seria aberta com todos os filhos presentes, tivesse a ver comigo. Eu desejava que ela tivesse esse receio, mas era difícil acreditar que fosse o caso.

Bård aventou que talvez estivesse escrito que papai matara alguém durante a guerra. De vez em quando havíamos feito conjeturas sobre isso. Achei que tinha ouvido por acaso, quando era pequena, que meu pai atropelara uma criança. No entanto, mais tarde pensei que certamente se tratava de deslocamento, algo menos perigoso e mais fácil de conviver: Ele uma vez havia atropelado uma criança, e era outra criança, não eu.

Bård disse que mais provavelmente eram títulos, talvez uma conta bancária secreta na Suíça.

~

Elas não tinham aberto o envelope. Bård lhes questionara explicitamente sobre isso, e elas juraram que não haviam feito nada disso, que iam obedecer à ordem de papai de que todos os filhos deveriam estar presentes. Elas com certeza o haviam encontrado juntas. Estavam limpando a casa antes da venda e arrumando as coisas dele, as roupas e os óculos de nosso pai, as pantufas e as peças íntimas de nosso pai, que talvez sentissem a falta dele e estivessem inconsoláveis, devia ser estranho organizar os pertences mais íntimos de uma pessoa próxima recém-falecida, mas talvez fosse bom também? O que estavam fazendo com as coisas dele? Estavam arrumando as coisas de nosso pai e encontraram o código do cofre dele e o abriram juntas. Se minha mãe tivesse achado a carta sozinha, ela a abriria, não importando o que estivesse escrito no envelope, por puro medo, mas elas a haviam encontrado juntas e ninguém se atrevera a dizer o que todas as três provavelmente pensavam e desejavam: Vamos abri-la! Para depois, se contivesse algo que lhes fosse incômodo, destruí-la. Se mamãe a tivesse achado sozinha, ela a teria aberto, e se contivesse algo que lhe fosse incômodo, ela a teria destruído. No entanto, elas a acharam juntas, e nenhuma delas ousou sugerir que a abrissem, pois quem sugerisse abri-la sem Bård e eu presentes admitiria um medo que tinha a ver com o relacionamento de nosso pai com Bård e comigo, e nenhuma delas queria admitir tal medo. Além do mais, poderia ser que o envelope contivesse informações que de qualquer forma e absolutamente teriam de ser compartilhadas com Bård e comigo, e então viria à tona que elas o tinham aberto, contra o desejo de nosso pai, o falecido, o que seria constrangedor. Mas será que o envelope poderia ser aberto de um jeito que possibilitasse colá-lo outra vez? Minha mãe seria capaz de sugerir isso, pensei, se o conteúdo exigisse que Bård e eu fôssemos informados. E se não houvesse nada que exigisse o envolvimento de Bård e eu, mas que lhes fosse incômodo, elas podiam destruí-lo. Minha mãe seria capaz de sugerir que abrissem o envelope para ver o que havia dentro, e se houvesse algo que fosse necessário compartilhar com Bård e comigo, elas poderiam rasgar o envelope e dizer que haviam encontrado os papéis num envelope no cofre, sem mencionar que antes estavam dentro de um envelope cujo sobrescrito dizia que deveria ser aberto na presença de todos. Mas talvez algo nos papéis dentro do envelope fizesse referência ao sobrescrito de que o envelope teria de ser aberto na presença de todos os filhos, assim desmascarando as três. Elas devem ter concluído que era melhor respeitar a instrução de nosso pai, ainda tinham grande respeito pelas ordens dele e esperariam até que todos os filhos estivessem presentes para abrir o envelope. Minha mãe mal conseguiu esperar. Bård me contou que Astrid havia dito que a descoberta do envelope fizera minha mãe entrar em desespero, ficar completamente histérica, insistindo em abri-lo o mais rápido possível, no dia seguinte às oito da noite, felizmente eu estava na Noruega, tornando aquilo possível. O que será que minha mãe temia? O que será que minha mãe esperava? Que a solução da situação difícil estivesse no envelope? Que meu pai admitisse ter agredido Bård e ter abusado de mim, mas a absolvesse, dizendo que ela não sabia de nada? Amanhã às oito da noite na Bråteveien. Eu não tinha outros planos para o dia seguinte além de fazer as malas para ir a San Sebastian, eu disse que podia ir.

Talvez seja uma explicação, disse Bård, de por que ele era do jeito que era.

A ESPERANÇA QUE MINHA MÃE TALVEZ TIVESSE SERIA UM pesadelo para Astrid e Åsa. Pois não acreditavam em Bård nem em mim, e estavam fartas de Bård e sobretudo de mim, a irmã mais velha que sempre recebera tanta atenção e que agora, além de tudo, supostamente seria digna de pena.

Astrid e em especial Åsa tiveram uma paixão infeliz por nossa mãe, porque ela tinha uma obsessão infeliz comigo antes de se apaixonar por Rolf Sandberg. Åsa certa vez disse que tudo provavelmente teria sido diferente para ela se nossa mãe tivesse se sentado à cabeceira da cama dela e conversado com ela toda noite assim como fazia comigo. Era porque Åsa não sabia o que minha mãe dizia para mim quando se sentava na beira da minha cama e porque não sabia a razão pela qual minha mãe se sentava justamente à minha cabeceira.

Åsa tinha tido ciúmes de mim, o que não era de estranhar, pois durante muitos anos, minha mãe só tinha olhos para mim, só estava de olho em mim. Onde está Bergljot? Bergljot ainda não chegou?

Astrid tinha uma paixão um pouco infeliz por nossa mãe, Åsa tinha uma paixão muito infeliz pela nossa mãe. No fim do nono ano, Åsa chegou orgulhosa em casa com o boletim, pois tinha tirado nove em todas as matérias e dez em Língua Norueguesa, e não via a hora de mostrar o boletim para nossa mãe, que lançou um olhar apressado para o boletim antes de continuar a dar uma bronca em mim por eu ter voltado quinze minutos atrasada de algum lugar: será que eu fazia ideia de como minha mãe havia sofrido durante todos aqueles quinze minutos intermináveis de atraso? Eu não fazia ideia nem entendia o quanto Åsa deve ter sofrido porque minha mãe apenas lançou um rápido olhar para o boletim dela antes de voltar a atenção para mim outra vez. Eu me lembro daquele momento, os olhos tristes de Åsa, a grande decepção da pequena Åsa, Åsa à beira das lágrimas, não era de se estranhar que Åsa me odiasse, a irmã mais velha e dominadora que ocupava tanto espaço na casa, tanto espaço na nossa mãe. Mas agora Åsa havia ganhado nossa mãe, finalmente. Åsa ansiara pela nossa mãe durante tantos anos, agora ela era dela. Åsa e Astrid ganharam a mãe delas e a tiveram só para si durante muitos anos. Astrid ficou frustrada com Bård, que, beirando os sessenta anos de idade, ainda se importava com o que nosso pai tinha feito com ele na infância, ainda estava obcecado com a infância, sem entender que Åsa e ela mesma estavam inconscientemente obcecadas com a infância, as negligenciadas irmãs mais novas que finalmente receberam a atenção plena da mamãe e do papai.

Minha esperança havia sido que elas reconhecessem, compreendessem, que aquela era a responsabilidade de nossa mãe. Que a preocupação da minha mãe comigo era responsabilidade dela, que minha mãe era adulta naquela época, enquanto eu era uma criança. Embora minha mãe fosse infantil, desautorizada por meu pai, ela era a mãe, nós éramos os filhos. Minha esperança tinha sido que elas reconhecessem que não fora eu quem lhes infligira aquela dor altamente real, mas nossa mãe, que tinha sido tão irrefletida e refém da própria ansiedade. No entanto, elas não pareciam reconhecer ou compreender isso. Astrid e Åsa agiam e falavam como se nossos pais tivessem sido excelentes pais, enquanto Bård e eu tivéssemos sido e ainda fôssemos péssimos filhos, ingratos.

Bård tinha esperanças de uma explicação sobre por que o nosso pai era como era. Seria mais fácil suportar que o papai era como era se houvesse uma explicação.

Ai, meu Deus, disse Klara, ele deve ter mais filhos.

Søren torcia por uma conta bancária na Suíça, Tale esperava uma admissão, Ebba não se importava, mas achava que eu devia me preparar para o pior. Lars disse que eu não devia ter esperança alguma, pois provavelmente me decepcionaria. Afinal, de lá você nunca teve outra experiência a não ser decepção.

Limpei a casa e me preparei para o pior. Liguei a máquina de lavar louça e visualizei como entraria na casa da Bråteveien, onde não estivera por quinze anos. Será que ficaríamos no escritório dele? Quem se sentaria na cadeira do chefe, a cadeira do meu pai, seria minha mãe? Quem abriria o envelope, minha mãe? Visualizei o envelope na mesa poderosa do meu pai, agora da minha mãe, com a caligrafia inclinada e masculina característica dele: A ser aberto na presença de todos os meus quatro filhos. No sofá de couro verde, que no passado estivera na sala da casa da avenida Skaus e que fora instalado no escritório do meu pai quando a família se mudara para a imponente casa da Bråteveien. A não ser que tivesse sido trocado nos últimos quinze anos, era possível. Minha mãe na cadeira de chefe atrás da mesa de mogno, nós, os irmãos, no conjunto de sofá e poltronas de couro verde diante da lareira no escritório de nosso pai. Esvaziei a máquina de lavar louça e pendurei a roupa. Se tivesse a ver comigo, se ele quisesse dizer algo para mim, ele poderia ter escrito só para mim. A ser entregue a Bergljot após minha morte. Mas não seria nada típico dele deixar uma confissão no cofre caso morresse de repente, caso caísse da escada. Não, não seria nada típico dele, a certa altura eu o conhecera muito bem, do meu jeito. E o que eu afinal faria com uma confissão depois de anos de negação? Não valeria grande coisa além de: Vejam só! Ele não era nada bobo e entendia que uma confissão além-túmulo não compensaria todos os anos de negação. Se tivesse negado durante todos esses anos, ele podia muito bem negar na morte, ele não acreditava em Deus. Mas talvez quisesse contar a todos, disse Tale, que você não é uma mentirosa, uma louca? Será? Me conceder validação após a morte dele? Provavelmente não, provavelmente eram títulos resultantes da venda da casa na Itália.

Pedi uma resposta aos sonhos, mas dormi sem sonhar. Estava calma ao acordar. Achei que fosse dormir inquieta e estar desassossegada ao acordar, mas eu estava calma, será que era resposta suficiente? Será que não precisava me preocupar com o conteúdo do envelope? Eu me preparei para o pior. Imaginei como chegaria à Bråteveien, onde não pisava havia quinze anos, sendo conduzida ao escritório do meu pai, agora da minha mãe, e me sentando no sofá de couro verde, com pessoas que havia alguns dias me renegaram da maneira mais grosseira, minhas inimigas, que estavam em maioria e no território delas, o qual conheciam como a palma da mão e onde se sentiam em casa. Abriríamos a carta. O que seria típico do meu pai?, perguntei a mim mesma enquanto batia os tapetes. O que significava mais para ele?, perguntei-me enquanto limpava o banheiro. A honra e o legado, respondi, me preparando para o pior: um ato de acusação dirigido a mim, a mentirosa, a psicopata, que inventou histórias e o acusou da pior coisa de que se pode acusar uma pessoa, para me fazer de interessante, segundo a expressão da minha mãe, ou segundo a expressão que os dois talvez tivessem usado sobre mim. Pois eu não era interessante o suficiente a princípio. Eu tinha estragado os últimos vinte e três anos da vida do meu pai com mentiras. Uma carta agressiva contra mim, um discurso de defesa, um argumento final, eu estava me preparando para o pior. Anotei o que diria na pior das hipóteses: ele não desiste.

Tenho que admitir. É sempre o mesmo, até na morte precisa ter o controle, ter razão, até na morte ele faz guerra. Mas também sou guerreira e tão teimosa quanto ele, deve estar no meu DNA. Além do mais, tenho a vantagem de estar viva.

Escrevi isso numa folha. Queria levá-la à Bråteveien. De modo que, se o pior acontecesse, eu poderia documentar que não fora pega de surpresa, mas estava preparada, que conhecia o pai que tinha.

Quanto mais me preparava para o pior, mais provável o achava. Mais uma vez eu seria prejudicada e renegada na presença de todos, atacada por meu falecido pai que tinha razão por estar morto. E minha mãe e minhas irmãs se deliciariam com o ataque e prolongariam a satisfação maliciosa delas: Olhe só o que está escrito aqui, o que você diz agora? Porque a palavra de um defunto tem maior peso que a de uma pessoa viva. E é mais fácil sentir pena de um defunto que de uma pessoa viva, de modo que elas sentiriam mais dó ainda de nosso pai, que durante tantos anos havia sofrido por minha causa, um homem inocente condenado por mim, que mentia para me fazer de interessante, e mais uma vez eu seria excluída, uma encrenqueira. Eu o visualizei, comecei a tremer e liguei para Bo. Ele falou: Você já disse que não quer mais nada com essas pessoas. Você não precisa ir lá só porque ele quer. Não se trata de um documento legal.

Mas não vai parecer covarde se eu não for, como se temesse o conteúdo?

Você não precisa se preocupar com o que elas pensam. Para que se expor mais? Acho que você já se expôs o suficiente.

Decidi não ir, não cumprir a última vontade do meu pai. Liguei para Bård, que me entendeu, que me representaria de bom grado, mas que acrescentou que não achava que a carta era do tipo que eu temia. Astrid havia dito que o envelope era grosso e continha diversos clipes, provavelmente se tratava de títulos. Nosso pai uma vez dissera a Bård que, se ele e minha mãe sofressem um acidente de avião, queria que soubesse que havia algo no cofre. Eu espero, disse ele, que seja algo bom para nós, filhos, não algo chato. Mas, acrescentou, era estranho que minha mãe tivesse ficado tão histérica que não pudesse respirar normalmente até o envelope ser aberto. Minha mãe havia telefonado para tia Unni, que tinha ligado para Astrid, dizendo que era essencial que o envelope fosse aberto o mais rápido possível tendo em vista a saúde mental da minha mãe.

Essa ansiedade, essa histeria, disse Klara, só mostra que elas não fazem ideia do que seu pai seria capaz.

Depois de receber uma bolsa de viagem para desenvolver a ideia da revista *No Palco*, peguei o carro e dirigi a esmo pelo continente europeu a fim de pensar, trabalhar e praticar ser como os lírios do campo e as aves do céu, colecionando momentos de alegria com os quais poderia me aquecer se os tempos ficassem difíceis, eu receava que os tempos ficariam difíceis. Atravessei a Alemanha, a Áustria, cheguei a Trieste, na Itália, e vi o mar, havia sol, parecia primavera em Trieste, tudo se desanuviou. Prossegui para dentro da amada ex-Iugoslávia de Bo, sobre estradas assustadoras de tão estreitas, quase não havia trânsito, era como se eu estivesse sozinha sob o céu, com poucos rastros de seres humanos, uma ou outra casinha com fumaça saindo da chaminé, passei por laranjais e vi um barco a remo num laguinho lustroso entre salgueiros. Então escureceu, eu me perdi numa estrada deserta e inacabada sem iluminação nos arredores de Split, fiquei com medo de não achar o caminho para Split, estava cansada, havia dirigido durante onze horas. Então consegui chegar a Split, passando pelos subúrbios e indo até a Cidade Antiga, onde encontrei uma vaga de estacionamento na frente de um hotel pequeno e venerável, típico do leste europeu, perto do belo porto, e consegui um quarto no hotel e uma grande chave de ferro, e fui passear na Cidade Antiga de Split, que estava cheia de pessoas passeando calmamente, pois era noite de sexta-feira. Do porto subia um cheiro de mar salgado, e nas árvores os enfeites de Ano-Novo ainda estavam pendurados, o vento era suave, eu tinha uma sensação suave e me sentei num bar com uma cerveja e um bloco de anotações, e uma paz que parecia gratidão me envolveu. Naquela época, eu não tinha namorado algum para quem mandar notícias, não havia ninguém para quem eu quisesse ligar ou com quem quisesse conversar, não senti necessidade de compartilhar, porque já tinha sido compartilhado, experimentei uma profunda sensação de fazer parte do mundo, algo que ainda posso sentir quando recordo essa noite especial de sexta-feira em Split. Esse deve ser o objetivo e o sentido: viver tantos momentos assim que compensem tudo que é doloroso, construir uma casa de momentos assim na qual posso buscar refúgio em tempos difíceis. Eu desconfiava que tempos difíceis estivessem por vir.

Quando fraturei a perna alguns anos atrás, tive de fazer uma cirurgia e fui internada no hospital, onde passei três dias. Gostei de ficar no hospital, de ter pessoas por perto que ficavam acordadas a noite inteira, era só tocar uma campainha que elas vinham. O hospital não dormia, era insone como eu, o hospital trocava minha roupa de cama e me servia três refeições por dia e perguntava como eu estava. Durante dois dos três dias, dividi um quarto com uma senhora de idade. Não conversamos sobre nossos diagnósticos, sobre a razão por que estávamos ali, mas ela devia ver que eu estava com a perna engessada e levantada para o teto numa corda. Nenhuma de nós recebeu visitas no decorrer dos dois dias em que ficamos juntas no hospital, mas a idosa tinha filhos adultos e netos em Oslo, o que ficou evidente numa conversa que ela teve com uma enfermeira e que eu não tive como evitar ouvir, mais tarde lhe perguntei delicadamente sobre os filhos e netos, então ela se tornou evasiva e pouco à vontade, portanto parei de perguntar, fiquei com dó dela e com dó da minha mãe, que com certeza sentiu a mesma coisa quando pessoas desconhecidas lhe perguntavam sobre sua filha mais velha. A senhora de idade não recebeu visitas dos filhos ou netos nos dias em que dividiu o quarto comigo. Talvez estivesse brigada com eles? Uma auxiliar de enfermagem veio dar banho nela, mas não teve sucesso, a assistente de enfermagem ficou tão molhada quanto a velhinha nua, e elas riram e gritaram, não paravam de rir e saíram do banho me mostrando como a auxiliar de enfermagem tinha ficado ensopada, estavam ali no nosso quarto dando gargalhadas, uma idosa molhada e nua e uma auxiliar de enfermagem de uniforme encharcado. Foi engraçado.

Uma noite houve tempestade com chuva e trovão, nenhuma de nós conseguiu dormir, e, depois de a chuva e o vento amansarem, formou-se um arco-íris do lado de fora das nossas janelas. Nosso quarto ficava no alto, no décimo andar, tínhamos uma ampla vista, era mais de uma hora da madrugada, a maioria estava dormindo, mas nós não, estávamos olhando para o arco-íris noturno, nunca vi uma pessoa tão entusiasmada, tão enlevada diante de um fenômeno da natureza como um arco-íris, mas não um arco-íris qualquer, esse era largo com cores fortes contra o céu escuro. Que coisa mais linda! Que coisa maravilhosa! Imagine que eu fosse viver isso, disse minha colega de quarto, a senhora de idade. Não é preciso receber visitas da família, pensei aliviada, a família não é tudo.

Decidi não ir à Bråteveien. E decidi não mudar de ideia e ir mesmo assim, por obrigação, para obedecer ao meu pai. Eu quis desobedecer ao meu pai, fiz as malas para San Sebastian. O relógio marcou sete horas, o relógio marcou sete e meia, o relógio marcou oito horas. Agora Bård estava chegando à Bråteveien. O relógio marcava oito e quinze. O envelope teria sido aberto. Homicídios ou meios-irmãos, o telefone estava mudo. Um ato de acusação ou títulos, Bård não ligou. Se a mensagem fosse dramática, ele teria ligado. Ele ligou às nove e quinze. Não houve drama. Tratava-se de um testamento provisório e inválido onde fora registrado o que nós, os quatro filhos, tínhamos recebido ao longo dos anos até 1997, nada depois disso. Astrid tinha recebido mais, Åsa e eu, aproximadamente a mesma coisa, Bård, menos.

Eles o haviam conferido juntos, então os documentos do envelope ficaram na mesa enquanto minha mãe, Astrid e Åsa contaram tudo sobre a queda do meu pai na escada, sobre os encanadores, sobre as vinte e quatro horas no hospital. Antes de Bård ir embora, minha mãe havia reclamado que nunca via as filhas dele, ele respondeu que ela sabia a razão.

Visualizei meu pai debruçado sobre o testamento, meticuloso, metódico, até 1997, até que desistiu. Ele queria que fosse justo, fazia questão disso, havia muito que consertar, ele queria ser justo na questão da herança, até 1997, aí desistiu. Imaginei meu pai debruçado sobre os papéis, escrupuloso. O que eu recebi quando meu ex-marido e eu compramos a primeira casa, o que minhas irmãs receberam quando compraram suas casas, o que Bård havia recebido.

Eu achava que meu pai talvez quisesse que herdássemos quinhões iguais, em princípio, que seria uma maneira de remediar o tratamento para com Bård e para comigo na infância. Que o patrimônio relativamente grande dele, adquirido por meio de trabalho duro, seria repartido de forma igual entre os quatro filhos, em nome da justiça e porque outra coisa levaria a boatos e especulações. Sobre a estupidez que meu pai cometera ainda bem jovem, como pai muito jovem, que não podia ser desfeita, algo com que ele teria de viver, mas como? Não deve ter sido fácil, essa foi a tragédia do meu pai, esse foi o destino do meu pai. Meu pai fez algo fatídico e passou todos os anos seguintes com medo de que viesse à tona. Ele viveu com medo da filha mais velha, lançava olhares rápidos e ansiosos a ela, nunca mais tocou nela depois de ela completar sete anos, a filha mais velha era área proibida depois de ela ter sete anos, e meu pai terminou o relacionamento com ela porque aos sete anos ela entendia mais, porque se transformara numa criança rebelde e esperta que falava muito, que seria capaz de dar com a língua nos dentes. Meu pai terminou o relacionamento com a filha mais velha e não mais a levou para passear de carro assim como fazia quando ela tinha cinco anos, quando tinha seis anos, já que a mãe, a esposa dele, tinha tantas crianças para cuidar, um garotinho levado, com apenas um ano a mais que a filha mais velha, e duas bem pequenas, uma recém--nascida e outra com dois aninhos só. A fim de aliviar a esposa, meu pai levava a filha mais velha nas viagens de carro a trabalho para vistoriar lotes de casas de veraneio, sendo encarregado pela construtora em que trabalhava, e o pai e a filha mais velha passavam a noite em hotéis, e era muito legal se hospedar em hotéis; no hotel, você tinha de se deitar na cama antes do jantar e fechar as cortinas, pois era assim que se fazia em hotéis, disse o pai, que sabia o que fazer em hotéis. E se não fossem se hospedar em hotéis, podiam fazer uma cama na floresta, disse o pai, ele sabia tantas coisas. Mas então a filha mais velha completou sete anos e, certo dia no carro com o pai, ela lhe perguntou se alguma vez tinha ficado com uma mulher negra. E o pai levou um susto, a filha não entendeu por quê, mas percebeu que ele ficou perturbado. Você não pode fazer perguntas assim, disse ele com raiva, com medo, era proibido fazer perguntas assim, disse ele indignado. E, ele deve ter pensado lá nos anos 1960, e se a criança começar a fazer perguntas assim para a comunidade pequeno-burguesa da avenida Skaus? Se a filha lhe fazia perguntas assim, o que seria capaz de perguntar aos outros, de dizer quando outras pessoas estavam presentes, na escola? O pai se viu com um problema, a filha havia se tornado seu problema, o que fazer? Como aquilo o deve ter assombrado, como deve ter vivido apavorado. Ele passava o mínimo de tempo possível em casa, trabalhava o máximo possível, chegava à noite, torcia e esperava pelo melhor. Ficava de olho na filha mais velha, e felizmente ela se comportava como se nada tivesse acontecido. Ou será que não? A filha mais velha fazia as lições de casa, brincava com as amigas, tocava piano e dançava balé, era como se nada tivesse acontecido, não? Felizmente, foi assim por um bom tempo, talvez caísse no esquecimento, talvez ele pudesse respirar aliviado e virar a página? Os anos se passaram, o tempo é nosso amigo, e daqui a cem anos tudo será esquecido, mas então a filha mais velha começou a escrever poemas estranhos e enviá-los ao jornal, que os publicava. A filha mais velha começou a escrever peças de teatro estranhas, levando-as ao palco no ginásio da escola e convidando as pessoas para assistir. Imagine o medo que o pai deve ter sentido, o pavor que deve ter sentido da filha mais velha, tão incontrolável e imprevisível. Eles foram, a mãe e o pai, assistir a um desses espetáculos no ginásio da escola, escrito e dirigido pela filha mais velha, não podiam deixar de ir, pois os outros pais estavam indo, os pais das crianças que a filha mais velha dirigia, e entre as quais havia as duas filhas mais novas, por isso eram obrigados a ir, embora, sem dúvida, tivessem preferido não ir. Assistiram cheios de ansiedade, receando o que poderia sair do palco e talvez insinuar algo, coitado do pai. E depois de um espetáculo assim, à noite, quando a filha mais velha tinha ido dormir, quando ela estava acordada na cama como de costume, mas orgulhosa porque achara que tinha se saído bem, tinha sido um sucesso, enquanto os pais estavam na cozinha, ela ouviu o pai dizer à mãe, e quem sabe a intenção fosse que ela o escutasse, pois sua porta estava aberta, e os pais deviam ter visto isso, mas talvez pensassem que ela estivesse dormindo? O pai disse à mãe que um dos outros pais havia dito: Estamos numa boate ou o quê?

A filha não compreendeu a extensão do que foi dito, a filha não entendeu nada àquela altura, só ficou arrasada pelo fato de que o pai evidentemente achara que ela não tinha se saído bem, não tinha sido sucesso algum, pelo contrário, ele não gostou daquilo "que a menina está fazendo", a filha só compreendeu que um dos pais tinha desaprovado o que ela criara, que um dos pais achara que o que ela havia criado parecia algo que podia ser apresentado numa boate, e que isso era constrangedor para o pai dela. Talvez ninguém tivesse gostado da peça que ela havia criado, embora tivessem batido palmas no final, talvez ela fosse uma vergonha, no mesmo instante ela já se sentiu uma vergonha. O pai se referia ao número de abertura, no qual as doze meninas entre nove e onze anos de idade entraram em fileira com boás vermelhos e saias de seda preta, que a filha mais velha tinha passado noites costurando, no qual as garotinhas tiraram as saias de seda com babados até caírem em torno dos tornozelos, uma por uma, da esquerda para a direita, e nos collants que usavam por baixo das saias, em cada virilha, estava escrita uma letra que ela havia ficado acordada até tarde para costurar, e todas juntas formavam a palavra cordial: *Bem-vindo*.

Estamos numa boate ou o quê?

Coitado do pai.

O pai não encostou na filha mais velha depois de ela completar sete anos, não tocou nela depois de ela fazer sete anos, nunca pegou a mão dela assim como Astrid havia contado que ele segurava a mão dela em passeios na floresta, nunca a abraçou, nunca lhe deu qualquer carinho físico depois de ela ter sete anos. O pai ficou com cada vez mais medo ao passo que a filha mais velha cresceu e se tornou mais estranha e imprevisível, o pai talvez esperasse que ela ficasse tão esquisita que ninguém a levasse a sério. Ele não podia fugir daquilo, da família. Se ele quisesse fugir, se divorciar, a mãe teria contado ao mundo as suspeitas dela, os podres dele, do pai, e isso o destruiria, esse era o poder da mãe, de resto impotente, sobre o pai.

Então aconteceu aquilo que ele temia. A história veio à tona. Como ele a encararia?

Por um instante, ele se abriu para confessar, expor, descarregar tudo, mas a mãe entendeu a tempo o que isso significaria para ela e o calou. Então ele foi obrigado a negar tudo, no meio da crise e no período que se seguiu à crise, dia após dia, ano após ano, e a negação tinha um preço. Não apenas o relacionamento com a filha mais velha, mas o sentimento de culpa, um fardo, um sentimento de culpa e falta de respeito próprio. Com sua maneira prepotente, ele exigia respeito, mas gradativamente e com os anos, conforme envelheceu, perdeu o respeito próprio, ele não era bobo e ainda lhe restava escrúpulo, portanto era atormentado por um sentimento de culpa pelo que havia feito e pela maneira como havia lidado com aquilo quando veio à tona. O mínimo que podia fazer, a única coisa que podia fazer para remendar um pouco o relacionamento com a filha mais velha, o relacionamento com o único filho homem, o primogênito, a quem nunca havia dado o valor merecido, que talvez tivesse captado o que acontecera com a irmã e que ele, portanto, temia e evitava, seria garantir que eles herdassem tanto quanto as outras duas, as mais novas. Se os filhos recebessem heranças iguais, ficaria também bonito aos olhos do entorno, que possivelmente ouvira boatos de que nem tudo era como deveria ser na avenida Skaus, número 22.

Um testamento provisório com a relação de quem havia recebido o quê, começando no início da década de 1980 e abandonado em 1997, quando um levantamento completo se tornou impossível e desnecessário, porque a filha mais velha tinha cortado o contato e o único filho homem havia se afastado, enquanto as duas mais novas se aproximavam cada vez mais: aniversários, férias e visitas frequentes com os netos, que iam fazer cursos de idiomas e estudar no exterior, que queriam isso e aquilo, e a mãe controlava mais e mais, porque o pai estava ficando velho e desistira de anotar todos os valores, grandes e pequenos. Em vez disso, lavrara um testamento em que constava que todos herdariam quinhões iguais. Parecia bonito. Um testamento no qual estava escrito que, quando um dos dois falecesse, a casa da Bråteveien seria vendida e os quatro filhos receberiam heranças iguais. Com a exceção da questão dos chalés em Hvaler.

Pelo menos constaria como seu legado que ele queria que os filhos herdassem a mesma coisa. Como garantir isso? Escrevendo um testamento. Ele não confiou no que a mãe faria se ele morresse e ela ficasse com a posse dos bens, não confiou nela para fazer uma partilha igual, pois ela era volúvel e impulsiva e não estava mais com a consciência pesada, não estava mais receosa, senão ressentida com a filha mais velha que havia rompido com ela. A mãe seria capaz de premiar quem fosse dócil e atencioso, mas mesmo na hipótese de ela ficar na posse dos bens e procurar fazer uma divisão igual, aquilo pareceria ser a vontade dela, não dele. Se os dois morressem ao mesmo tempo, num acidente de avião, os filhos herdariam partes iguais, a Lei das Sucessões cuidaria disso, mas então a Lei das Sucessões levaria os louros, não o pai, e a posse dos chalés de Hvaler não estaria garantida para Astrid e Åsa. O pai precisava lavrar o testamento e o redigir de tal forma que aparentasse haver uma divisão igual e, ao mesmo tempo, uma preferência.

Talvez meu pai nunca tenha sido feliz depois *daquilo*. Talvez meu pai nunca tenha sido feliz antes *daquilo*. Gostaria de saber o que meu pai vivenciou na infância, quem sabe ele tivesse uma esperança de que eu lhe perguntasse, mas não perguntei, e agora é tarde demais.

Quando adolescente, eu não parava de pensar em fazer sexo. Não parava de pensar no ato sexual. Uma menina da outra sala tinha ido para a cama com um garoto, fiquei olhando para ela e imaginando aquilo. Aos quinze anos, aqueles que namoravam tinham relações sexuais, transavam, eu ficava olhando para eles e imaginando a cena, o pênis entrando e saindo da vagina até ejacular. Eu não conseguiria, não teria coragem. Então encontrei um garoto numa festa e fiquei nos amassos com ele em algumas festas, e Karen me perguntou se eu estava namorando, talvez estivesse. Quando você tem quinze anos e está namorando um menino, você faz amor. No sábado, o menino daria uma festa sem os pais em casa, e eu escrevi no diário: Deus, não me deixe morrer antes do sábado. Sábado de manhã escrevi no diário: Hoje à noite vai acontecer, aquilo que ninguém esquece, porque ninguém esquece a primeira vez. Que estranho saber de antemão o que estará escrito aqui, nessas folhas brancas que cheiram a expectativa assim como cheira papel branco.

Sábado à noite Karen e eu fomos à festa, tomamos cerveja, dançamos, aí o menino pegou minha mão e me levou para o andar de cima, onde havia quartos de dormir. Tiramos a roupa e íamos ter uma relação, ele se deitou em cima de mim, mas não me penetrou, ele não tinha ereção, não deu em nada. Voltei para casa naquela noite sem ter chegado lá, era verdade o que eu tinha pensado, que eu não conseguiria. Mas eu não queria desapontar o diário que estava na expectativa, inventei uma história para ele, vinte e cinco páginas inspiradas nas revistas pornográficas dos garotos na floresta, nas edições de uma publicação romântica para moças e de uma revista masculina, bem como na minha própria imaginação, para não deixar o diário decepcionado. Alguns dias mais tarde, mamãe entrou no meu quarto à noite dizendo que meu pai sumira. Meu pai tinha saído no meio da noite. Minha mãe lera meu diário e o mostrara para meu pai, e meu pai saíra. Tal era o desespero do meu pai ao ler o diário, tais eram o desespero e a decepção com a filha que ele saiu no meio da noite, eu estava morrendo de vergonha e culpa pelo desespero do meu pai. Depois ele voltou para casa, muito bêbado, minha mãe ajudou meu pai bêbado a tirar os sapatos lá embaixo no hall de entrada, o ajudou a subir a escada, eu estava atrás da porta do meu quarto vendo pela fresta a cena horrorosa, meu pai desesperado e bêbado. Minha mãe o ajudou a subir a escada, eu estava descalça e de camisola atrás da minha porta, paralisada de vergonha por minha escrita ter deixado meu pai tão bêbado e desesperado. Minha mãe o ajudou a entrar no quarto deles, a porta do quarto estava aberta, eu estava atrás da porta do meu próprio quarto vendo meu pai se jogar no chão de pernas cruzadas. Ser humano não é fácil, chorou ele.

Mamãe fechou a porta do quarto para eu não ver mais, eu tinha visto o suficiente. O desespero do papai, minha culpa, ser humano não é fácil.

Na manhã seguinte ele entrou no meu quarto cedinho, completamente diferente da noite anterior, severo e formal e cheirando a loção pós-barba, estava indo para o escritório. Postou-se ao lado da minha cama e perguntou se eu havia sangrado quando tivera a relação descrita no diário. Eu não tinha sangrado, porque não tinha feito nada, mas não podia dizer, pois era incapaz de falar, estava morrendo, queria morrer, não havia vida depois disso. Ele saiu, eu fiquei sozinha.

No dia antes de viajar a San Sebastian, recebi um envelope pelo correio com todos os documentos referentes à partilha. O testamento provisório encontrado no cofre, que não era válido, junto ao testamento em vigor, as cotações dos chalés e a carta de um advogado na qual estava escrito que, no caso de divergências, Bård não teria êxito. Havia também uma carta anexada dirigida a Bård e eu, assinada por minha mãe, Astrid e Åsa. Bastante formal, graças a Deus. Para Bård escreveram que, se ele discordasse da exposição do advogado, teria que entrar em contato direto com o advogado em até quinze dias. Para mim, explicaram o que haviam descoberto dentro do cofre e disseram que meu pai mantivera uma pasta no escritório para cada um dos filhos com recortes de jornal, cartas *et cetera*, os outros haviam recebido suas respectivas pastas, mas eu não tinha recebido a minha, que era grande demais para envio pelo correio. Astrid se dispunha a levá-la para mim.

Em conclusão, escreveram que endossavam uma nota que Astrid havia escrito e anexado. Se não estivéssemos de acordo, teríamos de avisar dentro de um prazo de quinze dias. "Com isso, esperamos que possamos deixar essa disputa para trás e olhar para o futuro."

Na nota anexada, Astrid escreveu que se basearia na nova cotação, mais elevada, do chalé antigo. Além do mais, já que ela havia recebido um adiantamento da herança significativamente maior que o de Bård, usaria parte do dinheiro para compensar a diferença.

~

Ela não precisava ter feito isso. Åsa não o fez, Åsa não se baseou na nova avaliação, mais alta, do chalé novo.

Astrid procurou remendar a injustiça. Já que Bård não teria participação nos chalés, já que ele havia recebido o menor adiantamento da herança, Astrid tentou diminuir um pouco o prejuízo dele. O que, de certa forma, era louvável. Ou nada mais que justo.

No entanto, não mudou aquilo que era fundamental para mim, aquilo que nunca fora mencionado, que elas omitiram completamente, no que não queriam tocar.

Será que eu esperava que fosse mencionado numa carta sobre a herança?

Não.

Entretanto, o fato de que sistematicamente se dirigiam a mim como se eu não tivesse dito o que dissera na reunião com a auditora me provocava. Que não acreditassem em mim era uma coisa, outra coisa era fingirem que eu não dissera o que dissera, agirem como se a reunião com a auditora não tivesse acontecido. "Com isso, esperamos que possamos deixar essa disputa para trás e olhar para o futuro."

Eu não podia deixar para trás. Uma filha nunca esquece. Não é como uma calça que fica molhada, você a tira, pendura para secar e, assim que estiver seca, você a veste outra vez e esquece tudo. Não secou!

Não respondi. Não estava interessada na minha pasta.

Bård respondeu. Mais uma vez ele lembrou a elas do que realmente se tratava. Ele não estava atrás de dinheiro. Preferia ter herdado meio chalé em Hvaler para o usufruto dele e das filhas, algo que fora categoricamente rejeitado. No entanto, dado que a intenção expressa do testamento era uma partilha igual entre todos nós, pelo menos havia imaginado que ele e eu fôssemos compensados com o real valor de mercado dos chalés. Algo que não estava acontecendo naquele momento. Ele frisou que, se nosso pai falecesse ou o adiantamento da herança se desse antes de 1º de janeiro, quando o imposto sobre a herança fora abolido, seria *preciso* operar com o valor real de mercado.

Era bem possível que um litígio não fosse causa ganha, escreveu, mas isso não mudava o ponto fundamental da questão. Pois não se tratava de um assunto entre duas partes no mundo empresarial, mas de um assunto entre uma mãe e seus quatro filhos, além dos netos, era uma questão de agir com justiça e dignidade. Ele não levaria o caso ao tribunal, escreveu, acrescentando que se retirava dos conselhos de administração das empresas.

Meu pai deve ter me amado um pouquinho, não? Estava preocupado com a própria vida, o próprio futuro, mas talvez um pouquinho comigo também? Minha mãe lhe mostrou meu diário, e ele saiu no meio da noite e encheu a cara porque achou que eu estava indo à perdição, não foi?

Ser humano não é fácil.

Ele tinha razão, e já sentira isso na própria pele.

Que mais eu podia esperar além dessa constatação? Ele não seria humano se tivesse conseguido sair do impossível com todos os relacionamentos intactos. Ele precisou fazer uma escolha e optou por me rejeitar.

Era início de primavera em San Sebastian. Eu estava trabalhando bem. Depois de um dia de trabalho, caminhei dez quilômetros ao longo da praia pensando no trabalho do dia, longe de tudo que havia acontecido em casa, tirando uma pausa daquilo. Tomei uma cerveja no bar do final da praia ao pôr do sol, antes de ele desaparecer no mar, estava quente o suficiente para ficar sentada do lado de fora. Saboreei o sol, a cerveja, estar longe e em paz comigo mesma. Então recebi uma mensagem de Astrid: Querida Bergljot. Queria saber como você está. Afinal, muitas coisas aconteceram e tem sido um período difícil. Mamãe está melhor. Está vendendo a casa. Aos poucos estou achando que o pior já passou. Andei pensando muito em você, Tale e os outros. É difícil não saber como você está. Sinto muita vontade de conversar com você logo. Você não poderia dar uma ligada quando estiver a fim? Astrid.

Eu tinha acabado de pensar que estava bem, que estava conseguindo me concentrar em outras coisas, e aí seria levada de volta para aquilo? Já tinha entrado nessa de novo. Bastava uma mensagem. Agora eu precisava mandar uma reposta a ela, ou não, e as duas coisas eram igualmente impossíveis. O que eu devia fazer, o que eu devia escrever? O que ela imaginava? A mensagem era afável e inocente, mas ela escrevera como se o que eu havia dito durante todos aqueles anos não existisse, como se a reunião com a auditora não tivesse acontecido, como eu reagiria? Sobre o que falaríamos se era evidente que não tocaríamos no assunto que era indispensável para mim? A queda de nosso pai da escada? O sofrimento de nossa mãe? Eu não tinha dúvida de que minha mãe estava sofrendo, de que Astrid estava sofrendo, mas ficaria melhor se conversássemos? Na minha experiência, nossas conversas só pioravam as coisas para mim, sobre o que falaríamos além da dor de nossa mãe, da dor de Astrid, pois da minha ela não queria ouvir falar, ou não acreditava nela. Ela estava pensando o quê, se pensasse em termos concretos? Afinal, ela devia saber que minha experiência não era a mesma que a dela? Em diversas ocasiões eu havia tentado lhe explicar minha experiência; no entanto, ela me travava assim como me tratara no dia 4 de janeiro, na reunião com a auditora. Dizendo: Não é o momento certo. Dizendo: tia Unni deveria estar aqui. Recitando que tinha pena de nossa mãe e que era sofrido para nossa mãe. Na reunião com a auditora, ela se levantou e envolveu nossa mãe com um braço protetor. Ficou calada quando ela disse que eu havia inventado a história para me fazer de interessante. Ficou calada quando Åsa disse que eu não podia obrigá-las a acreditar em mim. Você não pode nos obrigar a acreditar em você. Ela disse *nos*, não *me*. Você não pode *nos* obrigar a acreditar em você. *Nos* eram ela, mamãe e Astrid. Åsa sabia que Astrid não acreditava em mim, elas haviam conversado e chegado à conclusão de que não acreditavam em mim, por isso Åsa podia tranquilamente dizer *nos*, não *me*. Você não pode *nos* forçar a acreditar em você. Astrid saiu em protesto com minha mãe e Åsa, enquanto Bård e eu continuamos ali com a auditora. Agora ela escrevia que muita coisa havia acontecido e que tinha sido um período difícil. O que eu responderia se fosse responder? Respondi que comigo as coisas estavam como de costume. Além da morte de nosso pai, não havia nada de novo. Mas a paisagem tinha se iluminado bastante, escrevi. Pois minha mãe dissera que minha história tinha sido inventada para eu me fazer de interessante. Åsa disse que eu não podia obrigá-las a acreditar em mim. E as três saíram correndo juntas. Vou falar sobre o quê com vocês? Só dói.

Ela respondeu imediatamente que tinha a ver com a hora e o lugar, que elas estiveram completamente despreparadas para o que veio. Mas ela entendia que tinha sido difícil para mim. Ela mesma se sentia péssima com aquilo tudo. Mas ela não era nossa mãe, nem

Åsa, elas eram pessoas distintas. E nós duas tivemos um relacionamento ok o tempo todo, ela não queria que o ocorrido derrubasse isso. Eu era muito importante para ela, escreveu.

Então eu estava envolvida de novo. Fui obrigada a me explicar de novo, mas ela não entendia nada! Não queria que isso acabasse com nosso relacionamento, escreveu ela, mas já estava acabado! Escrevi que já estava acabado, que não tivemos um bom relacionamento, porque nossas conversas costumavam me deixar abalada e desconcertada, porque nossas conversas supostamente inofensivas sobre a redação de artigos significavam silêncio sobre muitas transgressões, o tempo todo, o tempo todo, a cada minuto e a cada segundo durante nossas conversas voltadas para a edição de artigos, o silêncio sobre as transgressões me enchia para estourar quando as conversas terminavam e eu ficava sozinha, e depois eu lhe escrevia e-mails noturnos cheios de raiva e acusações. Não tivemos um bom relacionamento, tivemos um relacionamento que funcionava para ela desde que o silêncio sobre as transgressões fosse respeitado, mas aquele silêncio era insustentável para mim.

Sem saber o que fazer, liguei para Lars, e ele ficou frustrado. Por que eu havia respondido? Por que me envolvera de novo? Afinal, nunca dava em nada.

Mas o que eu deveria ter feito? Deixado de responder?

Sim. Porque ela não diz nada de novo, não traz nada qualitativamente novo, nada concreto, nenhuma sugestão de ação ou mudança, são as mesmas palavras várias vezes sem fim, ano após ano, de que todos estão sofrendo, ela é um disco arranhado, qualquer informação desagradável é purgada, qualquer coisa é insuportável, censurada, todo mundo está sofrendo e ponto-final. A questão é se ela é astuta e estratégica ou ingênua e estúpida, mas não importa, não se envolva nisso, não argumente, escreva que precisa ser deixada em paz.

Escrevi que é difícil acender uma vela a Deus e outra ao diabo, que ela não podia ter tudo, escrevi que quando ela dizia que não queria me perder, ela manifestava a própria necessidade, mas e a minha? Eu precisava ser deixada em paz pela família toda, escrevi.

Uma semana de silêncio se seguiu, então ela escreveu de novo. Oi, Bergljot. Espero que as coisas estejam bem. Vamos conversar logo? Respondi que o estrago já era grande demais.

Perdi meu dia de trabalho, não conseguia pensar em outra coisa, mas queria pensar em outra coisa. Espero que tudo esteja bem, escreveu ela, vamos conversar logo? Como se eu nunca tivesse dito o que disse, e ela, mamãe e Åsa nunca tivessem reagido da maneira que reagiram.

Você não consegue falar de mais nada além *daquilo*, critiquei a mim mesma, você só quer falar *daquilo*? Não, não quero falar *daquilo*, respondi, mas não consigo falar com Astrid do jeito que ela quer conversar comigo.

Liguei para Karen e desabafei com ela sem pensar na conta do telefone, ela disse: Sua irmã não entende o que fez com você, ela não entende o que está fazendo com você.

Astrid escreveu de novo, meu nome seguido de um ponto de exclamação, como uma irmã mais velha chamando à razão a irmã mais nova. Bergljot! Precisamos conversar! Temos que conversar e escutar o que cada uma tem a dizer. A meu ver, o estrago não é grande demais, mas tem sido um período extremo para todo mundo. Podemos dar uma caminhada hoje à tarde? Posso ir aí?

Escrevi que estava em San Sebastian.

Então vamos fazer isso assim que você voltar. Temos que conversar!

Meu foco no trabalho tinha sumido, eu estava presa e consumida por uma furiosa necessidade de me explicar, e escrevi que eu me sentia melhor se não tivesse contato com ela, com elas, por isso havia optado por não ter contato com ela, com elas, em consideração a mim mesma. E ela respondeu que nós nos conhecíamos muito bem, ela sabia que eu conversava com Bård agora, não só por e-mail e SMS, mas pessoalmente, e que era muito mais fácil ver a humanidade do outro quando se conversava pessoalmente, ela não achava certo da minha parte deletar a comunicação com ela depois de tudo que havíamos passado juntas. Era uma situação extremamente difícil para todos, sobretudo para nossa mãe, que parecia ter perdido dois filhos e cinco netos. Óbvio que era horrível para nossa mãe. Além do mais, ela estava com uma pasta para mim com coisas de papai. Além do mais, ela precisava conversar comigo sobre a carta de Tale. Vamos conversar logo?

~

Liguei para Klara, gritei para Klara enquanto caminhava pela praia bonita e quase deserta de San Sebastian, sob o sol da tarde que me aquecia, gritei: O que ela quer comigo? Não quero me encontrar com ela, não quero conversar com ela, me sinto mal só de pensar em conversar com ela, só de ouvi-la falar sobre a dor da minha mãe. O que ela quer comigo além de me explicar a dor da minha mãe, de me deixar com pena da minha mãe, de me fazer esquecer a reunião com a auditora? E se não é isso, o que é? Ela quer ter contato comigo porque sou sua irmã, para quê? Como ela imagina que o contato entre nós deve ser? Encontros em família para passar momentos agradáveis?

Meu corpo inteiro protestava só de pensar em conversar com Astrid, ouvi-la falar sobre como nossa mãe estava sofrendo, para quê conversar com Astrid se a premissa de tudo que ela dizia era: O que você alega ter acontecido não aconteceu. Porque, se ela acreditasse em mim, não podia se comportar do jeito que se comportava comigo, não podia se dirigir a mim com tanta naturalidade e exigência como fazia!

Sua mãe deve ter colocado pressão nela, disse Klara, deve ser sua mãe que reclama e a pressiona e implora.

Ou, disse Klara, ela está com a consciência pesada.

A PERSONAGEM GUNVOR DO ROMANCE *UM TORDO NO CANDE-labro*, de Alf Prøysen, tem uma cicatriz na têmpora. Ela costuma tocar naquela cicatriz, ela afaga a cicatriz.

Será que estou afagando minha cicatriz?

Não afagar sua cicatriz, virar a página, sair do estúpido papel de vítima, isso não seria uma libertação? Seria, sim.

Mas não tinha nada a ver com uma reconciliação com a família. Eu não acreditava nisso. Como era possível que minha mãe, Astrid e Åsa aparentemente acreditassem nisso?

Bård escreveu que a casa da Bråteveien foi vendida.

Eu tinha rejeitado Astrid e estava com remorso e a consciência pesada. Será que eu estava sendo severa demais?

Entrei na igreja armênia de San Sebastian para me recompor. Fiquei sozinha na semiescuridão e acendi uma vela para todos os meus queridos, filhos e netos. Eu estava na frente da vela visualizando todos quando a vela começou a tremeluzir, então parou de tremeluzir, logo tremeluziu de novo, depois parou outra vez. Virei-me para ver de onde vinha a corrente de ar. A vela tremeluzia, depois parava, então percebi que era minha respiração que a fazia tremeluzir. Toda vez que eu exalava, ela tremeluzia, apenas pelo fato de eu respirar, viver, existir, eu colocava as coisas em movimento, era uma grande responsabilidade respirar, viver, grande demais para mim.

Karen uma vez comentou que, quando eu falava sobre meus pais, eu parecia ter mais respeito por meu pai que por minha mãe. Foi uma observação acertada. Eu muitas vezes disse a mim mesma, quando era jovem e queria me consolar, que me parecia mais com meu pai do que com minha mãe. Como seria possível que eu preferisse me parecer mais com ele que com ela e tivesse mais respeito por ele que por ela, se foi meu pai que abusou de mim?

E como seria possível que eu tivesse mais respeito por Åsa que por Astrid, se minha mãe e Astrid eram as que se dirigiam a mim dizendo que me amavam, enquanto Åsa nunca fazia isso e evidentemente me odiava e desprezava, se é que sequer sentia qualquer coisa em relação a mim. Porque ela era clara, enquanto Astrid era ambígua, porque meu pai era mais claro que minha mãe, e é mais fácil lidar com pessoas que são claras do que com pessoas que são ambíguas, falam de modo vago e usam palavras vazias, são falsas e caem em contradição. Meu pai se retirou, mas minha mãe não se retirou, minha mãe não quis me soltar. Meu pai violou meus limites na infância, depois se retirou, pois meu pai sabia onde estava o limite. Minha mãe violou meus limites ano após ano, não sabia onde estava o limite, era ambígua e imprevisível. Minha mãe veio me visitar uma vez, no primeiro período turbulento depois de a bomba explodir vinte e três anos atrás, logo depois de eu ter começado a fazer psicanálise, de eu ter compreendido que ela violava meus limites, e eu lhe disse isso, que ela violava meus limites, e ela gritou que agora eu a estava acusando de inchesto também, e saiu correndo para a Bråteveien, contando a meu pai e a meus irmãos que agora eu a acusava de inchesto com "ch", me apresentando como louca.

Ela era refém da própria impotência e desgraça, enquanto meu pai procurava controlar a desgraça dele, carregá-la sozinho. O crime do meu pai era maior, mas mais puro, o autojulgamento do meu pai era mais duro, sua reclusão, seu abatimento, mais expiatórios que a leveza forçada de mamãe, que fingia que não havia nada, que exigia e censurava. Coitada da minha mãe ambígua, coitada de Astrid, tão enfeitiçada pelo próprio discurso de bondade durante tantos anos que achava que era boa. E ela devia ser boa, no fundo, assim como os outros. Astrid violava meus limites, era isso que eu sentia quando ela queria me forçar a um convívio baseado no silêncio sobre a traição, era isso que era intolerável, a insistência em que aquilo que era anormal do começo ao fim pudesse se tornar normal.

Papai era o culpado por minha desgraça, mas a desgraça passou a ser de todos, e não estava a meu alcance eliminá-la. Ela condenava minha mãe e minha irmã a me deixarem ainda mais infeliz, e elas mesmas também vieram a sofrer com ela.

Caminhei pela praia até o centro de San Sebastian, enquanto o sol se punha e ficava escuro, e entrei na pequena igreja, onde acendi uma vela para meus filhos e uma para papai. Comprei uma pulseira de contas pretas, um a pulseira de luto, trajando a pulseira de bar em bar em San Sebastian, olhando para ela e lembrando o falecimento do meu pai e meu luto. No caminho de casa, um cão preto sem dono me seguiu, percebi que ele queria ir comigo para casa e entendi que era meu pai. Você quer comida, perguntei, está com sede, perguntei, quer dormir na minha casa, perguntei, então ele correu, ele queria ir para minha mãe, pensei, pois quem era digna de pena era minha mãe.

Eu estava sentada na varanda na escuridão de San Sebastian tomando vinho, fiquei com raiva do meu pai e rasguei a pulseira de luto. Ao acordar na manhã seguinte sem a pulseira de luto, eu tinha esquecido a morte do meu pai e meu luto, até tropeçar nas contas pretas e ter que me curvar e tirar meu pai do chão.

Eu tinha voltado de San Sebastian. Astrid escreveu que *precisava* falar comigo. Era extremamente importante. Pensei que era sobre arrumar e esvaziar a casa da Bråteveien, ela talvez quisesse saber se meus filhos estariam interessados em participar. Se meus filhos talvez quisessem alguns dos tapetes, móveis e peças de arte que minha mãe não podia levar para o apartamento novo. Quando a bisavó de meus filhos, a avó de meu ex-marido, faleceu, os netos e bisnetos foram convidados para o casarão a fim de dividir os objetos entre si. Liguei para meus filhos e perguntei se queriam alguns dos tapetes, móveis ou peças de arte na casa da Bråteveien que minha mãe não podia levar para o novo apartamento. Ebba e Søren estavam interessados. Astrid ligou, mas não era sobre a arrumação da casa da Bråteveien, ela *precisava* me encontrar, *tínhamos de* conversar sobre a situação, eu lhe devia isso, os últimos quatro meses tinham sido os piores da vida dela.

A casa da Bråteveien foi esvaziada sem que meus filhos ou as filhas de Bård tenham sido avisados.

Não era de se estranhar, visto como havíamos nos comportado, visto como havíamos deixado Astrid e Åsa organizarem tudo.

Astrid escreveu que, como eu não queria ter contato com ela, ela sentiu necessidade de escrever uma carta. Uma semana depois, recebi uma carta dela pelo correio. Por que ela a enviou pelo correio e não por e-mail? Para eu não a poder encaminhá-lo, por exemplo, para Bård?

Fiz café, entrei na sala e abri a carta de Astrid.

Bergljot!

Ela escreveu que recentemente eu repetidas vezes dera a entender que não achava que ela havia levado minha história a sério. Sempre que eu fazia isso, ela ficava muito triste e brava, porque não era verdade. A questão com certeza tinha sido horrível para mim, e a morte de nosso pai provavelmente fizera as coisas virem à tona outra vez, o que ela lamentava, mas isso não me dava o direito de dizer que ela não havia escutado e levado a sério minha história. Já que eu agora queria cortar qualquer contato, havia algumas coisas que ela sentia necessidade de escrever. Esperava que eu também mostrasse a carta a Søren, Tale e Ebba.

Ela escreveu que, nos anos depois de eu lhe contar pela primeira vez que o meu pai tinha me estuprado, ela me escutou, ela não parou de me escutar.

Era verdade, eu me lembrava disso.

Ela descreveu a situação no momento em que a história surgiu, vinte e três anos antes. Naquela altura, eu havia dito que não conseguia lembrar quando e onde havia acontecido, mas sabia que *tinha acontecido.* É claro que acreditei em você, escreveu ela. Por que não acreditaria na própria irmã? Ela acreditou em mim e revirou a alma, escreveu, se envolvendo naquilo de corpo e alma, sim, eu me lembrava de que ela se envolvera naquilo de corpo e alma aquela vez, vinte e três anos antes. Ela ficou com pensamentos horríveis na cabeça, escreveu, tentou fingir que não era nada na frente de nossos pais e tinha receio de reuniões de família. Devia ser verdade, sim.

Depois, ela tinha pensado muito na questão, escreveu. Como podia deixar de pensar, perguntou. O estupro é um dos piores crimes. Ela não tinha abafado nada, mas refletido muito e conversado com várias pessoas sobre a questão, com o marido, com as amigas, Åsa, nossa mãe. Será que poderia ter acontecido? Quando? Será que ela conseguia se lembrar de me ter visto angustiada? Será que eu tinha ferimentos? Será que eu poderia estar errada? Afinal, eu tinha por volta de trinta anos e três filhos quando mencionei aquilo pela primeira vez. Na avenida Skaus, vivíamos apinhados, não seria estranho que ninguém tivesse comentado nada? Havia tantas pessoas que observavam nossa família e conviviam conosco. Ela não se lembrava de ninguém que tivesse insinuado nada antes de eu dizer isso como adulta. Não precisava significar que não tinha acontecido. Pois eram outros tempos, sem foco no incesto. Ela tinha pensado muito na infância dela, e a conclusão só pôde ser que *ela* sentira que tinha sido segura, com muito carinho e alegria.

Já que o estupro de uma criança é algo extremamente sério, tais alegações precisam ser tratadas com a máxima seriedade, escreveu. Eu tomava café enquanto lia, era como se não dissesse respeito a mim. Já que o estupro de uma criança é algo extremamente sério, tais alegações precisam ser tratadas com máxima seriedade, escreveu ela, formal e distante, como que para frisar para mim a seriedade de minhas alegações, caso eu não tivesse pensado nisso. Usou "seriedade" e "sério" na mesma frase, de tão a sério que levava aquilo, com máxima seriedade. Para ela, o desafio era que eu não me lembrava e que o nosso pai negava a alegação. Afinal, é isso que torna os casos de incesto tão complexos e dolorosos. Não há provas. É palavra contra palavra. Com o passar dos anos, ficou claro para ela que sabia muito pouco para poder concluir. Estava escrito em itálico: *A informação que eu possuía – o que você tinha me contado e o que eu tinha pensado – não era o suficiente para ter certeza.*

Ela não tinha como saber o que havia acontecido, escreveu. Chegou à conclusão de que não tinha como verificar minha alegação da mesma forma que não podia dizer se o nosso pai estava falando a verdade ao negar ter feito qualquer coisa. Para ela, essa postura se tornou a única com que podia viver sem comprometer a própria consciência.

Como já me tinha dito por telefone, escreveu, eu deveria saber que ela NUNCA, com letras maiúsculas, e em momento algum havia dito a ninguém que achava que eu estava mentindo ou que aquilo que aleguei não poderia ter acontecido. Só que ela não tinha como verificá-lo. Se tivesse se posicionado a meu favor, ela teria acusado nosso pai de um crime hediondo numa base que ela sentia ser deficiente. Ela não podia fazer isso.

Porque ela amava tanto nosso pai quanto a mim, ela gostaria de ter contato com os dois e não achava que querer ver o pai e a irmã fosse querer "ter tudo".

Estava certa, dei-lhe razão.

Ela escreveu que nossa mãe e nosso pai tinham aceitado sua postura, dizendo-se felizes por ela ter contato comigo.

Na opinião dela, seria uma tristeza indescritível se aquilo estragasse o relacionamento entre nossos filhos, entre primos e primas, o relacionamento entre os netos e a avó, o relacionamento entre mim e nossa mãe. Por isso ela tantas vezes havia comunicado que deveríamos conversar. Depois da morte de nosso pai, ela continuou pedindo um encontro para conversar sobre tudo isso. A seu ver, a crise na família agora estava tão grave que poderia nos separar para sempre. Grande parte da comunicação se perdia quando os interlocutores não se viam, não escutavam as vozes, não observavam a linguagem corporal. Por isso achava tão importante o encontro físico. Quando as pessoas não se veem, a distância e a probabilidade de demonização aumentam. Talvez por achar que havia presenciado isso de perto no relacionamento entre nossa mãe, nosso pai e eu e visto o quanto doera, ela tivesse tanto medo disso. Não aguentava pensar que nós, os irmãos, e nossos filhos não nos encontraríamos. Todos tínhamos lados bons e menos bons, e era muito mais fácil enxergar a pessoa inteira quando estávamos juntos e nos víamos.

Não respondi. Não havia nada que eu não tivesse ouvido antes, não havia nada que eu pudesse responder que eu não tivesse dito antes, e se houvesse, seria em vão, pois ela não o assimilava, respondi no meu coração.

Ela escreveu que a questão tinha sido horrível para mim, e que a morte de nosso pai provavelmente havia feito com que as coisas viessem à tona de novo.

Que questão? Que coisas? Afinal, ela havia concluído que não havia uma questão, que deveria ser algum tipo de invenção da minha cabeça. Que coisas poderiam vir à tona e me causar sofrimento depois da morte de nosso pai se não havia nada que pudesse vir à tona outra vez? Ela sempre batia na mesma tecla de que eu tinha sofrido, de que entendia que eu tinha sofrido, mas se eu não passei pela experiência que eu alegava ter passado, se tudo era ficção, no que consistia meu sofrimento?

Ela queria verificar, escreveu.

Como? Vestígios de DNA, imagens de vídeo? Ela que trabalhava com direitos humanos, que diariamente lidava com histórias não verificáveis, que tipo de verificação ela queria?

Será que eu deveria ter ligado depois de cada sessão de terapia, depois de cada sonho, cada vez que uma nova memória surgia, cada vez que o passado se fazia presente, nos meus sonhos ou em pleno dia, como arranhões e ferroadas, cada vez que uma peça de minha infância, adolescência e vida adulta se encaixava, fazendo-me aos poucos compreender o grande quadro de que fazia parte? As reações estranhas de nosso pai, as reações estranhas de nossa mãe em situações de resto normais, em que sexualidade ou abuso eram mencionados, em que perigosos segredos de família eram mencionados? Será que eu deveria ter ligado para Astrid e fornecido detalhes, como ela se sentiria com isso, como seria a experiência dela disso, teria sido confortável? Depois do rompimento, há vinte e três anos, optei por me afastar, me cuidar e procurar tratamento profissional. Será que deveria ter ligado para Astrid com detalhes físicos, pleiteado meu caso para uma irmã cética, que amava o pai e a mãe, e com razão, que tinha um relacionamento bom com os pais, que desejava ter uma harmoniosa vida em família? Será que deveria ter ligado para ela e compartilhado minhas feridas abertas, meu sexo desnudo, tudo tão doloroso, tão vergonhoso, tão íntimo, impossível de expor fora do espaço psicanalítico, ter conversado com ela sobre aquilo que não havia dito a ninguém além de meu psicoterapeuta, nem a amigas, nem a namorados, nem a meus filhos, porque doía demais e era fisicamente invasivo demais, porque não queria que eles, meus entes queridos, tivessem imagens assim de mim na cabeça.

Por isso, Astrid.

Papai negou tudo, escreveu ela. Como se fosse um argumento convincente, como se achasse que era algo que ele poderia confessar num dia qualquer. Ela havia pensado muito naquilo, escreveu, havia não abafado, mas falado muito sobre aquilo, mas com quem? Com profissionais? Com o Centro de Apoio às Vítimas de Incesto? Não, com o marido e Åsa, que compartilhavam dos interesses dela, e com nossa mãe, cuja vida inteira pareceria ridícula e vergonhosa se o que eu dissera fosse verdade. Como seria a conversa entre elas?

Mãe: Será que pode ter acontecido? Nossa casa sempre foi tão aberta. Ninguém nunca me disse nada.

Åsa: Ela já tinha três filhos quando isso surgiu, se tivesse algum ferimento físico, o médico teria notado, certo?

Astrid: Não consigo me lembrar de ela ter falado qualquer coisa sobre isso ou de ter sofrido. Nunca ninguém comentou nada assim.

Mãe: Não acho que pode ter acontecido. Seu pai nunca foi assim.

Åsa: Também acho que não.

Astrid: Não, não parece plausível.

~

Como ela podia alegar que haviam conversado seriamente sobre o assunto, abrindo-se a sério, para usar a expressão que ela sempre usava. Então minha mãe não teria reagido do jeito que reagiu na reunião com a auditora. É só para você se fazer de interessante! Astrid alegou que elas haviam conversado muito e pensado muito, a sério, mas, se fosse verdade, não teriam tido uma reação tão inequívoca, tão agressiva como tiveram no dia 4 de janeiro. Alegou que estivera entre a cruz e a espada, mas será que havia tentado pressioná-los, assim como havia tentado me pressionar? Será que tinha feito perguntas desagradáveis e críticas aos nossos pais? Por que você sempre foi tão preocupada com Bergljot? Por que você mandou Bergljot fazer aula de balé e piano e não a gente? Não. Nesse caso a harmonia e a sintonia entre eles não teria sido como era, aquela que meus filhos tantas vezes haviam notado na Bråteveien, que Søren e eu sentimos no encontro antes do enterro, que o comportamento dela na reunião com a auditora no dia 4 de janeiro evidenciou, confirmou.

Será que ela, que ocupava uma posição especialmente influente em relação a nossos pais, havia conversado com eles de uma maneira que poderia contribuir para um diálogo real sobre o cerne do conflito? Não. Em vez disso, me pediu que fosse à festa de cinquenta anos, ou seja, pediu que eu me fizesse de idiota.

Ela poderia ter influenciado nossos pais, mas não o fez.

Na reunião com a auditora e em várias outras ocasiões, Astrid tinha deixado claro que era sofrido estar entre a cruz e a espada. Tinha dado a entender que a situação fora horrível para ela. Ao mesmo tempo, ela agora escrevera que nossa mãe e nosso pai haviam respeitado a postura dela, a posição de intermediária, sim, que estiveram felizes com o contato entre nós. E por que não estariam? Afinal, não duvidavam de que lado ela estava, embora, numa ocasião há anos, de acordo com ela mesma e em resposta à pergunta direta do nosso pai, ela tivesse dito: Não sei o que aconteceu, pai. Enfim, não duvidavam, depois da turbulência do período inicial ter acalmado, do lado em que ela estava, já que ela os abraçava e lhes dirigia palavras de apreço sempre que possível, dando-lhes atenção em todos os sentidos e oferecendo, mas sobretudo aceitando, presentes.

No que consistia a dor dela?

Será que estava sofrendo porque sabia que eu estava certa?

O PROBLEMA COM O FILME *FESTA DE FAMÍLIA* É QUE AQUELE que enfrenta o pai e a família se dá bem no final. Na vida real, quem enfrenta o pai e a família não se dá bem. O problema com *Festa de família* é que o filme permite a quem enfrenta a família apresentar uma prova. Na vida real, não há provas. Na vida real, quem confronta a família não tem um gêmeo que se suicida e deixa uma carta que prova a culpa do pai. Gostaria muito de ter uma gêmea que se suicidasse e deixasse uma carta que provasse a culpa do meu pai. É um filme bom, *Festa de família*, só que está errado.

Fui a um café com Bo para discutir os poemas que ele havia escrito na Irlanda. Enquanto li os poemas de Bo escritos na Irlanda, ele leu a carta de Astrid. Lancei olhares ocasionais a ele. Assim que chegou ao trecho sobre o encontro físico e a demonização, ele disse: Não é verdade. Não é preciso se ver fisicamente para ter um bom relacionamento. E ela está com medo da demonização de quem? Dela mesma? Mas você não está fazendo isso.

Não, espero que não, falei. Só quero preservar meus limites, disse, meus limites são muito frágeis, quero preservar meus limites, falei, se eu me encontrar com Astrid, ela vai desrespeitar meus limites e só vou perceber depois. Não aguento contar minha história várias vezes sem fim, repetir e tornar a repetir, não quero pleitear minha causa, é íntimo demais, é humilhante, estou cansada demais, eu estava esquecendo os poemas de Bo em favor da minha causa, eu estava pleiteando minha causa. Certa vez, eu quis me submeter à hipnose, falei, para obter as provas que eles exigiam, evocar o local, a data, todos os detalhes e os apresentar como documentação, mas meu psicanalista disse que se eu fosse procurar a hipnose, deveria ser para meu próprio bem, pois no que dizia respeito a convencer minha família, eu podia desistir, não havia uma prova no mundo que eles aceitassem; se eu apresentasse um vídeo, eles diriam que tinha sido manipulado. Foi o que disseram no Centro de Apoio às Vítimas de Incesto também, que quem enfrenta a família, em regra, perde a família.

Agora vou ler seus poemas, falei.

Ela assume um ar de seriedade, disse ele, ela escreve com um ar. Usa "seriedade" e "sério" na mesma frase, não deve restar dúvida de que está levando isso a sério. Com certeza, o leva a sério, acrescentou, mas está presa ao próprio discurso de bondade, ela exibe prática no exercício de ser uma pessoa boa e sensata, uma espécie de personagem pública da bondade.

Por que eu cortaria o contato, eu o interrompi, esquecendo os poemas dele a favor da minha causa, por que eu romperia, levando em consideração todas as implicações de perda e dor e solitude, como eu aguentaria o rompimento doloroso e duro, se fosse uma questão de imaginação e ficção, que motivação eu teria, o que eu ganharia com isso? Quem inventa uma história assim, para quê, pois qual, qual seria minha motivação?

O que consta nas entrelinhas da carta dela, disse ele, sem que ela mesma o entenda, é que você é capaz de acusar seu pai de um crime horrível, acusar um homem inocente de algo hediondo, para usar a palavra dela, indiretamente ela está escrevendo que você é uma pessoa horrível.

E por que ela quer ter contato com uma pessoa horrível?, gritei. Por que faz questão de ter contato comigo? Se eu fosse tão estúpida e malvada a ponto de ter inventado uma história de incesto para me fazer de interessante, como é possível que minha mãe, de acordo com Astrid, sinta o conflito comigo de forma muito mais profunda do que a disputa sobre a herança com Bård? Deve ser mais fácil descartar uma pessoa tão escandalosamente mentirosa como elas me consideram ser do que alguém que afinal de contas apenas quer metade de um chalé em Hvaler!

A inquietação dela tem a ver com má consciência, falei, mais calmamente. Ela sabe que estou falando a verdade, mas, se fosse levar isso a sério, aceitá-lo, haveria consequências, com as quais ela é incapaz de lidar. Ela não podia, num momento, me sussurrar ao ouvido que acreditava no que eu dizia e, no próximo, e em todos os outros contextos, inclusive em público, ser a filha fiel e carinhosa de nossos pais, seria impossível, mas essa impossibilidade era dela para resolver. A solução ideal para ela incluía ter contato e conversas comigo, conversas que não diziam respeito a meu caso, mas à edição de artigos, só que aquelas conversas não me faziam bem, me deixavam aflita, por que eu contribuiria para solucionar a impossibilidade dela de uma maneira que não me fazia bem? Estou feliz por ela ter escrito essa carta, falei, muito mais calma. Estou feliz por ela escrever sem rodeios que quer verificar o que não pode ser verificado, porque então não há mais o que fazer. Só que ela deveria ter dito há vinte e três anos que queria uma verificação, assim teríamos evitado gastar tanta energia em vão. Não era de admirar que eu me sentisse incomodada e ambivalente na companhia de alguém que queria verificação e reconciliação ao mesmo tempo. Era essa a impossibilidade, a inverdade, que havia permanecido implícita durante todas as nossas conversas, nossas conversas haviam sido mentirosas.

Por isso era mais fácil lidar com Åsa, que nunca acreditara em mim, que me havia cortado assim como eu a cortara, era um rompimento limpo, Åsa não exigia qualquer verificação, qualquer prova, Åsa não tentava me forçar a ter contato, Åsa simplesmente não acreditava em mim, não queria ter nada a ver comigo.

Ela deve levar a questão a sério do jeito dela, disse Bo, mas acho que você não deve levar isso aqui a sério, disse ele, brandindo a carta dela, acho que você não deve levar sua tristeza indescritível a sério, aquela que ela não para de repetir, sua tristeza indescritível.

É triste, falei, mas não há como desentristecê-lo.

Isso aqui, disse ele, deixando a carta de lado, você tem motivos de sobra para desconsiderar. É forçado, disse, que isso seria motivo de tanto desgosto para ela. Mas suponho que ela queira ter sucesso com o projeto de paz dela. Mesmo que tenha perdido o impulso.

Jung via as coisas da maneira como o instinto dele lhe ensinava. Se não fizesse isso, a serpente dele se viraria contra ele. Tentei enxergar as coisas assim como meu instinto me instigava a fazer. Se não fizesse isso, minha serpente se viraria contra mim. Minha mãe e minhas irmãs tiveram um comportamento e disseram coisas com que minha serpente não concordava. Estou seguindo o caminho que minha serpente prescreve, pensei, porque me faz bem.

Bo viajou à Irlanda para escrever poemas sobre a Irlanda, mas não sabia por quê. Ele acordou um dia na Irlanda querendo escrever um poema sobre a garoa. Ou será que só queria estar lá? Por que não podia estar lá?, perguntou, estando aqui, estávamos numa *pâtisserie* em Lommedalen. Ele encontrou um homem na Irlanda que disse que ele deveria ir para a esquerda pelo bosque e depois virar à direita. Ele foi para a esquerda atravessando o bosque, virou à direita e chegou a uma igreja com um cartaz que dizia: Imagine como Deus está se sentindo. Entendeu que tinha ido longe demais e voltou, então começou a chover. A chuva estava sem direção, assim como ele mesmo. Ele tinha saído da estrada principal, mas fora de propósito, havia se perdido, mas fora intencional, queria se perder, e no caminho perdido havia silêncio, mas não tanto silêncio que não se ouvisse o barulho da estrada principal. Sempre conseguiria encontrar o caminho até lá. Caminhou rumo às novas cidades com expectativa, escreveu, pois lá encontrava o que não era e o que não tinha. Lá você é marcado, escreveu, é fixamente marcado, escreveu, e o caminho se divide entre espinheiros e lírios-do-vale. Para onde vou?, perguntou ele, a um lugar onde o caminho se dividia em quatro. Chegara a uma cidade, mas a cidade ficava fora da cidade, chegara com expectativas, mas se perdera bebendo, fora à Irlanda em busca da proteção das grandes árvores, mas na Irlanda havia apenas arbustos.

Era madrugada do dia 11 de março, eu não conseguia dormir. Será que há uma vida após a morte?, perguntei, será que meu pai existe de alguma forma ou em algum lugar?, perguntei, tentando evocá-lo, mas não obtive resposta. Quando adormeci, sonhei que acordava no meu quarto da avenida Skaus, número 22, e saía da cama porque minha filha, Tale, com cinco anos, na época em que usava óculos, estava chorando lágrimas de sangue. Fui até ela, que estava na cama de casal no quarto de meus pais. Eu a consolei e perguntei por que estava chorando, ela disse: Não dá nem para ficar em pé.

Sua casinha de bonecas estava completamente despedaçada. Comecei a recolher os pedaços, pequenos móveis turquesa, partes das paredes e do teto, eu disse que íamos conseguir consertar, então ela se acalmou. Enquanto arrumava, fiquei brava com meu pai, que tinha estragado a casinha, criei coragem e abri a porta para a sala, onde ele estava sentado, esparramado, afundado no sofá de couro verde, e lhe disse que fora muita maldade estragar a casinha. Ele respondeu que não valia nada, era só uma porcaria do McDonald's. Falei que fora cruel da parte dele estragar a casinha já que ela gostava tanto dela. Mas na hora que o disse, fiquei com medo do que havia dito, de como ele reagiria, e voltei para Tale, ouvimos que ele saiu da sala, entrou no banheiro e fez xixi sem fechar a porta, e pensei: O que vai acontecer agora? Estamos sozinhas com ele, não há adulto algum presente, qualquer coisa pode acontecer.

Na Irlanda se chama *Espelunca*, observou Bo, não *Assombro*. Na Irlanda se chama *Atalho*, disse ele, não *Desperdicei tudo*. Se os nomes das ruas fossem diferentes na Irlanda, seria mais fácil se livrar de tudo no mar do esquecimento.

Ele disse que era uma questão de se deixar cair com os frutos e ser levado embora por formigas.

Todas as filmagens que meu pai fez de mim quando eu era pequena, onde apareço sorridente e nua em cima de uma pedra na praia de Volda fazendo pose de bailarina, será que foram destruídas? Onde foram parar? Eu era fofinha naquela época, ou meu pai era um fotógrafo inspirado. Afinal, parecia amor. Eu o interpretava como amor. Meu pai não conseguia resistir a mim. Quando estávamos a sós, meu pai não podia se controlar, só de ver meu corpo meu pai perdia a cabeça. Ainda criança, eu tinha uma ideia de que os homens podiam ficar loucos por mim, de que eu era capaz de virar a cabeça dos homens, de onde vinha essa ideia? Pois era a experiência que eu tinha tido, era só se despir, chegar perto e se aconchegar que o homem ficava louco e não parecia mais o mesmo. Mas era doloroso, porque durava tão pouco. Quando os encontros apressados terminavam, meu pai ficava ausente e frio, me evitando, pois tendemos a evitar os que violamos, essa é a regra. Foi meu primeiro luto, nos muitos e longos dias incolores do cotidiano, meu pai não ligava para mim, meu pai ligava menos para mim que para os outros, meu pai não me via, não encostava em mim, não me tocava, lançava olhares apreensivos em minha direção, às escondidas, meu pai me estudava com receio e em segredo, enquanto eu sentia a falta dele. Meu pai era capaz de ficar louco por mim. Por breves momentos, ele não conseguia controlar o desejo, e uma experiência assim não deixa de ter valor para uma menina pequena. No entanto, ela perdeu o pai, o que doeu, pois ela sentiu a falta dele durante todos os longos e tristes dias do cotidiano, ano após ano, quando ele não olhava para ela, por medo e vergonha, e ela tinha ciúmes da mãe, que o pai tocava à forte luz do dia. Era um triângulo amoroso, e a mãe ganhou, a menina perdeu. Mas quando a mãe desprezou o pai ao se apaixonar por um professor universitário que ela não conseguiu conquistar, a filha se apaixonou por um professor universitário e o conquistou. A filha teve coragem, conseguiu se divorciar e conquistou o professor universitário. Para fazer zombar da mãe? Vencer a mãe assim como a mãe uma vez venceu a menina, a mim? É nessas teias que somos presos, tecidas em nossos primeiros anos?

Meu pobre pai defunto, meu primeiro e maior amor infeliz.

A casa grande da Bråteveien tinha sido vendida e esvaziada, a entrega das chaves aconteceria na virada do mês, no decorrer das duas primeiras semanas de maio, eu receberia minha herança, disse Bård.

Só acreditaria vendo.

No dia 10 de maio, recebi uma carta com a descrição da partilha, colunas com valores que não entendi. Era para eu assinar e anotar o número de minha conta, e a herança seria transferida imediatamente. Podia enviar a carta assinada para o endereço da minha mãe ou entregá-la pessoalmente. Talvez essa fosse a esperança dela, que eu desse uma passada na casa atual, uma viúva de oitenta anos de idade, sozinha num apartamento novo. Eu não podia, não queria. Assinei e enviei a carta pelo correio.

No dia 14 o dinheiro caiu na minha conta. Foi estranho.

Do nada recebi uma mensagem de texto da minha mãe. Ela escreveu que havia encontrado um artigo escrito por mim chamado “Ler, amar”. Eu me lembrava vagamente. Ela me amava muito, escreveu ela.

A mensagem me deixou fria.

Quando meu pai morrer, falei certa vez, aí você virá. Mas então será tarde demais. Era o que eu estava sentindo, era tarde demais. E se Astrid viesse, se minha mãe morresse e Astrid viesse, seria tarde demais. Se Astrid chorasse e se arrependesse, eu seria fria.

O psicólogo do jornal escreveu que já testemunhara cenas assim: quando a pessoa que havia cometido uma traição admitia a culpa e as lágrimas brotavam, a parte lesada virava as costas com o rosto impassível, rejeitando o pedido de perdão.

Enquanto era inexperiente, ele achava difícil assistir a isso e incitava a vítima a ceder e aceitar o arrependimento.

No entanto, ele não fazia mais isso. Pois não havia solução a não ser que as coisas fossem feitas na sequência certa. Quem traiu não deve ser elogiado por admitir a traição antes de o desespero, a aflição e a raiva da parte lesada terem sido reconhecidos. Sem isso, o arrependimento cairá por terra feito pedra. É a lei da natureza, escreveu ele, está no nosso DNA, não temos como fugir da sequência.

Eu não era capaz de perdoar.

Mas de lançar tudo ao mar do esquecimento?

Levá-lo à luz, estudá-lo, reconhecê-lo e aceitá-lo e me livrar disso no mar do esquecimento?

Tampouco consegui fazer isso. Porque não se tratava de acontecimentos pontuais nem de uma história acabada, senão de uma investigação contínua, uma escavação necessária, cheia de falácias e aparições involuntárias. E a presença da minha infância perdida, o eterno retorno dessa perda, era o que me desvendava para mim mesma, uma parte da minha existência que permeava até a menor sensação em mim.

Depois fiquei com peso na consciência por não ter respondido à mensagem de eu te amo da minha mãe, consultei a lista telefônica, consegui seu número e liguei para ela. Como você está?, perguntei. Ela não estava bem, respondeu, porque nunca via Bård e as filhas dele nem a mim e meus filhos. Por que não quer me ver? Por que me odeia?, perguntou. O que eu ia dizer? Será que teria de explicar mais uma vez? Eu disse que ela sabia a razão, e ela ficou agressiva, dizendo que eu estava mentindo, se estivesse falando a verdade, por que não tinha ido à polícia? Desliguei, o peso na consciência havia evaporado.

Emma perguntou: Vovó? Você tem mãe?

Eu: Todos têm mãe.

Emma: A mãe da minha outra avó morreu.

Eu: É verdade.

Emma: O pai do meu pai morreu.

Eu: Sim, eu sei.

Emma: Seu pai morreu?

Eu: Sim, morreu faz pouco tempo.

Emma: Os mortos ficam grandes de novo?

Eu: Não.

Emma: Sua mãe morreu?

Eu: Não.

Emma: Posso conhecer ela?

Eu: Ela mora muito longe.

Emma: Eu queria muito conhecer ela.

Este livro foi impresso pela Cruzado,
em 2022, para a HarperCollins Brasil.
O papel do miolo é pólen bold 70g/m^2,
e o da capa é cartão 250g/m^2.